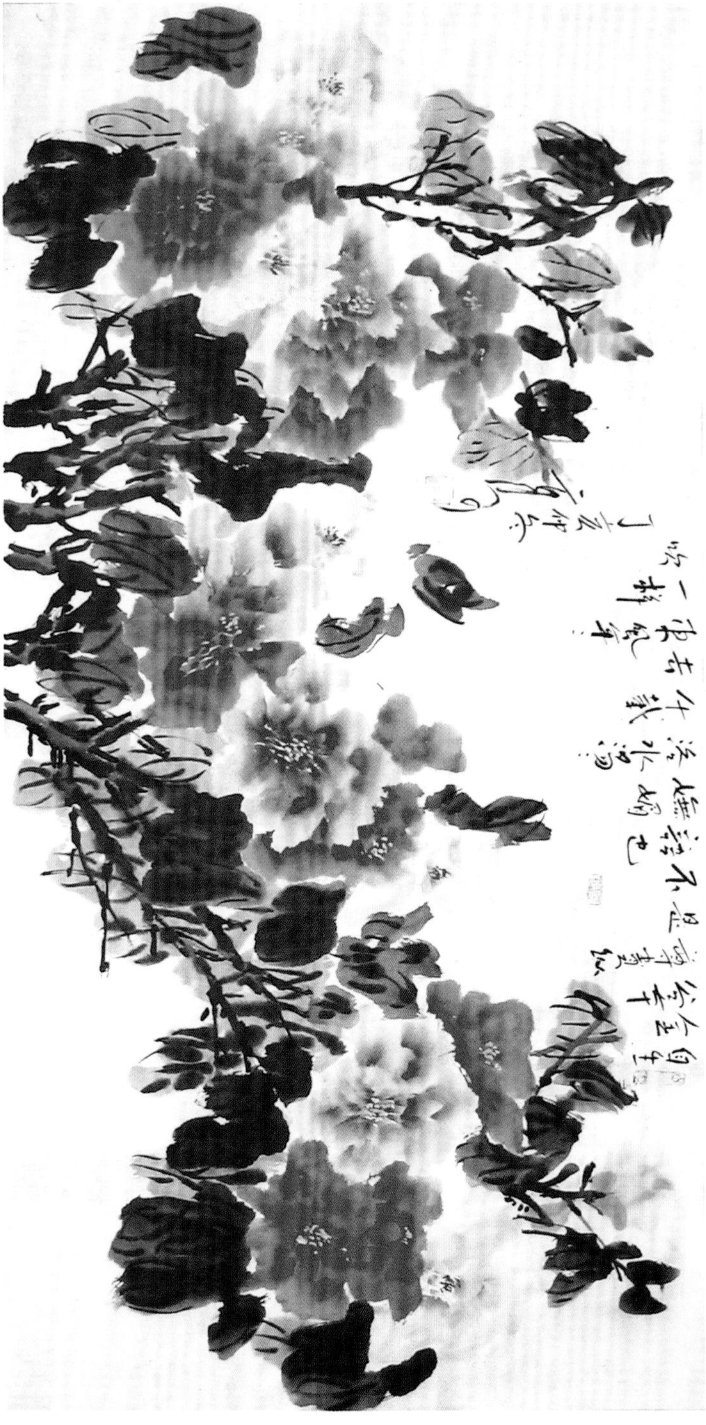

佛像前的沉吟

二月河說

二月河隨筆集序

孫蓀

二月河近年寫了不少隨筆，在我，是意料中的事。這緣於我對二月河的了解。

二月河在文壇成名之後，有人稱他為「怪傑」。這稱謂肯定二月河是「傑」，但強調的是「怪」。想想，作家二月河確實有不少「非常規」乃至「超常規」的情形。

有一個日子我記得十分清楚：二十二年前，一九八六年五月二十五日，我第一次與二月河見面。此前，黃河文藝出版社送來一部長篇歷史小說《康熙大帝》第一卷《奪宮》，邀我參加討論會。我看到書的署名二月河，覺得名字很怪，趕忙打聽是哪裡的作者，說是南陽一個年輕作者，前幾年轉業的部隊副連職幹部，此前名不見經傳，沒有發表過文學性的東西，一下子拿出長篇，此為其處女作。但是，讀了書後，我不無驚奇：於歷史飽學而感慨頗深，細節紛至遝來文采飛揚，小說通俗而思想不俗，極想見到此人。會上見了，知其真名凌解放，覺其面善，厚重沉穩，心中有數，寡言低調而不掩其氣勢，不類常見文人。討論會人數不多，層次很高。馮其庸先生以師長口吻評說「凌解放的第一部書像小孩子學走路」，國內幾位著名的清史專家對《康熙大帝》第一卷所表現出的史識給予肯定性評價，文學界則對作者初試身手寫人敘事的文學才能刮目相看。也就是在此次會後，通過媒體，讀者知道了二月河是誰人。

同樣，我更清楚地記得一串數字：自二十世紀八〇年代初期，二月河開始創作《康熙大帝》，一九八五年出版第一卷，而後馬不停蹄、連篇累牘，直到二〇〇〇年《乾隆皇帝》第六卷，連續十五年出版《康熙大帝》、《雍正皇帝》、《乾隆皇帝》三大部十三卷五百多萬言。通過小說問世和改編成電視劇播放，二月河的名字逐漸為海內外讀者所知，由聲名鵲起到聲譽日隆，於九〇年代後期至新世紀初期達到高潮，其影響至今不衰。

由這些簡單的數字，可見二月河的不同常人之處：埋頭苦幹精神和超常的寫作狀態，文壇極少見的不給大家任何通報就殺將出來的一員大將，人們會誤以為二月河好像沒有充分準備就成了戲臺上的大角兒。說「無中生有」，玄了；說「橫空出世」，大了；說「一舉成名」，俗了……但說一直以來總有一點「二月河之謎」纏繞著文壇和讀者，是真實不虛的。

二月河寫隨筆而且寫了這麼多，與上述情況是有密切關係的。

最根本的是二月河「有話要說」。

首先是關於作品本身的。與二月河相識二十多年來，我深知他之所以以唐僧取經之堅忍不拔精神創作卷帙浩繁的歷史小說，是要「為古人畫像，替今人照鏡子」，他對歷史、對社會、對人生「有話要說」。他想說的相當部分已經放進小說中，通過藝術形象展示出來了，但還有書前書後書外一些想法需要直接表達出來。二月河開始小說創作的時候正是我國歷史的轉型時期，正是思想大解放、觀念大變革的初期。小說取材清初三代帝王，就必須對此前無處不在的「左」的思想觀念進行清理和轉變。在寫小說之前，二月河先要想清楚，才可能有小說問世。儘管這些話是在小說問世後才公開說出來的。

詩無達詁，小說亦然。小說出版以後，讀者和評論家有種種解讀，甚至有大相逕庭的意見，以至於形成一些「筆墨官司」。做為作者沒有要求讀者和自己保持一致的權利，但有回答讀者訊問的義務，有向讀者直接告白的願望，在重大思想理論問題上也有參加辯難的衝動。這成為二月河小說之外言說的重要內容。

第二要說的話是對小說的「解密」。在創作過程中，在對各種歷史之謎的解讀和人物命運的可能性的選擇中，又產生了新的「祕密」。許多幸福和痛苦一言難盡，當時不足為外人道也。祕密藏在心中，是不安的。也許應了「賊不打三年自招」的俗語，小說問世之後，關於小說的創作談是二月河有話要說的重要部分，成為讀者歡迎的熱門話題。

第三則是關於作者自身的訴說。人吃了雞蛋，不一定想見下蛋的母雞，但讀者讀了書則希望了解作家更多的資訊。二月河做為作家有些特殊、有些大，但在讀者面前，從不做「大」；他要揭開歷史的祕密，但自己從來不故作神祕。二月河隨和、坦率、通透，平民意識極強，有一顆平常心。他理解讀者、尊重讀者，十分願意對讀者敞開心懷、推心置腹、互通聲氣。他要把自己的身世、家世、故里，自己人生的求學與歷練、困頓與嚮往，把自己在日常生活中、閱讀中、遊歷中、交往中，許多不能放進小說裡去的太多的感覺、看法、想法，用適宜的方式表達出來。

還有一個偶然的原因，促成了這種富有廣度和深度交流的實現。本來在完成康熙、雍正、乾隆三部巨制以後，二月河接著還有宏大的寫作計畫。但二月河在連續寫作的後期，身體發生了問題。初步康復後，只好放棄新的鴻篇巨制的計畫，一邊休養一邊進行帶有自慰自娛性質的寫作。

於是，小說家二月河於小說而外，訴之於隨筆，就是自然而然的了。也正因為這樣，二月河的隨筆就具有了不同尋常的特點和意義。

二月河有一名言：「要弄就弄大的，絕不小打小鬧。」比起大部頭的歷史小說來，隨筆形制短小，似乎只能算是「小打小鬧」了。但短小沒有限制住二月河的思路和話題，他照樣在隨筆中放進大話題，談大想法。

二月河在朋友圈子裡有一綽號「皇帝作家」，起因於他寫了清代三個皇帝。其實，研究中國的皇帝確實是二月河大腦中最亮的興奮點。他喜好談論皇帝。這部隨筆集中除了繼續談論清代帝王順治、康熙、雍正、乾隆外，秦始皇、劉邦、項羽、陳勝、王莽、劉秀、李世民、武則天、宋徽宗、朱元璋、朱允、朱棣、朱由檢、李自成等，漢高祖芒碭山斬蛇起義、陳勝之出身、建文帝之下落、崇禎吊死煤山、順治之死、雍正之繼位等，都成為隨筆的話題，而且往往不是重述歷史、顯擺學問，而是搜遺解疑、說長道短、發表感受，甚至獨持一說。這當然源於他對歷史的濃厚興趣和閱讀思考的深廣度，由此也可理解寫出清帝系列小說不是僅僅掌握清代歷史就夠了的，亦可見其小中見大的文體掌控能力。

二月河自己說他「對古文化有天然摯愛」、「與古文物典籍有與生俱來的緣分」。二月河對當今並不隔膜，關注現實，每有的論；但他的興趣更多的在傳統文化，喜歡由今論古、古今打通，形成具有現代意義的大文化觀。

二月河隨筆中有許多關於儒、釋、道的解讀，尤其對佛教在印度的式微，禪宗在中國的形成和發展多有參悟。對中國古代歷史和文學名著的研究和體會成為他學問的看家本領，徵引和談論《史記》、《漢書》乃至《二十四史》，評論《紅樓夢》、《三國演義》、《水滸傳》、《西遊記》、《聊齋志異》的人物、故事、細節及作者、藝術，時見會心獨到之論。對中華民族民俗、中原節氣的敘述描寫，都因其文化功力使得古今對話生氣盎然，讀來令人神旺（精神旺盛）。

在文體上，隨筆與散文有時是難以區分的，都有寫景、敘事、狀物、抒情、議論，但比較起來，隨筆更加自由。二月河的隨筆有非常美的寫景文字，但他似乎不願特別用力經營此類描寫，正如他在遊山玩水上不是特別用心一樣。他不是出色的行者，但是一個執著的思者。在山川美景寺院古跡前流連駐足，如同在案頭讀書，他的思想野馬般馳騁在遙遠的時空中，各種感覺被啟動，各種聯想層出不窮，常常有某些吉光片羽的發現和發明。此類隨筆可讀作行者沉思錄，或者一個思想者的遊記。

特別值得一說的還有本書作者為文時的放鬆心態。讀二月河的隨筆常常讓我想起京戲《空城計》裡諸葛亮的一句唱詞：「我本是臥龍崗上散淡的人。」日常生活中的二月河，有一點不修邊幅、隨心所欲，似乎是經歷過大的陣仗，看慣了春風秋月，古今多少事，都付笑談中。因而，文章不著意於謀篇布局，更不雕琢文字，一任所見所聞所思，如水銀瀉地，行所當行，止所當止。說他者直說感覺，說自己直抵內心。這形成了二月河隨筆的基本風格：散淡。讀這等文字，不必特別用心，但難免動心，容易引作者為知心朋友。

這與閱讀二月河的小說適成對比。敷演康、雍、乾三代一百多年歷史的「落霞系列小說」，基本內容是王位之爭、國土之戰、功名利祿之計較、得失進退之謀畫，雖也有玉宇呈祥、光風霽月的時光，但感覺上在封建專制集權下一直是驚風密語、兵連禍結、刀光劍影、殺人如麻。寫作歷史小說時的二月河，如同指揮千軍萬馬的統帥，攻城掠地，志在必勝，殫精竭慮，急於事功。此為二月河性格中的又一面：壯懷激烈。

二月河就是這樣，把散淡與壯懷激烈集於一身。正因為有後者，他才能進入歷史，敢於把封建帝王當人寫、當正面人物寫，甚至當英雄寫，肯定他們在歷史上的積極作用。因為有前者，他才能夠俯瞰歷史，說破英雄，寫出具有強烈悲劇感的「落霞」輓歌。

以我的感覺，做為作家和學人的二月河的基本人格特質，應當是散淡。這不光在成功後的晚年，即使在盛年，已成定型。在他四十歲時出版的《康熙大帝》第一卷中，二月河虛構了一個重要人物，即少年天子康熙的老師伍次友，在康熙親政後堅決歸隱江湖，「伴清風，對明月，揮狼毫，長浩吟誦」，創造了「天子可得而為友，不可得而為臣」的模式，此可以代表他的人生理想，也可以解讀他的隨筆的意蘊和風格。

二月河命我為他的隨筆集作序，是朋友的情義，是對相知的信任。二月河不是靠評論廣告獲得讀者的，他靠的是自己的作品。我相信，二月河以小說讓許多讀者走進了歷史，走進了文學，他的隨筆也將幫助更多讀者走近二月河。

二〇〇八年九月於河南省文學院

近觀二月河

王鋼

1

手機響了，二月河來的，喚一聲二哥。

他憨憨一笑：「想念了呀！」

「也想念啊！」我笑著撇了撇嘴。往日電話打到南陽，你總在那頭慌著與人下棋或者打牌，三言兩語，敷衍了事，你也有今天！「請問貴幹？」

「嘿嘿，一點兒小事。」

大人何來小事?!

出手就寫皇上，一連寫了三個皇上，《康熙大帝》、《雍正皇帝》、《乾隆皇帝》，十三卷五百多萬字的「落霞系列」長篇歷史小說，風靡大陸、港臺和東南亞，並在美國被評為「海外最受讀者歡迎的中國作家」；連續當選中共十五大、十六大、十七大代表，連任十屆、十一屆全國人大代表，還當選為中國作家協會主席團委員；即使一向偏居豫西南的南陽小城，過往的要人名流也常拜會，當地領導更是引為賢士良友……

如此二月河，他的籃子裡哪有小杏？

——籃與杏，可算我們的一句禪語。

十幾年前，他評點我的中篇小說《天地玄黃》，尤其激賞其中引用的一首村童問答的河南鄉謠：

籃裡挫的啥？
籃裡挫的杏。
讓俺吃點吧？
吃吃老牙硬。
後頭跟的誰？
跟的俺媳婦。
那咋恁好啊？
那是俺的命。

當時他的旁批是：「好好上好的，比前還好！我知此亦非君能造。」

直至今年愚人節，手機短信仍是這首歌謠。我們之間的對話，也就好像村童，憨直不拐彎兒，不經意處露點機鋒，宛如人生田野上一首快樂悠長的鄉謠。

由此也可窺見二哥的本性。即便後來大紅大紫、上達天聽、飽享尊榮，他的根柢總歸還是一個渾樸、稚拙、天真的赤子。難能可貴的是，雲端與塵壤，他都可以信步來去，上浴天風，下接地氣，一個自在的人，一個天然的人。

他說，最近要出一本隨筆集，給我寫個序吧！

「這還小事?!」我嚇了一跳。咱倆近，你也不能這麼難為我吧！

「隨便咋寫都行，把你想說的話都寫進去……」

二哥好言相勸，倒像有求於人。其實我很明白，二哥是想抬舉我呢！把一個熱香餑餑放你手裡，卻不讓你欠他的情，這是他的厚道。

2

君臣堆裡廝混日久，帝王宮中沉浸多年，作家身上是否也會濡染一些皇家氣象呢？

戲觀二哥：唔，天庭飽滿，地閣方圓，肩腰足顯富態，隆準雖欠高挺，鼻梁低了一點兒，然而他的步態自有一種雍容、一種矜重、一種森嚴。看他徐徐而行，兩臂微微挓開，頗有分量的體重之下，一雙腳步輕緩擦過地面，竟然聽不到一點聲響……這時我總覺得他像一隻虎。不是下山猛虎，不是撲食餓虎，而是森林王國一隻傲然昂首的錦毛大蟲，虎掌起落，披舞斑斕毛色，踏過堆積的落葉，踏過叢生的荊棘，林莽深處無聲無息逼來一股罡風寒意——這也許就是「皇上」的龍行虎步？

名氣大了，雜稱俱來，本名「凌解放」反而沖淡了，喊他什麼的都有：二老、二老師、二月老師、二哥、二叔、二爺……他忽然綻開一臉滑稽的苦笑：我最不愛聽的是喊我「月河老師」。

我喊二哥，是隨著丈夫叫的。這個稱呼由他們一群軍人喊出來，格外地快意，格外地響亮。藏龍臥虎的這一所軍事院校，悄然坐落於市井深處，起初校內只有一位田永清將軍慕名結識了二月河，其後隊伍日益壯大，及至田將軍升任總參兵種部政委以後，仍在代代延續，雪球愈滾愈大。曾經從軍十年的二月河，重回軍人中間，便是鐵血交情，每個胸膛都可以互相擂得嗵嗵響。

名人一般都牛，牛皮烘烘。與名人做朋友，常常要忍受一些壞脾氣，他會高傲、會狂狷、會怠慢、會氣得你想扭頭就走永遠不要再見到他，可他又像小孩子，過些時日又朝你嘿嘿地訕笑。但對二月河，且休怪他，這個軍旅烽火之中誕生的孩子，精神搖籃是先天的粗糙和沉重，人生乳汁是先天的充沛和雄強，生命元氣是先天的豪放和莽直，所以，他的牛氣是生於解放之前，與生俱來，草莽之時比在廟堂之上更衝更烈。那時的嚣嚣魔頭，心高氣盛，想到哪兒說到哪兒，見了人即使想交往，也要「先砸一磚頭」，打掉對方的氣勢再說。後來，好在上天收緊了韁繩，屢屢加以調教，缺點漸漸改了，改了就是一個好同志。

我看他的為人特點，是善於與大的打交道，不善於跟小的玩兒。這個大與小，不關勢利，不涉世故，可以意會，難以言傳。無論在官場、文壇，無論是胸襟、招數，他大抵如此。

一國之君，萬乘之尊，以蒼生為本，以天下為家。而專寫帝王的二月河，大胸懷、大抱負、大視野、大氣魄，與他的寫作歷練不無關係。興亡大事悠悠過眼，歷史鐵律耿耿其中，而「所有歷史其實也是當代史」，以史為鏡，貫通古今。所以，他在南陽盆地的一個小宅院裡，憑著高度的政治敏感，憑著豐厚的歷史知識，把握大局，把握大節，擁有了入世參政的能力，擁有了高蹈獨步的姿態，這一點都不奇怪。

去年，省政府辦公廳舉辦講座，以領導幹部思想作風建設為主題，邀請二月河講課。他縱論古今，鞭辟入裡，一番宏論之後，結尾是一句殷殷寄語——「好好過日子」。這一結語，既是希望政府部門經營好全省人民安寧富足的大日子，也是希望每位官員過好自己家庭持廉守正的小日子，是一句大白話，是一句大實話。

二月河的滿腹經綸，絕不止於文學。他與金庸曾在深圳對話言歡，一時傳為盛事佳話。他說，金庸是天才，二月河是人才。天才升騰於世外的渺渺奇境，人才沉潛於人寰的滾滾紅塵。他幾十年的書算是沒有白讀，箴言警句隨處拈來，沒有拗口難懂的，沒有矯情做作的，都是一些平實的、簡單的、幽默的古訓，雲淡風輕，無跡無痕，化入了今天的普世道理。這使他能與各類高端人士融洽對話，能在一些專業講座從容應對。

但在屑小之處，他卻是一個笨漢，常識有限，手段有限，不通門道，未諳技巧，對不耐煩的事情又不肯屈就，額角火星亂迸，不知不覺就得罪了人。

現在的二月河，什麼都有了，什麼都不怕了，年歲愈大，名望愈高，他卻反而愈來愈內斂了，不急不惱，謹言慎行。性格的稜角還在，心境卻已曠達淡泊、寬容平和，有點立地成佛的味道。

不過有一點他是一以貫之的，見平民百姓從來不牛，見軍人從來不牛。一入這樣的群體，他便如魚得水，愜意快樂，十足的一副好脾氣。內心的盔甲一旦卸下，百煉鋼化作了繞指柔。

近年，除了社會公益的善舉之外，他還想了一個辦法。二月河親筆簽名的小說集，已成社交饋贈禮品，全國各地每年送來簽名的書籍大堆小堆絡繹不絕。凡成批量前來簽書的，都請先到南陽市希望工程為孩子們捐點銀錢，多少不限，憑捐款條再來簽名。如此長期堅持下來，涓涓滴滴的累計也已不菲。他為慈善事業捐款總額不算很多，但數目已過百萬，這在全國作家中還很少見。

他曾將自已比喻為一頭大象。這個溫順可愛的龐然大物，施施然踱過街頭，一身輕快，樂呵呵的，總是伸出一隻長鼻子，友善地觸撫路人，無論是販夫走卒，還是引車賣漿者流。

虎與象的結合，魔與佛的轉變，這就是二月河吧！

3

「是真僧只說家常。」

跟二哥在一起，不談創作，不談功利，東一榔頭西一棒子地閒聊也是享受。

第一次見他，是在朋友家的小宴上，他為自己的吃相解嘲，說小時候貪食，吃得急性胃擴張，昏迷三天三夜，仍舊不肯改悔，他大概是個豬托生的……過後他問我：「你當時笑啥呢？」我說：「我聽著好玩兒。」

睿智之狀也免了，高深之貌也免了，他的滿口白話，常常令人忍俊不禁，令人醍醐灌頂。說單位鬧矛盾時，「你笑我也笑，看誰笑得妙」；說現實的選擇，「夜裡想了千條路，早上起來還是賣豆腐」；說宮廷與民間的不同，「大狗咬大狗一嘴血，小狗咬小狗一嘴毛」；說死生大義，「城外一片土饅頭，城裡都是饅頭餡」；說名人的價值，「人怕出名豬怕壯，名人與豬類比，何歡喜之有」……

他還講起一個網上的「搞笑版」——某著名網站採訪二月河，主持人對他說，國外有一個漢學家，評論當代中國作家都是垃圾……二月河截過話頭反擊：那你告訴他，他也是垃圾。主持人又道出下半句：但是那個漢學家對二月河的評價很高……二月河眼珠一怔一轉，呵呵笑道：「我剛才說的不算！」

如河上的船夫，如河邊的牧童，我和兒子與他相處久矣。久則熟，熟則淡，十年渾然，不曾為他描一筆著一字。不覺之間，這條河已成名流了。當由他原著改編的電視劇《康熙大帝》又成全國熱點之際，我做為《河南日報》文化週刊部主任只能「舉賢不避親」了。於是，與當網路記者的兒子聯合採寫，在《河南日報》發表了兩整版的長篇報告文學〈一條大河波浪寬〉。二月河說：「在報導我的所有文章裡，這一篇是寫得最老實的。」

在犀利敏銳的作家眼前，還是老實為好。你老實他還能看出不老實呢，何況真不老實？老實做人，老實為文，是維繫友情的一個信條。

二哥是以做學問的功夫來寫小說的。看他長年伏案磨出的肘下老繭，兩塊厚厚的肉墊，足可成為教材，詮釋胼手胝足的筆耕歷史。所以，我們跟在他的後面奮鬥，任何時候也是叫不得苦的。

宿命果報要不要相信？一個人看別人，常常心生不平：憑什麼他比我成功？憑什麼他為人上人？其實，世人福緣各有深淺，他若封妻蔭子、洪福齊天，除了他本人的修為，一定還有前人給他留下的福報。而這福報，往往源自前人在困苦、磨難、貧儉、卑微、黑暗之中秉持的天良。你此生可能未得公平，卻可以為子孫後代種福積德，蒼天有眼，頭上三尺有神明，正可謂「要知昨日因，今日受者是；要知明日果，今日做者是」。享福之人如果惜福，就還有福享，把福享過頭了，揮霍掉了，福分也就告一段落了。

二月河懂得惜福、懂得積福。獨擔一項浩大工程的他，苦其心志，勞其筋骨，只一個「不肯省力」就概括了他。而且為了體魄能夠承擔寫作重荷，他有意成了一個饕餮者。本就是一個大碗喝酒大塊吃肉的主兒，天天買菜下廚操刀掌勺，打夯一樣，將葷素肥瘦夯進自己的一副身坯，把一個作家形象弄得像個鐵匠、車夫。

「落霞系列」完成以後，外面風傳他已患偏癱、腦血栓、糖尿病。但如今在餐席上，只要油亮顫顫的紅燒肉一端上來，他還是忍耐不住，一雙筷頭仍如那位體育解說員的名言，以「迅雷不及掩耳之勢」出鞘亮劍。

4

二〇〇五年元月，上班途中突接二哥短信：「把地址郵編發來寄畫」。生手上路，口氣不小！我回覆：「且看如何鬼畫桃符」。

他回覆：「牡丹畫成鍾馗」。

收到畫作以後，我發短信：「畫兒收到，嚇人一跳，滿紙風流，葉顫花搖。仿佛看見，粗漢一條，握筆如筷，亂塗橫掃。三日不見，嶄露頭角，葉比花好，花比字好，遠比近好，倒比正好。也算一家，畫壇少找，笨人難學，高手難描，物稀為貴，值得一裱。『皇上』御筆，哈哈哈哈，大牙還在，智齒笑掉。王鋼閱後感」。

他回覆：「尊詩收下，我好害怕。葉比花好，花比葉差。旁邊題字，更是不佳。如此表彰，教人愧煞，哈哈哈哈——二哥」。

然而事實證明，我是門縫兒裡看人了。深圳拍賣會上傳來消息，二月河一幅四尺斗方牡丹，拍出了四萬元高價。

二〇〇六年盛夏，二哥、田政委和我們三家結伴巡遊山西。從大同、五臺山、太原到二哥的故鄉昔陽，所經之處，每晚都會出現同一場景：一張單子寫滿當地人士姓名，二哥照單塗抹所謂書法，一人埋頭奮筆疾書，眾人忙著抻紙添墨，一張張宣紙字幅攤晾滿地，猶如一池荷葉雨跡淋漓……我一路觀看熱鬧，只是到了山西省作協，在後來榮任山西省副省長的張平主席宴請之後，眼見二哥於文人堆裡硬起頭皮揮毫，我真有點為他心虛……

就二哥這一筆糗字，居然興風作浪，我不服氣，也要練書法。二哥大力支持，並且耳提面命：別管什麼規矩，甭臨什麼碑帖，只一個不猶豫，放筆寫去就是！

此後每次相見，二哥和嫂子都捎來一刀刀的上好宣紙。我發去短信：「跟隨『巡幸』，飽受刺激。『皇上』賜紙，從此奮筆。無論好孬，只不猶豫。成不成器，總是御批……」不過心下也有自知之明，二哥那是名人字畫，我輩此路不通，於是悄悄將王羲之、鍾繇、蘇軾、米芾、趙孟、王鐸等一一請入家中。

不久偶見二哥畫的一只金黃大南瓜，我又驚又喜，頓時刮目相看。瞧那體態和精氣神兒，不知是南瓜像了二哥，還是二哥像了南瓜，天生樸拙，元神之中佛意朦朧，真真令人舒服。看來二哥並非浪得虛名，詩文丹青相通，畫愈來愈鮮活了，字也愈來愈純熟了。而且二月河字畫還有一好，因不在帖，神鬼難仿，絕無贗品之虞。

今年的北京拍賣會上，二月河畫幅三萬六、字幅兩千多。

他的字畫行情，大概一是貴在作者名氣，二是貴在題款詩文價值。比如他即興題畫的《南瓜歌》，應該也值一點錢的——「這瓜名叫南瓜，地裡頭長，也可搭架。城裡頭有高樓大廈，卻稀見他，多生在僻壤鄉下，秉性愈是年景差愈是長得佳，結得又多又大。舊時代窮人瓜菜半年糧，說的便是他。三年困難瓜菜代，指的還是他。活人無算，功在天下。而今糖尿病肆虐，他低熱少糖仍是濟人不暇。這的是窮人瓜，是眾人瓜，是功勛瓜，是南無活菩薩瓜。時遑說往古來今，地無分北西南東，人不論貴賤窮通，大家皆需要他。」

5

記得那一天，是在吐魯番火焰山附近的高昌古城，冒著八月酷暑，我和丈夫正在那裡參觀。茫茫戈壁中，一片高臺拔地而起，舉起一座曾經風流千年的古城遺址。因為地勢太高，水源斷絕，這座龐大的孤島，注定死於了它的海拔、死於了它的高貴。

風吹草低，不見牛羊不見人，烈日驕陽傾瀉而下，騰騰的氣把遠方地平線都融化了。古城在時光之水中煮著，在時光之火上烤著，只剩下一種顏色，漫天的焦黃，漫天的蒼黃。然而即使已成廢墟，高昌古城也是完整的、凝聚的，銅牆鐵壁一般，一直堅挺到了今天，比時間還要倔，比歷史還要酷。我們面對千百年凝滯不動的一派空寂，不禁愴然，不禁肅然……

正在這一刻，手機突然響了，二哥的聲音到了天涯，滾燙滾燙。

他剛來過一趟新疆，在烏魯木齊的紅山上，遇到一塊林則徐詩碑，極有共鳴，久久不能忘懷，他囑咐我們一定把碑上那首詩抄錄給他。

烏魯木齊市區的紅山頂上，我們找到了詩碑。鴉片戰爭開始後，虎門銷煙的愛國志士林則徐，被道光皇帝革職，發配到了新疆伊犁的萬里絕地。碑上詩句，僅僅十四個字，簡短得好似殘缺不全，乍放即收，欲言又止，以至無語凝咽。也許，這正是男子漢的性別特點，正是男子漢的審美境界——

叱吒一世，歌嘯半生，一朝玉山傾倒，酩酊大醉於山巔。腳下雲霧翻湧，頭頂霹靂炸響，身邊狂風呼嘯……這一切，只不過在杯中酒上掠過了一層魚鱗似的波紋。

任狂歌，醉臥紅山嘴，風勁處，酒鱗起。

二哥深愛這一首詩，也許他心底有同樣的痛。

二〇〇八年十月於鄭州

目錄

佛像前的沉吟

花洲情緣

歷史的真實與藝術的真實

冬至況味

天下人間，「人逢喜事精神爽，月到十五分外明」，月光的仁柔色相，伴著爽人的金風秋氣灑落在神州之時，人們的心境是開朗與光明的。就算不巧是陰天，人們會興致勃勃地投入到一種情致思維——中國人永遠是樂觀與光明的，「悶悶中秋雲罩月，嘵嘵元宵雨淋燈。誰知籬豆花開日，養稻正需水滿塍」、「但願中秋不見月，博得元宵雨打燈」——那更好！

笑侃「過年」

中國人最講究什麼？打開《二十四史》看，無論春秋大義，抑或信史直述，其實講得最扎實的只有兩個字：「禮」、「孝」。由此發端衍化出來的崇拜情結，各個時代叫法版本不同。到了清代，中國社會風景最茂的時候，叫做「敬天法祖」。這是社會生活中最重要的精神內核。平常時節只是在言語生活行為中「體現」。到過年，也正是勞累一年「該歇歇氣兒」時，農業國，這時是全民都有點空閒時間的，於是便張忙這事。

打開《紅樓夢》看，賈府裡說到的最熱鬧的事，不是寶玉、黛玉等一團團的「戀愛霧」，也不是蜚短流長的各種人事演繹。元旦祭祀，是賈府內部最鄭重、最繁複的社會活動。其實何止賈府？賈府如是動作，與之同時，普天下的人都在動。我們現在是「二十三，送灶王爺上天」——陰曆二十三，全民進入「年時」。

二十三送灶王爺上天，二十四掃房子，二十五磨豆腐，二十六去割肉，二十七殺灶雞，二十八把麵發（蒸饅頭），二十九灌（買）黃酒，三十（兒）捏鼻兒（包餃子），初一（兒）拱揖……天天幹什麼，不用政府下令，全民都一致。就是白癡，怎麼過年？「傻子過年看隔壁」——我傻，瞧人家包餃子，我也包。過年時所有的傻子都會聰明得如同正常人。

我有一本《清嘉錄》，裡頭有專寫臘月正月的過法的。其實，真正的情況是，入臘月，忙年就開始：跳灶王、跳鍾馗、吃臘八粥、做年糕、製冷肉、送皇曆、叫火燭（乞丐們每夜打梆子喊「小心火燭」）、打塵埃、過年（放鞭炮送諸神）、蒸盤龍饅頭……一天有一天的事，都是規定好了的「口令」。

正規的進入「年」，卻比我們今天遲了一天，是臘月二十四，叫「念四夜送灶」。

過年的國家，不止我們。一些東南亞國家幾乎與大陸是「同步進行」的。我住在南陽，每到年二十三夜十二點，滿城的爆竹會響得暴雨一樣。近處的「嘣」「啪」震耳欲聾，遠處的不分個兒，有點像開鍋的稀粥。這個時候，我常常到陽臺上去看，呀！到處都在閃爍著爆竹起火，二踢腳、地老鼠、小焰火，明滅不定中伴著清脆或沉鬱的爆響。有時下雪，那就更好看，硝煙中閃著光，雪片被染成五彩繽紛在硝煙中蕩漾，夾著密不透風的響聲……那是什麼景觀？你來看看才知道，二月河用筆跟你說不明白，拍照片不行，錄音也不行，錄影攝像呢？恐怕都不行，氣氛是沒法「表達」的。

城裡人現在簡單，在這樣的「氣氛」下全家吃點、喝點，打開電視「看點」什麼，鄉裡人怕還要祭灶。胖乎乎的灶君夫婦，兩旁貼著對聯「上天言好事，下地保平安」，香煙繚繞中人天歡喜。

《清嘉錄》裡頭說的，就更熱鬧，那是「二十四日」：

……比戶以膠牙餳祀之，俗稱糖元寶，又以米粉裹豆沙餡為餌，名曰「謝灶糰」，祭時婦女不得預。先期，僧尼分貽檀越灶經，至是填寫姓氏，焚化禳災……穿竹筋作槓，為灶神之簥，舁神上天，焚送門外，火光如晝……

太繁複了，這還不到五分之一的「工作」，清人楊秉桂有詩：

殘臘匆匆一年又，門丞帖舊鬚眉皺。
祀灶人家好語多，燭影草堂紅善富。

清人那時似乎沒有我們今天人說的「二十四掃房子」這些口令。接下來的年事令人愈來愈眼花撩亂：燈桂、掛錠、買冬青柏枝、喝口數粥（赤豆雜米粥，食之可免「罪過」）、接玉皇、燒松盆、照田財、送年盤、存年物、過年市——就是親友來往，送東西，備年貨，火爆喜慶氣氛充滿人間世。佛天人物似乎都亢奮起來了。到除夕這一天，新門神貼出去，一切正常的社會業務全部停止。比如說：做生意、談事兒、討債要帳——這樣惹人煩的事，對不起，你不能進門了，有話過罷年再說！

除夕夜，闔家團聚、舉宴，這一條「規矩」，我們至今仍舊堅持執行著。這一夜是一個家族一年之中最歡樂、最鄭重、最富足、最……什麼呢？最和諧溫馨的一夜。家中多少事都放下。為了多享受一些這樣的「幸福時刻」，形成的規矩叫「守歲」，也有叫「熬年」的。一家人圍爐團坐，說喜慶話，說福祿，說豐收，說祖上之德，說豐年有餘，說到後半夜，小孩子熬不住，睡在大人懷裡，大人們撐著眼皮搭訕著還在說。這天晚上吃餃子，北方家家如此。

我的姑姑說：「年歲夜的餃子大家包，但你奶奶要一個一個仔細看。（往鍋裡）下餃子，只有你奶奶看鍋。這圖的吉利，一個餃子也不能煮破的。」餃子皮不夠，不能說「皮兒少了」，要喊「餡兒多了」。餡兒少了也不能說，要喊「皮兒多了」！我們如今是鍋一開，笊籬一撈，闔家就吃。但昔時的吃法，頭一碗撈出來，必定是恭恭敬敬供到祖宗牌位前，滿供桌的供享呀！各色點心、油炸麵食、冷肉……都是平時根本吃不到的，琳瑯滿目供在桌上。老爺子帶全家老小「給祖上磕頭」，上供上香，禮敬如生，循循下退。然後是後輩子孫給健在的老爺子、老太太磕頭，領壓歲錢。這些事畢，才能開懷痛吃、痛飲。我父親說過他幼時偷吃供享的軼事——那盤點心太誘惑他了，他偷吃了兩塊，把餘下的重新碼齊了，躲出去。等了一會兒又忍不住，再過去偷吃兩塊……後來，見重新碼盤子也掩不住「偷吃」的事兒了，乾脆一不做，二不休，把滿盤點心吃了個精光……爺爺倒也沒有責罰他。關於這一夜，清人周宗泰《姑蘇竹枝詞》云：

妻孥一室話團圓，魚肉瓜茹雜果盤。
下箸頻教聽讖語，家家家裡閩家歡。

這年夜是諸神降臨時，說什麼就會應什麼，人說話都托著舌頭，稍不吉利的一句也不說。還有一項頗有意思的活動，今天已經失傳，那就是「鏡聽」。這件事從祭灶開始到正月十五，幾乎每家都做，預卜來年家庭運勢——早晨起來絕早，懷裡揣面鏡子，到祖宗牌前念念有詞「並光妻儷，終逢協吉」。然後出門，聽見外人說的第一句話，比如說「您好」、「您吉祥」——得，這就是你一年的兆頭。這件事我在寫《康熙大帝》時移植了進去，寫明珠用鏡聽卜算考試功名的事。再接下來的年事，行春、打春、耕春、拜牌、接喜神、上年墳、小年朝、接路頭、看參星、齋天、走之橋、放煙火——到鬧元宵，一連三天鬧，轟轟烈烈的年事告結。

三年前我到馬來西亞，聽當地華人說：「我們這裡過耶誕，也過年、過元旦。」祭天地、祀祖宗的活動仍舊熱鬧紅火。我在大陸看我們自己過年，也伴著耶誕和元旦，隨著濃重年節硝煙的瀰漫，東方的神和西方的神在天上握手，東西方文明也在糅合，快樂而莊重的鐘聲交織著、撞擊著，會給普天下送來丙戌年的春天。

過清明，有所思

中國人信神和外國不一樣，洋人信的——我看是很專一。信天主就是信天主，信基督就是信基督。就是穆斯林，那肯定只信一個穆罕默德——他絕不往別的廟裡去摻和，即使進廟隨喜，那肯定也是好奇，身子筆挺，連個躬也不會鞠，手懶散合十，禮拜也是沒有的事。倘是道地的漢家百姓，那是見廟就拜、見神就磕頭的。「頭頂三尺有神明」，什麼事都有神管著，上頭頂級的是玉皇大帝，一層層下來到十殿閻羅，海有龍王，井、河湖、山莫不有神，城有城隍神，宅有宅神，門有門神，灶有灶神，走道兒有大纛神……你看這塊地平平無奇，那有土地神管著！你到大廟上去看一看就明白，最高處頂上還矗著個小廟房高高在上——是姜子牙封神，封得沒了位，他就踞坐於萬神之上，叫「諸神辟易」。

在陽間做事，當然有一整套的人事制度，「禮義廉恥，國之四維」，那是不消說的。但人總是要死的。死了之後呢？變成了鬼，眾鬼就歸神管著。我在《聊齋志異》上看到，鬼也會死的——人死為鬼，鬼死了呢？叫聻。人怕鬼，鬼和人一樣怕鬼一樣的聻——這不知是蒲老先生的

「蒲撰」，抑或另有一套學術體系？

這麼一來，過節就過得有點麻煩了。事死如生敬祖宗，祖宗在陰間也得過節，他若不能好好過節，便是活人不孝，這和「禮」又息息相關。孔夫子沒有說過有鬼神，也沒有說過沒有神鬼，他留下了一道題給後人做，大家就忙活得七顛八倒，有了種種的「節」，咱們過呀過呀，再過呀！陽間的人節是三節：端午、冬至和年夜，陰間的人呢？一個不多一個不少也是三節：清明、七月半和十月朔。

七月、十月現在還沒到，四月五日便是清明，這個節怎麼過法？我看我們現在的清明，真的是簡化版本，簡化了又簡化的程序。民俗云「早清明」：夏天來了，陽氣太盛，眾鬼過了清明就要到地下了，趁著清明我們要及時把他們需用的錢物、吃喝穿戴用的東西備齊，所以要「早」，不宜在節後送。早早地準備了金銀紙錠、燒錢紙、陰鈔、時鮮果品，男丁們趁夜用百元大鈔在燈下很認真地在草紙上象徵性地印一下，印印……印很多，第二天閤家一齊上墳，或到陵園，請出骨灰匣，放爆竹、灑酒、設祭、焚紙錢、磕頭或鞠躬回家，然後各忙各的陽間事去了。

我查查清時的清明，複雜。上述的活動當然是肯定要辦的。清明節前兩日，那也是節，叫「寒食」。實際上和清明是配套的，要預先把熟食準備好，因為清明這一天不准動煙火。倘有新亡者，這一天要設筵相待至戚，俗稱「排座」。若是新喪未過七天，那就還要請僧道誦經禮讖。市上有專門為清明祀祖賣的青團熟藕，有詩為證：

相傳百五禁廚煙，紅藕青團各薦先。
熟食安能通氣臭，家家燒筍又烹鮮。

即便上團墳，兒子上墳、女婿上墳、男人上墳、女人上墳各自有各自的禮數規矩，也各有各的情致。野地到處是墳院，紙錢焚起，亦自成一道特殊的景觀。這當然不是喜慶節日，風煙錢灰之中，有《紙錢詩》云：

紙錢紙錢誰所做，人不能用鬼行樂。
一絲穿絡掛荒墳，梨花風起悲寒雲。
寒雲滿天風颮地，片片紙錢吹忽至。
紙錢雖多人不拾，寒難易衣飢換食。
勸君莫把紙錢嗔，不比鑄銅為錢能殺人。
朝為達官暮入獄，只為銅山一片綠。

這位詩人佚名，但我覺得他很有意思，一句詩插進了九個字的，也不講究押韻，有點「自由主義」味道。但這詩說出了清明時節不光是「雨紛紛」，還有一些更深的人文思索。

我一直以為，早先在封建社會有這些鬼節什麼的，婦女們相對比較自由。過人節她們得照人的道理去做：大門不出，二門不邁，死悶在屋裡不動；過鬼節要祀祖，而祖宗們在野地裡，如果不是新喪，能出門到曠野去散散風，她們除了面目必有的肅穆之外，心中未嘗不能有一分竊喜？這也有詩為證：

清明一霎又今朝，聽得沿街賣柳條。
相約比鄰諸姊妹，一枝斜插綠雲翅。

她們過鬼節，「節外」的興致高著呢！

端午節話五月

五月端午起自屈原懷沙沉江，楚人恐其遺體為水族所傷，拋果餌點心米粽於江中以代食，因以成習，成了一個節。這個掌故幾乎是無人不喻、無家不曉的了。但中國「鬼節」有三：清明、七月半和十月朔；「人節」也是三個：端午、冬至和除夕。端午是頭一節，這個事就未必人人皆知了。

我們可以看看中國的神，其實都是死了的人，譬如門神——秦瓊和尉遲恭，玉皇大帝叫張有仁，二郎神楊戩，都城隍叫紀信，那是漢高祖封的。就是每個城池都有的城隍，你去仔細按察吧！他生前準是個「名人」，「聰明正直謂之神」，按照這一標準規範，屈原偌大的名頭、偌高的品行，又是那等一個死法，他肯定是要當神的。推起屈原本事，這位超邁千古的愛國主義大詩人，其實愛的只是楚國。與我們今日的版圖而言，很大很多的地方他是不愛的，有的地方，比如陝西，非但不愛，而且是切齒痛恨的吧？但「愛國」二字加上「主義」，一下子就把問題實質說清楚了，那是一種精神、一種情愫、一種昇華了的品德、一種人文品格的結晶。岳飛愛的是大宋王朝，他想把金人趕出去，而「金人」我們知道也叫「肅慎」，是滿族人的祖先，也還統統是華夏民族的一部分。我們說岳飛「愛國」，說的也還是他的「主義」，這種「主義」和屈原是先後輝映光照千古的。

然而五月在民俗中不是個好月，有稱「惡月」的，也有叫「毒月」的，惡而且毒。你聽聽，什麼好詞兒呢？為什麼這樣叫，沒有見正規的說法，可能是與楚國天候有關。由春入夏的季節，不但酷熱人不能堪，蚊蟲小咬之類，尤其是瘴癘毒霾這時也格外囂張。屈原選在這個月死，我估計除了心情極壞，加上這些因素，人就格外過不得。這個月昔時人過得很小心，「百事多禁忌」。為了辟邪，有錢人家都要花不少錢，到附近道觀裡去請一道「天師符」黏在客廳裡鎮惡，燒香要從五月初一燒到六月初一，紅黃白紙畫朱砂韋馱鎮凶。小戶人家另有辦法，花幾文制錢，買五色桃印彩符，畫姜太公，還有聚寶盆、搖錢樹之類，貼在庭院裡。佛教徒則早有寺中和尚早先送來印好的文疎，填好姓名，初一就焚化，這叫「修善月」。讀書人又是一種作派：堂上掛的鍾馗圖，說是不信鬼神，這東西也還是用來驅邪魅的。清人李福有詩：

面目猙獰膽氣粗，榴紅蒲碧座懸圖。
仗君掃蕩幺麼枝，免使人間鬼畫符。

這些當然都是迷信，成了俗，迷起來，信起來，家家戶戶都忙著做，就變成了一種社會情味，成了如同灑掃庭院一樣的平常事。老的少的，進廟求符，回家燒香，那是高興的氣氛，過節的心情。

這事要連忙幾天，到端午，也就是屈原的忌日，不但沒有絲毫驅鬼祛邪的陰森氣，反而成了大喜慶日子。《紅樓夢》裡頭說是「瓶駐留春之水，戶插長青之艾」。那是簡約得很了。想想看吧！這一天大致家家都這樣：窮富人家都會在上房客屋裡擺上瓶子，插著新鮮的葵花、蒲蓬，還有火紅的石榴等物，婦女們要在髮鬢上簪石榴花——這在平時是絕對不能的，此刻有名目，叫端午。到了中午，家家都要舉筵，「賞端」，除了盡力鋪陳家中美食，還有特別的食物：米粽、點心、熟蒜頭、紅雞蛋之類，門插楊柳青艾，樽傾雄黃烈酒，並有，芷朮酒糟，截蒲為劍，割蓬作鞭，一家人在暖日融融中會聚吃喝——這哪還有一絲凶呀、惡呀？羅馬人過去過狂歡節，要先殺一個犯人，斷頭臺上刀鍘血濺後，接著狂歡，我看大仲馬的《基度山恩仇記》（或譯《基督山伯爵》）這個情節，總想，羅馬人會生活。查到中國人的五月，不禁莞爾一笑，我們中國人不殺人，照樣把五月過得美美的。

中國的「情人節」——七夕

每到二月十四日便會有無數的簡訊發來表示「情意」——於我而言也就是個熟人問候，借了「情人節」來做調侃，想起來肚子裡時常發笑。洋人們其實是因為太富了，各種玉食都受用了，便生方法來尋找情趣。這個日子不過是個寄託就是了。但我們的年輕人過這個節十分認真的。這不需要複雜的調查，你到花坊看看就知道了，所有的玫瑰都賣得精光——這就是實證。我常想，這世界第一倒楣的樹種當然是樅樹，美國人、英國人每逢耶誕就殺它，回去給自己開心；最晦氣的花卉是玫瑰吧？人一談戀愛，或甚稍對人有點愛意，便剪它的花頭。逕自這樣想，我並沒有惋惜的意思。做養供玩的花樹，如同畜牧殺用，非常正常。

中國也有情人節，老牌子的、正宗的——牛郎織女七夕會，不過它不叫「情人節」，七夕就是「七夕」。

牛郎織女那段纏綿悱惻的故事，不是父母講給我的。他們都是職業革命者，不講這些個。我先是聽了同學母親說，後又看小人書，自己獲取了這個知識。天上的牛郎星與織女星遙遙相對，當中隔著浩渺的銀河。有幾年到農曆七月七，我常坐在石頭上仰望天空，想看他們「相會」，但總是陰天，黑咕隆咚的，什麼也瞧不見。二月河這般傻氣，我的讀者一定會笑的。其實即便是「情人」，世上有幾對能「終成眷屬」的？而成了眷屬照樣過情人節過得過癮！

我一直覺得牛郎織女故事不圓滿，王母娘娘吃飽了撐的，管這閒事！但後來明白，不圓滿的東西才是最美的。阿芙蘿黛緹[1]倘無斷臂，她失去的那隻手臂也許將奪走她頂級絕世的風華。茱麗葉如果真成了貴婦人，誰還替他們掉眼淚？賈寶玉和林黛玉也是一般——戰敗賈氏宗親、屏棄薛寶釵、八抬大轎成婚、林黛玉做為「寶二爺夫人」主持家政……什麼意思呢？總之，我覺得這故事很有美學追求，高雅，很「現代」的！

現代？其實過去中國人這個節過得是極其認真的。我翻了一下清人筆記，過「七夕」比過八月十五記載要詳明十倍。七夕前，六月下旬實際上這個節已經開始了。點心店開始製作「巧果」，用麵和白糖挽成花樣油炸了出賣，我們今天叫「甜麻花」，當時的人叫它「苧結」。到正日子這夜，家家戶戶正廳要擺拜壇，有錢人家是在「露臺」上——大約相當於我們今天的陽臺？沒

1 阿芙蘿黛緹（Aphrodite，或譯阿芙羅底德）為希臘神話中愛與美的女神，「米洛斯的阿芙蘿黛緹」雕像於一八二〇年出土，據推斷創作於西元前一五〇年左右，被公認為迄今為止希臘女性雕像中最美的一尊，雙臂殘斷，現藏於法國羅浮宮。

錢的窮人就在院子裡，鮮花、巧果、點心、甜酒都擺上去，燃上香……然後舉家望空禮拜。這是有詩為證的：

幾多女伴拜前庭，敬祈銀河架鵲翎。
巧果堆盤卿負腹，年年乞巧靳雙星。

這實在是女人們藉機抒發情緒的一個節日。中國女人可憐，自宋以降就沒有了戀愛自由。說實在話，中國的男人也沒有戀愛自由，都不能說「愛」字，只好「乞巧」。我想那些人跪在庭院中間向牛郎織女喃喃禱祝，雖然都是企盼好運與智慧，他們心裡想乞什麼，真的是天知道。另有一詩或道出箇中玄機，「乞巧誰從貸聘錢，瓜花穀飯獻出筵。阿儂採得同心果，不為雙星證夙緣。」這是真的，這個節各地過法大致大同小異。巧果有的地方油炸，有的地方則不炸，追求的是它的花樣，工巧、玲瓏、美觀。禮拜程序和祈福內容也是先後不盡一致。有的地方財主們還要請僧尼，聚族筵禮拜，繁複得很。它既然叫「乞巧」，怎麼判定神示妳是聰明閨女還是笨丫頭呢?是這樣操作：七夕這夜，盛一碗水，置在拜臺上，第二天早晨，受試女孩要向碗裡放一根針，十分小心地放在水面上，針如果沉下去，算妳笨。水是有張力的，針能浮在水面上呀！妳行，聰明。

這些都是舊俗。今天的人當然不會去拜牛郎織女，我看了許多賓館，擺的都是趙公元帥、關公，除了財神什麼也不拜。我以為比之時尚，青年對青春與愛情的嚮往，比我們老一輩對中國愛神牛郎織女二星的崇敬，顯得很猥瑣與陰賤。

人們希望七月的喜鵲會帶來愛情的幸福。我讀金庸的《神鵰俠侶》，裡頭有種植物叫「情花」，生的地方也驚人心魄：絕情谷。愛情的心態猶如中了「情花之毒」，契合如符。極佩服老先生的想像力。他八十多歲吧！去年還和他在深圳做了一次對話。我思量這情花及絕情谷的形象思維，肯定是他年輕時的奇思妙想，老年人思量不來這意思。

甜蜜＋痛苦＝愛情。我們先祖就懂這一條。今天中央電視臺製作一個專題片，請我去嵩陽書院當導遊。我說了對程、朱一些不恭之詞，他們刪掉了。其實他們不該刪掉的，客觀地說，程、朱的學術還是應當受到尊敬。但他們的理論摧毀性地破壞了「愛」，從觀念到思維方式、行動規範。本來就十分脆弱的愛一下子全部掃地出門打入地下，一直到現在也沒有完全張舒起來，這個罪過了得！

然而「愛」這種東西豈是一種理論——滅人欲——可以消滅的？人們在過七夕時，其實就是潛意識地召喚愛的靈魂！魂兮，歸來，希望碰巧「我能擁有……」

歸來，歸來，魂兮歸來！七夕的靈魂，中國的情人情結在此日薰蒸人間。

八月十五拜月記

農曆的八月十五是大節。其實這樣的氛圍現在已經感覺得到了。月餅的資訊傳遞著天庭的資訊，人們在潛意識中安排「今年十五」的事情。中國沒有狂歡節。人、鬼、神佛們共同構建出他們生活的豐富和含蓄。不論糅進去多少各個節氣的情味與期望，大致上說都是把對這種自然的崇拜和人事心情融會神通。

八月十五是個「心情節」。我們讀《御香縹緲錄》、看《清宮外史》，可以很真切地感受到九重御苑裡各類人物——比如皇帝與寵妃——他們在皎輝的月光下設案焚香、跪地拜月，喃喃訥訥訴說著自己永遠不能在公眾場合說出的心裡話，其實這樣的活動是公開性的。任何一個民族，都有一個母親神。中國的母親神，也就是月亮。不單是八月十五，就是五月十五、三月十五……任何一個「十五」，都是善男信女向母親訴說「隱私」曲衷、「花前月下」說悄悄話的日子。這確也是貴人們「出狀況」的日子。你可以去看看《拜月記》就懂了。我在寫《康熙大帝》一書時，請皇子八月十五大鬧御花園，從此引出了清廷帝國潑天大案，導出九王奪嫡政治慘烈之劇，那是八月十五的另一種情味設計。

故宮檔案中還當存著這樣的紀錄，康熙皇帝在月下祈禱：情願削減自己的壽數，盼上天賜自己一個「完人」——這是很淒慘的話了。他實際上要求的是「善終」二字：能善終，「終考命」，我願意少活些年頭。我們打開山東曲阜孔家檔案。五代時期他家出了一件事，也是八月十五吧！孔家長工殺害了「老公爺」，乳母抱「小公爺」逃出。二十年後小公爺又返回公府「復辟」——這件事不知有沒有人寫書或寫戲了？這是孔子「中興祖」孔仁玉的真實遭際，極為驚心動魄。我前不久寫了篇順治的文章，他的寵妃董鄂氏，死於八月十七，我們閉上眼就能想像出八月十五這夜順治怎麼過。去年去了一趟香嚴寺。這是晚唐宣宗皇帝的「龍潛」之地。他假裝「摔死」，金蟬脫殼逃到這座寺院，做了七年沙彌，又從南陽被抬回洛陽、長安做了「宣宗皇帝」，也是熱鬧驚心的一幕。你到寺裡頭看，裡頭有座亭，叫「望月亭」。他也是這般，在困難時就會想到月亮。人類無論貴賤這一條一致，到了困頓危難之時，大致就會想起媽媽，就會在母親的清輝下訴說自己斷難向人間世陳講的心曲。

二月河有時會突發奇想，倘若我在海外，倘若我腰裡有銅板，又望鄉難以自已，我會在自己庭院中也造出個「望月」榭臺亭閣之類，心裡會好過些。我揣心而推「明月幾時有，把酒問青天」，這樣的詞話肯定是在這樣的人文環境與心境中寫出來的。看見霜樣的月色地面，連李白也難以有「五花馬，千金裘，呼兒將出換美酒」那般豪興，只能在母親與故鄉面前低下頭。今年前不久，我回山西老家，過閻錫山宅，他們請我留「墨寶」，我寫了「一代興亡觀氣數，萬古首丘望鄉梓」給他們。月光下「首丘望鄉梓」是華夏情結。別的民族你說了他也不懂，他沒有這種「基因」。

但是，月亮不僅是這樣堂皇，也還有一種社會情韻。《紅樓夢》中有一回，叫「因麒麟伏白首雙星」，就「雙星」而言，到底是哪兩顆星呢？曹雪芹說，紅學家就猜，猜得最多的是牛女二星，也有「參商」。我呢？我猜的是「太陽星」與「太陰星」，暗示了史湘雲與丈夫不能見面的悲情結局。月亮就有這麼一個不好聽的名字，叫「太陰星」。五行學說：主陰謀。唐宣宗的那個「望月亭」，一重意思是他的情感追傷，另一重更重要的意思：他肯定在月下徘徊著想辦法，怎樣把政敵們打得滿地找牙。你翻開《辭海》，「口蜜腹劍」一條，那是對唐相李林甫的專有評語。李林甫家中有一樓，叫「月樓」，每當他想整人，他就在月樓上想辦法，他的「水平」可想而知。劉心武新寫了一本書，叫《紅樓望月》，不論內容怎樣，書名真虧他想。

上頭這些歷史故事，其實與我們小百姓無關。就天下萬千里黔首、芸芸眾生而言，八月十五不是個陰慘慘淒清清的日子。由農忙到農閒，大大的月亮，圓圓的月餅，打上一壺酒，一大家子高高興興坐在月亮底下說笑話、說收成、說故事、說「傻女婿十五拜老丈人」……這份高興屬於老百姓，時髦點說是我們普通納稅人。打開《清嘉錄》，說到「八月半」，只說三行，我起初詫異，這麼大的節，怎麼只有這樣的規格？後來也就釋然：本來就有月餅佳節，「八月十五殺韃子」之說，滿人自認為是「韃子」，寫書的人畏懼文網，迴避了去，大致是這個原因吧！天下人間，「人逢喜事精神爽，月到十五分外明」，月光的仁柔色相，伴著爽人的金風秋氣灑落在神州之時，人們的心境是開朗與光明的。就算不巧是陰天，人們會興致勃勃地投入到一種情致思維——中國人永遠是樂觀與光明的，「悶悶中秋雲罩月，嘵嘵元宵雨淋燈。誰知籬豆花開日，養稻正需水滿塍」、「但願中秋不見月，博得元宵雨打燈」——那更好！

重陽隨想

中國的年節，大致上說的是三件事：祀神、祭祖、放鬆吃喝。神仙祖宗不說，我們農業國，幾千年如一日，勞作耕耘從土地裡「刮金」，加上諸多的社會人文原因，從上到下的人們，可以說都累得可以。平日積攢一點好吃的，捨不得吃；好用的，下地鋤禾捨不得用；到節日期間，除了求神祖保佑「愈過愈好」之外，所有平日鬱結在心的欲望，統統釋放出來。所以，與神祖無涉的節是沒有的，與吃喝無關的節也是沒有的。但有一個節似乎這三方面都很淡。三件事也都做，但俎豆香煙不盛，珍饈美食呢？也似乎做得不認真，這就是重陽節。

「兩個太陽重疊」？不是的。九月九是兩個「陽極」之數，重疊在了一起，因故有是名。這個節是個遊興節——我們過去說的「遊興」，說白了就是今日的「旅遊」。沒有現代的交通工具，也沒有柏油路，就自己一家人做短途的隨喜。自己帶吃的和「飲料」——酒，走——上山去，登高去，看碧雲黃花去，看楓葉去！在山上玩，玩累了，回家，這個節也就過罷了。

中國人做事的認真誠敬，世界上沒有哪個國家的人能比，外國人過節要去教堂，你有事或心情不對沒去，誰也不會計較，耶穌天主不計較，神父牧師和教中會友也都不會計較。在中國到祠堂祭祖你敢不來？那肯定族中就有人「收拾」你。跪天祈雨，要寡婦來，你有病？你愈是有病愈得來！所以即使在享受，我認為也是被「神佛祖宗」捆綁著「享受」那種感覺，真正自由放鬆的節日也只有這個重陽節。

「重陽將至，盲雨滿城，涼風四起，亭亭落葉，隴首雲飛。」就這麼幾句話，可以說是形容重陽的極致之語，我在不少筆記文章中見到，幾乎都一字不易地引用。這個時氣，不下滂沱大雨，然而也不是毛毛雨，很細膩柔和如煙似霾那樣的雨重陽節也沒有，盲雨的「盲」怎麼講，我沒有考究過，想想見到的那雨的樣子，該是不大不小的中雨，更確切地說是「中雨偏小」的那種雨，這個雨，出門登高做一日遊，怎樣說都是偏大了一點。但人，人啊，只要有心情，高興，帶著雨具，挑上酒食點心，也就上山了。那是什麼樣的盛況？清人申時行有詩：

九月九日風色嘉，吳山勝事俗相誇。
闔閭城中十萬戶，爭門出廊紛如麻。
拍手齊歌太平曲，滿頭爭插茱萸花……

這首詩相當長，他是嘆息人們的奢靡之風：

道旁有叟長嘆息，若狂舉國空豪奢。

……

比歲倉箱多匱乏，縣官賦斂轉增加……

社會問題是另一回事，中詩真的把人們狂歡的形態寫得淋漓盡致、酣暢至極，處身其中，即便你是個內向人也會開朗起來，你玩不成深沉。

其實，就人們的心理，人人盼著有雨。滿山的秋葉豔色雜陳、斑駁陸離，如果在豔陽之下，那就太真切了，不夠朦朧，不夠含蓄，與中國人的審美情趣多少有點不合。在太陽底下喝酒，看山也少了點「秋涼」意味。但還有一層更真切實惠的想法，「重陽無雨則冬無雨雪」，這會影響來年的收成，所以雨下起來，敲擊著所有人的興奮點，敢情是雨下得多點大點人們會更高興。

插茱萸、飲重陽酒、吃糕、登高，寄託了人們兩種心情，希望遠方的親人平安，希望自己的子女和生活「步步登高」，這實在是個吉慶有餘的歡樂節。

我們現在一年要過很多節，我看有兩個節是挺好的，一個是兒童節，那是六一；一個則是重陽節，是老人節。我有一個傻念頭，不知我們的社會學家和政治家能否認同：兒童節要變成全民的節，大人們陪著兒童過節。老人節呢？要過成兒童節，變成舉國狂歡日，因為兒童和老人們歡樂，大人們青壯年有什麼理由不跟著狂歡的？構建和諧社會先構建老人和兒童的快樂，「抓兩頭帶中間」——整個國和家都會和諧起來。而且這兩天，應該全國停止收稅催帳，討債、欠債的放棄兩天權利也無甚干係。你不要帳，就會有更多好詩。

我們的尊老愛幼，是自古民族的傳統，總書記「八榮八恥」裡頭提的還有，這是需要永遠張揚不衰的民族精神。西方國家比我們富，有錢主兒很多，他們的人文思索裡沒有尊老這個基因。我十歲讀《鏡花緣》，裡頭有錯字先生教蒙童，「者吾者以反人之者，切吾切以反人之切」。當時不懂，後來才曉得，是「老吾老以及人之老，幼吾幼以及人之幼」之誤。你找個美國人、英國人、法國人，說煞了，他們不能懂——憑什麼我要像尊敬自己父親一樣對別的老人，待自己孩子一樣看別人兒子？——他不行，因為他那個「學問」心理因根裡頭沒有這個「理」。

九九是個極陽之數，也是舉目登高尋歡作樂的日子，老人們講究的是長壽與健康，這個日子再合適不過了。我查閱康熙的資料，他晚年最重視的就是「終考命」——這在《洪範》裡頭為五福之首，他起先想長壽，後來又戰戰兢兢向上天哀祈：願減壽，完好結束做個「完人」。康熙皇帝是一代雄主呀！他只活了六十九歲，家庭朝廷打得烏煙瘴氣。他到底也沒有當上「完人」——以天帝尊，生存品質也不過爾爾。現在我們的人活六十九歲又有什麼稀罕的？七十九、八十九……一百零九也有的是了。我們的意識裡應該有「瑞」的概念，活過七十我們已經叫「人瑞」了，一個國家「人瑞」多了，那就是「國瑞」。

現在我們有高速公路、有汽車，上山「登高」的路也大多弄得很好。到日子，扶老攜幼，帶上可樂之類，加上「糕」——各種點心，在美國的、法國的遠遊親人……不一定要插茱萸，弄點別的樹枝子插插我看也行，讓我們心中的愛薪火相傳。連吃帶玩，還有愛的傳遞，重陽節的意思就大了。

還用申公一句詩：

雜還笙歌引去槎，此日遨遊真放浪。

閒話十月朔

農曆裡頭沒有「日」、「號」這一說，比如說兩人見面，甲問：「老兄，今兒幾號？」乙說：「九月一號。」或說：「九月一日。」得，你不用問，這說的準是陽曆。如說「九月初一」或「初一吧」，那就說的是「陰曆」。不過現在街頭相向，談日子，年輕人多不再說陰曆了，他們忙活的和老人不一樣，春節、陽曆年、五一、十一、清明、愚人、父親、母親、情人……逢節，胡天胡地就「過吧」。然而你要問他：「幾號？」他肯定對你說「一號」，絕不會說「初一」。

這事聽起來有點微妙的，老人青年有這麼小小的界分：老人們陰陽曆都記，年輕人獨記陽曆——只有一個節，大家牢牢記住了「陰曆」，那就是「十月一」。無論男女老幼，只要一提「十月一」沒人往別處誤會，肯定是陰曆「十月初一」。和清明一樣，是上墳的日子，中國的「鬼節」一年有三，這是最後一節。但是這個節，二月河卻長期「不曉得」，我生活在一個飄泊不定的家庭，自幼沒有受過父親的庭訓、母親的叮嚀，我們祖墳在昔陽，家中又沒有這概念，我雖讀了不少書，這個事沒聽說，這個日子沒印象——我三十歲就有人說「淵博」了，到三十三歲我從部隊轉業才知道還有這個節，趕緊去查資料，才算明白了。這個節，是活著的人追念地下親人亡靈，為他們過冬做點準備。

先人們怎麼過這個「十來一兒」、「十月一」我沒見過。現在的十月初一，你可以上「郊坰」去看，墳地已平得差不多了，溝溝坎坎旁林間樹影下，甚或墳頭雖平、墓葬未遷的平地，連天衰草、枯楊敗柳間，一夥一夥的人——你不用問，每一夥都是一個家庭體系——擺花圈、燒香、焚紙，還有紙電視機、紙汽車、紙別墅……只情（只管）燒起。

倘是集體陵園，那就更熱鬧了，燒紙燒得烈火熊熊，「香煙」不能用「繚繞」二字了，而是「濃重瀰漫」。一家家的萬響爆竹，響得像暴雨擊打油毛氈頂房子，「呼呼」地響，憑你「蓋叫天」、「楊小樓」[2]那樣的嗓子，吼煞沒人能聽到一個字。野意（指山野意趣、鄉村風味食品）和眾意就這麼區分。又有相同的，那就是邊燒邊念叨，把蘋果呀、橘子呀、點心呀往火裡填，「請你們來享用哪……」

我看了看清代的「十來一兒」，過法差不多。一般的，也是上墳燒紙、燒香。只一樣似乎今人少見，那就是新亡之靈要另做隆重祭奠，還要延僧道做功德薦拔。我說過，中國人認真，有「事死如生」這個規矩，我們的先民雖有人寫過《神滅論》，但就整個社會而言，普遍認為我們不過是生活在「陽間」。死亡，是從一個「陽間」——到陰間的過渡，中間只隔一條河，名字也起得極好，叫「奈河」（奈何）。如能進入「無間」——你可以從這一間到那一間隨便來往，那好，這就是「神」。像清明、中元、十月一這些節，說得現代一點，是我們陽間的人，在此岸向「陰間」彼岸的人打信息，傳遞心語與情愫關懷。

這個節正規的名字叫「十月朔」，也叫「朝官府」，不算大節，但沒有一家不認真對待的。民俗諺，「十來一兒，棉的兒的兒（的兒，方言諧音）」。過了節，就進入冬天了，要穿棉衣了。由此及彼推想，陰間的「人」也該過冬了，要穿棉衣了。這是萬不能忘的。燒紙、燒香、燒紙衣，這是必有的關目，因此它又有個名字叫「燒衣節」。我們現在過這個節，沒有政府行為，因為我們的政府不信鬼神。清代可不是這樣，府、縣的主官都要出來，主持祭祀，「薦壇」，也叫「無祀會」。這是什麼意思？沒有確切的資料可查。但我思量，有兩條：一條，政府每年要處決犯人，這些人的死亡要負責，亡靈要有所安撫，不然這些搗蛋亡靈就會在轄區內製造麻煩。再就是，有些貧弱無依、凍餓而死的「野鬼」，也應由政府負責安撫——這當然不是孔孟之道，官員們寫文章時尊的是孔孟，做心靈祈禱時想的是釋迦牟尼和老子。「無祀會」這名字就說明了一切問題，無祀無不祀，不是祭祀哪一個鬼，而是所有境內的鬼。那排場也是極大，但我想可能會辦得稍遲一點。因為家家都在「家祭」，他要把時間錯開，人家上墳家祭，要出門，既出門了免不了要轉悠轉悠；走，看「無祀會」去！這一天，大家都不做飯，祭靈用的祭品都是上好的點心，

2 蓋叫天（一八八八—一九七〇）、楊小樓（一八七八—一九三八）均為知名京劇武生演員。

古人沒有我們今天這樣大方，把好好的東西往火裡扔。而是小心收拾起來，帶著它，一邊看祀會，一邊咀嚼，所以這節還有個名字叫「小寒食」。

有意思的是，這個鬼節過得有點博愛味。燒紙、祭酒、焚香。主要是「給親人的」，然而他們認為亡靈也是有地下「社會關係」的，還有一些「野鬼」，如果和地下親眾彆扭起來，「親鬼」們也不得安生。所以灑酒請眾鬼都來飲用，還要多燒些冥衣，親人們換上，還要打發他們沒有衣服穿的窮鬼鄰居朋友。人世間不就是這個樣子嗎？鬼眾也做「慈善事業」，求得他們那一維空間的和諧鬼關係。

我曾和朋友聊天，說中國的人節不如神鬼節，鬼節其實是中國的舊婦女節。比如說過大年，祭祖，男昭女穆分排立定恭肅如對大賓，女人照樣不能出門。八月十五賞月吃西瓜，是自己一家團聚，女人終年在家，這一日照樣，仍然是個悶。悶死了！只有玉皇大帝生日，文殊、觀音、地藏、普賢……成道日，清明、中元、十月一，把女人封在家裡這些事不能完成，女人們就跟著男人離開那個能把人憋神經的家，女人頂多能到月亮底下嚶嚀幾句，冬至，女人妳待家裡擺供享吧！一年到頭躲在小宅子，到郊外，看廟會，逛大廟，好好釋放一下，大膽寬鬆一下，就這個意義。比如「十月朔」，從這個日子到正月初二閨女回門，女人要憋整足兩個月悶在家中，不趁這日子「放」一下也真不得了。十月初一小節，過得這樣豐滿，也就是人們心理暗示的需要了，清人潘陸有《看無祀會》云：

吳趨人好鬼，風修自年年。
百戲陳通國，群神冠進賢。
氣喧秋燕後，花晚嶺梅先。
不斷山塘路，香飄遊女船。

「十月朔」的節，正規是「哭靈」的。女人天生能哭，在墳上哭幾聲，上船玩去了。

臘八粥

我看過和尚們吃飯，那實在可以說是「節約型」的餐飯。現在少林寺、靈隱寺的佛子們吃得怎樣？我不曉得。但憑揣測，我以為仍舊是「差勁」，曾經問過一位很闊的方丈大和尚：「你們那些沙彌現在伙食好了吧？」他答：「吃細糧了。」——這也就是提高了。但「水準」也就「而已」。因為你如今即使走到最偏遠的僻壤窮鄉，窮漢們「饅頭鹹菜」——也是細糧。其實，所有「紅」古剎，如今都是日進斗金——饞嘴花和尚或有扮作俗人，到火鍋海鮮城裡「大快朵頤」一番。但你到寺院食堂瞅瞅，和尚的膳食還是「不行」。想了想，所有的宗教都是禁欲的，佛教何能例外？人，吃得好了，就會胡思亂想造業。釋迦牟尼就是這樣想的，因此他的教眾不允許奢侈。由此推去，嘴巴犯饞、食指常動的人，有苦惱自個解決，別去當和尚。一天到晚蘿蔔白菜豆腐，時間長了口中淡出鳥來。

然而和尚也有一宗好飯，叫「臘八粥」。

這粥我常吃。用一點油鹽，炒上黃豆、松子、枸杞子、胡蘿蔔丁，兌水，加小米、核桃仁、花生米、豆腐丁、粉條……講究一點的還要加點黑木耳、香菇之類，就在火上熬煮。這粥要中火不停地煮二十分鐘，鍋裡翻花大滾，人站在鍋邊，用勺子不停地攪動，攪得黏糊糊、稠糊糊。蒸蘢的廚霧瀰漫著濃重的香氣，能逗得全家大人小孩都嘛口水，流哈喇子。好，出鍋，喝粥——準確地說是「吃」。那粥，可以用筷子頭「剜」，一剜一團，吹一吹熱，然後它就消失在肚裡了。真的，臘八粥比餃子還要費心費時、還要好吃些的。

這種飯什麼時候有的？考證不清楚，但似乎唐代的可能要大一點，因為十二月是「臘月」，是打《唐書．曆志》才有的月律。臘月，又是初八，於是便有了「臘八粥」這一說。然而這個粥我懷疑它是印度和尚飯傳入中國——說不定就是玄奘和尚打印度帶回來的外國飯。因為印度也有個「臘」。十二月十六日，這一日定名叫「臘日」。一個臘月一個臘日，每年臘八，中國的寺院都燒臘八粥施捨四方善男信女。對乞丐窮人來說，這實在比觀音楊柳枝還實惠一點。由彼國到吾國，由寺院入民間，那粥傳承脈絡似是有跡可循。

這是很好的膳食，不但營養全面，且是口感極佳，很適合寒天進攝。試想，外頭天寒地凍，滴水成冰或者漫天雪大如掌搖落而下，屋裡熱氣騰騰的，老小共聚歡顏，來一大碗這樣的熱粥，你心中有多少的寒氣也都驅盡了。吃這個飯，不需要再配菜，因為粥裡已經備全；也不需要吃乾糧，因為它的黏稠度，能解決你的「腹中糧荒」；更不要喝酒，因為酒這東西「奪味」，這麼佳美的粥味，被酒味奪掉很令人掃興。因為它用料多又好，無論僧俗人家，平時都不能常用的。

清人李福有五言古風：「臘月八日粥，傳自梵王國。七寶美調和，五味香糝入。用以供伊蒲，藉之做功德。」——這個粥原來是僧眾供奉世尊釋迦牟尼的，豈是等閒之粥？這裡全文引用這詩是長了一點，詳其意蘊，似乎這屬於一種「政府行為」：比如說縣衙要賑民，又怕麻煩，就把錢糧撥給寺院，由和尚代勞，和尚就熬這樣的粥施捨四方——自然地，他們自己也可以打打牙祭——粥好又是白吃，來吃的人可以想見肯定擠得水泄不通，「飢民寺集」，就弄得「男女叫號喧，老少街市塞。失足命須臾，當風膚欲裂……」、「問爾為何泣，答言我無得……」整個一個好事辦砸了。很多人擠破頭，吃不到一碗臘八粥。弄得詩人也無奈長嘆：「安得布地金，憑仗大慈力。倦焉對是粥，跂望蒸民粒。」情願吃平常飯，吃飽就好。

我自得了糖尿病，常吃這種粥。因為它用糧比較少，其中一些菜豆又於這病有益無害——有人說，喝粥血糖上升得快，我告訴他們上去快下去得也快。因為它就那麼多的含糖量，更多的是碳水化合物，宜於血糖高者攝入。我曾詫異的是，天下酒肆飯店林林總總，不見有個老闆開發「臘八粥」這飯（事業）。這麼好的飯自己做又麻煩，正是飯館應該關注的呀！怎麼偏就——想想明白了：飯館是要掙大錢的，這飯做起來有點麻煩，用料卻都不貴，掙不了多少錢的，再說粥味那麼好，喝它不必吃菜了，飯店更不合算——無商不奸，無奸不商，不掙錢的事你甭去和商人「商」。

然而民間不用你說，臘八粥自也是要通行。平日「簡易臘八粥」，也常在百姓桌上端出的。

山西的「合子飯」、河南的「糊塗粥」，都是的。山東、河北平常人家，我想也都有變種了的通用臘八粥。人民生活水準提高了，飲食就向貴族靠去。有人注意到，《紅樓夢》裡的賈寶玉從不吃乾糧，是一味喝湯喝粥；吾輩老百姓吃臘八粥、喝糊塗飯，並不是沒有乾糧與肥豬羊，是因為要講「養生」。向賈二爺靠齊，與釋迦牟尼同享佳味。

阿彌陀佛！

冬至況味

我們家向來飄泊遇安，從小我便不記得有冬至這個節。父母親走到哪裡忙到哪裡，他們官不大，但各人都管著一個單位、一攤子事，除非假日，或者連節帶假日一起過，我們才能記得，哪天原來是個「××節」。你打開日曆，每年的冬至都是西曆十二月二十二日，這天沒有公假，一般來說，也不是公休。冬至，冬至怎麼了？我是過了而立之年解甲返鄉，才聽朋友家人說諺：「冬至不吃餃子兒，凍掉耳根兒。」後來研究清史，需要了解民俗，一查，吃了一驚，這原是個大節，有多大？「冬至大如年」！

我在我的「落霞系列」中引了這麼一首《聯詠詩》：

皇帝：大雪紛紛落地。
大臣：這是皇家瑞氣！
財主：下他三年何妨？

窮人：放他媽的狗屁！

翻開我們的史書，喜愛雪、歌吟雪色的詩人與要人太多了。但是，首先一條，你肚子不能是「飢腸轆轆」的；其次，你衣服要穿厚一點，最好有個亮軒或雅一點的草亭，生一爐旺騰騰的火，然後圍爐而坐，夫然後披上大氅踏雪尋梅，夫然後再說：「大雪紛紛落地……下他三年何妨。」——對雪發出詠嘆調，那百分之百是要「有條件」才會有感動。可惜的是，我們中國歷來窮人太多。就我所知康熙時期，全國正式官員不足兩萬，加上有條件說「何妨」的財主，撐足了不會超過百分之十。那剩餘的百分之九十，對冬天的降臨，是懷著「敬畏」的雙重心理的。說「敬」，那是因為這是上天的意志，無可迴避也無力抗拒；說「畏」，則因為從冬至這一天開始，要一天一天數，數九九八十一的嚴寒。冬至，實在是有這兩種涵義：於闊人，是等著「瑞氣」降臨的期待日；於窮人，是進入嚴寒的「戰備總結日」——他們從十月就開始「備冬」了。

這個意味不曾有人說過，是二月河在這裡瞎想，一旦約定俗成，無論貧富窮通，都不會像我這樣胡思亂想，都是一門心思：把冬至過好，圖個吉利。

冬至的前一天，實際上各戶人家便已行動起來了，親朋好友，互贈食物，當時的情景是「提筐擔盒，充斥道路」——這有名堂叫「冬至盤節」。大街小巷各個店鋪，都會擺出冬至的特有供品售賣，「冬至薦酥糖」，有餡兒大個的叫「粉團」，沒餡兒個頭小的叫「粉圓」，這是祖宗牌位的必供之品。冬至前一個晚上，一家人要團圓。和年除夕一樣，這一夜講究闔家團圓，一個外人也不能在場的，連回娘家的女兒，也是「外人」——對不起，妳還是回婆家過冬至吧！然後炒菜燙酒，祭祖宗，拜喜神，闔家大快朵頤——所有的儀節如同過年，半點不越雷池，也絲毫不敢馬虎。

道咸時侍郎顏度有詩說「至節家家講物儀，迎來送去費心機。腳錢盡處深閒事，厚物多時卻再歸」——家家都送來送去，食品點心輪回轉，又送回了自家來——此事原來古已有之！就人們的「過節心理」而言，「冬至除夕」這一夜，才是人們最興奮、最快樂的時節。過了這一夜，第二天清晨，人人換上新衣服，「拜賀尊長，又交相出謁」，互相「拜冬」，節日的氣氛仍在，「過節」的精神氣兒其實已經暗暗「洩了」——這一條和我們過春節也是差不離。

從這一天開始，「連冬起九」，進入一年的「陰極」之日，共是八十一天。康熙四十六年太子胤礽被廢，到康熙四十八年開春，又重新復立。從康熙四十七年冬至，這位心境極為複雜的老皇帝在乾清宮設了一張紙，他要在紙上寫九個字，有名堂的，「亭前垂柳珍重待東風」，不是一氣呵成，每個字九筆，每天來寫一筆便走，共寫了九九八十一天。好，春來了，河開雁叫了，大地陰極陽生了，宣告太子復立。這個冬至，康熙肯定是仔細思考、絞盡腦汁過的。然而天下的老百姓不會有「如是我聞」的心境，他們也有口諺：一九二九，相喚不出手。三九二十七，籬頭吹湯栗。四九三十六，夜眠如露宿。五九四十五，窮漢街頭舞（慶賀冬天已盡）。不要舞，不要舞，還有春寒四十五！六九五十四，蒼蠅垛屋次（蒼蠅開始活動）。七九六十三，布衲兩肩攤。八九七十二，貓狗躺溼地。九九八十一，窮漢受罪畢，剛要伸腳眠，蚊蟲跳蚤出。同樣是過了九九八十一天的「數九」寒天，帝室禁城與閭閻黔首的況味各自有異。

冬至如年。用的是「如」，不是「同」。如果說與年有何不同，那就是冬至這節過得短，有點像「簡化年日」，大的程序差不多，論起詳明周納，那就有了差別。可以看成是一次「過年預演」。人們過這個節，表現出的是上天對冬令的崇拜與敬畏，祈禱自己和家人平安度過肅殺的嚴寒季節。

我有點詫異的是，現在人們過冬至漸次認真起來。我發現到了這一天能休假的都休假了，上班的，似乎也寬鬆許多——提前下班去買菜，走到小巷中，你會聽見家家都在剁餃子餡兒——日子好過了，人們不管是耶穌、釋迦牟尼，還是陽曆年、情人節，抑或是冬至，什麼節都想好好過過。

佛像前的沉吟

貴人、賤人、老人、婦女、好人、歹人……城裡、鄉下……自從六祖以來，信佛的人愈來愈多，人氣旺了香火自然就旺。六祖慧能自然就成了中國的釋迦牟尼。

印度的佛教不行了，佛教的中心在中國，釋迦牟尼的法身名號叫慧能，他的禪宗文化從少林寺中走出，光耀全世界，入他的佛門免費，不要門票。

佛像前的沉吟

美國是當今最強大的國家，物質文明精神文明都用得著「了得」二字。有朋友說，這個國家如今的情形與我們的大唐王朝差不多吧？我聽了一笑，回說：「有些歷史現象不是簡單的類比可能清晰表述得的。如果從國民生產與生活享用的絕對值去算，美國早就超越了唐代了。如果論到『雞剔皮』（GDP），可能它還差著老大一截兒。如果從文明特徵上講，我認為很不一樣：美國是『驚人』的，而中國的唐代是『迷人』的。說美國驚人，一是它有錢，二是它有炸彈，這兩樣東西在世上晃來晃去，很顯眼；說大唐『迷人』，除了它也有錢，二是它擁有詩歌和宗教的昌明，像彩霞一樣絢麗燦爛，同樣也是光耀寰宇、垂照千古的。」

詩歌不必說，不少唐詩而今仍是我們小學、中學乃至大學的教科書。謂予不信，你到街上隨便找個學生，或者來本地打工的青年，請他背唐詩，他大約都能給你來兩句「兩個黃鸝……」或「白日依山盡」之類，這就是明證。說到佛教，那就顯著複雜了一點，但如若附近有蘭若叢林寺院之屬，那青年或許會隨手一指告訴你：「你瞧，那座塔，××寺的，唐代的！」

看看中國的歷史，有件很有意思的事，佛教似乎總與詩歌相伴。也不知誰先誰後，抑或是先後輝映，兩家差不多是彼興我興、彼衰我衰。漢如此，唐如斯，元、明、清也「庶乎是矣」。我看《水滸傳》，魯智深和尚，就是三拳打死鎮關西的那主兒，他恐怕小學文憑也沒有吧！只懂得風高放火、月黑殺人，臨終時，卻有一首偈子：「平生不修善果，只愛殺人放火。忽地頓開金枷，這裡扯斷玉鎖。咦！錢塘江上潮信來，今日方知我是我。」——這從任何意義上講，都是一首詩。就此水準而言，今日的文科大學生有幾個人做得？這在佛學裡專門有一支，叫禪宗，頓悟派的。智深和尚聽到錢塘大潮捲空而來，他一下子就大學畢業了。

如今在外頭很兜得鋒頭的自然是少林寺。這叢林、那廟院都在恢復修葺，不少和尚奔走籌錢，想光大他寺院山門。少林方丈釋永信和我很熟，我看他不缺錢，他在張羅著要把寺院申報世界遺產。黃金旅遊節你去看，豈止少林，「南朝四百八十寺」，哪一處不是人煙輻輳、香火鼎旺？佛教興了，詩歌也該興了，不知二月河想岔了沒？

世界上還有一件有意思的事，形成宗教的國家總是留不住宗教。創教的聖人們不是被本國的鄉親趕得走投無路，就是到處碰壁，弄得頭破血流。釋迦牟尼待遇似乎好一點，但他創的佛教，印度人卻沒留住，跑到了中國。當年玄奘和尚九九八十一難取得經回來，鬧到現在，印度人如果學佛，他還得到中國來取經，歷史就愛跟人開這種玩笑。弄得我有時疑神疑鬼，我們中國的孔子會不會也去辦個緣卡什麼的？

有人說少林寺出名，是因為《少林寺》這部電影，一炮走紅了。這個話也對，也不完全對。我以為，少林寺興旺的根本原因在於它本身原本就擁有的文化內涵。豐富啊，太豐富了。這是印度僑民和尚達摩的初創，達摩自己面壁的石洞還在。石頭上的影像真品雖然沒了，但活著的老人都還有記憶。達摩、慧可、僧燦、道信、弘忍……五祖薪火相傳，到六祖慧能一個變格，他成了中國式佛教的奠基人，是中國的世尊、如來法身。單就這個衍變，可以寫厚厚一本書。如果寫小說，那也是波譎雲詭、蕩氣迴腸的一部史詩。我幾次到少林，站在立雪亭旁躑躅流連。佛教的教義有怎樣的價值不去談它，為了能獲取心中神聖的真理，慧可在這裡切去自己一臂，把雪染紅。這種精神與意志，這樣的果敢和氣韻，行動本身的意義已經遠遠超越了時間與空間的凝滯。

在達摩至五祖的遞傳中，一件木棉袈裟成了爭奪的核心目標，每當讀到這段歷史，我和讀《二十四史》一樣可以嗅到明顯的血腥、看到無底的暗夜。那裡面的陰謀、殺戮、殘害和宮廷裡的殺嫡之戰也不遑多讓，我不能想像，這一簇與那一簇，光頭和尚在燈下密謀奪取衣缽的情景——那肯定也是頗有異趣的另外一幕景觀。到了六祖慧能，他不傳衣缽了，信執他的理論的都是他的傳人。這一招高明，有時會讓人突然想起雍正。鑒於九王奪嫡的慘重教訓，他不立太子了——不立了也就少一些爭執。

當年北宗派人追殺慧能，僧武明追他到嶺南，追上了。據范文瀾說，慧能是老老實實把袈裟交出來說：「你要你就拿去。」但武明自知沒資格，求慧能傳法後退身而去。這是正統的說法，但我一直有疑竇，追兵追殺的目標到手，會自動退去？後來又讀到一則資料，說是慧能將袈裟放在石頭上，話還是那句話，但武明去取袈裟竟然提不起那件衣服，之後才罷手了。唯物主義和唯心主義在這件事上就是如此這般輕輕碰撞了一下。

使少林名聲大噪的，並不是它的「禪」，是少林和尚的「拳」。到少林的人多數是看那幾個練拳練出來的坑兒，書癡才會在立雪亭前發呆。但是，那拳頭著實太硬、太有勁了。史有明載圖有丹青作證，十三棍僧救唐王。有這擎天保駕的功勞，佛教得到了中央政權的力助，自然更加熏灼炙人。回想，玄奘取經原本是偷偷去印度，回來卻受到政府盛大的歡迎。本來，大臣中滅佛反對佞佛的勢力也很大，但隨形勢轉換，可以看到兩者的結合愈來愈密切，一方面說，可以看到唐政府自身的文化品位（品質、檔次）與度量。兩個文化從稍有梗介到密彌相友，其間多少磨合，終於握起手來了。

這樣的握手，造出無數宏大奇偉的寺院叢林，蔚為萬千氣象，也許是冥冥中上蒼有這樣的安排，文化的另一支，偉大的、瑰麗無雙的唐詩也應時而生。

我喜愛這樣迷人的文化。

昔陽石馬寺

南陽有座香嚴寺，洛陽有座白馬寺，昔陽有座石馬寺。我生在昔陽、幼居洛陽、老蟄南陽，「三陽」是我一生縈懷最重要的三處地方，有這麼三處要緊寺院。白馬寺是天下祖庭，漢明帝夜夢西方聖人，醒來下令首建的華夏第一座寺，這是頂尖級的成功文化引進。前不久，我在《人民日報．海外版》寫了三篇關於香嚴寺的文章，那是唐天寶之亂後唐室傾頹敗落中機械絞殺中唐宣宗的避難之地——他在裡頭躲了七年，又復辟重握太阿。這些故事很可以寫出幾部厚厚的小說，但我這麼一把歲數，又一直被一些人誤為「有學問」，生在昔陽卻壓根兒不知昔陽的石馬寺。即便是文化界，我看也有「嫌貧愛富」的事。前些時看了某齣電視劇，裡頭紹介許多雲貴文化遺跡中有很多漢明帝之前佛教滲入中原的史證，學者有幾人注意到的？一種文化由一個民族向另一個民族轉移，那是異常複雜持續而漫長的，我早年讀《夢溪筆談》裡頭的「西極化人」，斷定春秋時佛意已進中原。可惜資料太少，個人無力研究它。昔陽的石馬寺遭冷落，大約因為它離樞紐城市遠了些吧！

但這寺院不宜再走「背緣」，因為裡頭「有東西」，因為這寺「靈驗」。有歷史有文化有內涵的任何東西，你別想永遠掩蓋。

冒著盛暑驕陽，我們驅車前往觀瞻。其實這裡離昔陽只有咫尺之遙，窗外的青蔥崗巒閃爍著綠寶石那樣的亮彩，中間還嵌著條小河，或者說是「溪」，逶迤蜿蜒優游而行，一會兒就到了。

我的第一印象這座寺規模不是特別大，但極美觀灑脫，整座寺院全部裸裎在溪邊的山坡上，越小橋過溪，一級一級的闊大臺階，可以從容拾級而上。整個寺院瓊樓玉宇、亭榭臺閣，如同玩久了的積木排垛起來的那樣。我見過的寺院不少，但這樣的格調教人費心琢磨，怎麼和別處不一樣？

新嗎？不新。這座寺是老牌子、老資格。寺中碑記明載北魏永熙三年，也就是五三四年，這裡已經動工開鑿佛像，三個石窟，一百多佛龕，一千五百多尊石佛像，已在這裡坐了一千五百年，凝神眺望溪對岸的青山，它的「文化資歷」超越所有的唐代寺院。

這是依山借勢、層層起殿建起來的，這寺其實是用殿宇將北魏石窟包裹了起來。很快就要進駐僧侶、擇日開光。有位叫李志恒的企業家挖煤掙了錢，與昔陽縣政府合作，把廢了幾十年的斷垣殘殿收拾成這般模樣。不算很大，但極闊朗明睞、大方瀟灑。

然而就我的知識，所有的寺院都叫「叢林」。上頭幾個修飾詞，應該說是一般寺院忌諱的闕失，寺院應該是講究閎深、古靜、安謐，茂林修竹，蔥蘢掩映，這樣的天色，「禪房花木深」，天色陰霾，那麼就是「樓臺盡在煙雨中」——這麼著才對。

我一下子悟過來了，什麼地方「和別處不一樣」？是所居者有異呢！昔陽縣是土石山嶺式的地貌。這裡多是旱天，你別想在這裡觀什麼煙雨，樹木最多的是荊和棘——一人來高，高大喬木都不算多，寺院裡常見的銀杏、松、柏、竹、菩提、冬青，這些樹就更難一見。這樣壯觀的寺院築在山坡上，自然就格外顯眼，白露無隱。我心中的詫異一下子又回落下去。雨水少，無大樹，不是石馬寺的過錯，這也是緣分使然。老佛爺他就這樣安排造化，他在別的地方婆娑煙雨，這地方他就要沐浴太陽。這是風格。

石窟造像其實與雲岡、龍門大同小異，因為重重殿堂罩起來，眾佛坐在那裡，更顯得幽，安詳地看著我們一幫俗客。大大引起我興趣的，是有一尊觀自在菩薩坐像，頭部已經闕失半邊，身體微斜，一手支地，體態姿勢一下子讓我想起達文西的速寫人物，漂亮優雅極了！我逛幾處寺院，那裡人都說他們有座「東方維納斯」塑像，看了看雖好，卻都有點誇張，這個觀自在的自由奔放形容——我不說，你自己去看。另有大興趣的是這裡還有個石頭暗道，石窟裡的祕密石道中有石室。這是最近收拾寺院才發現的奇觀，他們解釋說是為避史書中說的滅佛藏身藏經的，我覺得有點牽強，地道的出口是地藏王殿，說是修十八層地獄，庶乎盡如人意。

元代翰林王構有詩說石馬寺「碧水孤村靜，搞岩石寺陰。僧談傳石馬，客至聽山禽……夕陽城市路，回首隔叢林」。明代尚書喬宇詩云「千古按圖空做馬，萬年為瑞今從龍」，這說的是

「石馬寺」名的由來。因唐皇李世民在此遇難，由神馬營救的故事。我看了看寺山門不遠的兩匹石馬，太陽底下靜靜地站著，不知它們轉的是什麼念頭。也不知這念頭轉了多少年，它還會再往後想事「如恆河沙數」年的吧！

甘肅的麥積山、敦煌，山西大同，河南洛陽都有石窟，然而那裡都是「旅遊單位」了，專門掙你遊客錢的。北魏石佛重新開光，受善男信女香煙禮拜的只有一座昔陽石馬寺。什麼叫「粹」？我的理解：獨我所有，別人沒有就是粹、就是特色。

他們送我一張《晉中日報》，標題形容石馬寺：古老、厚重、神奇、神祕、恬靜、和諧。寺裡和尚出紙請我題寫，塗鴉「菩提心境、清涼世界」。

有此八字，可矣。

香嚴初話

從秦始皇到宣統，中國的皇帝是多少位？我見到的資料版本不同：有說是兩百七十六位，也有說是兩百七十三位的。當中實實在在當過和尚的，是兩位。一位是朱元璋，這誰都知道，他在皇覺寺出家。他成功之後，談了不少關於自己在皇覺寺「龍潛」時分的諸多靈異。件件說得煞有介事。不能說他說假話，因為我們沒有反駁他的實據，然而仔細想想，他的這些話都是他「勝利之後」講給臣下聽的，更像是夢話。

朱元璋信佛，另一位信佛的叫蕭衍，名號梁武帝。三次捨身出家，還寫過《梁皇懺》——有著作的。然而他不能算是出過家，只能說是個狂熱的佛教徒。他的行為，用今天的話說是為寺院「籌資」——讓官掏腰包來贖他——是融資行為。

曉得晚唐李忱（宣宗皇帝）曾出家的人就不多了。我最初讀到這個人，是在一九四八年版范文瀾的《中國通史簡編》上，說他少年裝傻、扮癡，躲過了殺身之禍，但他為了韜光養晦，製造一個謊話，「墮馬而亡」——這有點像今天說的「出了車禍」。李忱的藩號從此失蹤，算是「死了」。

我一直摸不清唐室宮廷天家骨肉，是怎麼一回事，撲朔迷離的出格。和光王爭奪帝位的是武宗李炎，是李忱的弟弟。他們是政敵吧！哥哥死了，就算他心中暗喜，總該有場貓哭耗子的鬧劇的。總該去「驗明正身」一下吧？居然這些事他都懶得去弄清楚，真的信了，直到武宗四年，他才得知真情線索，開始祕密搜索，追殺還沒有死的兄長。

當時光王李忱就躲在香嚴寺。我一九五八年到南陽，就聽說了它，但我不知道還有一個「坐禪谷」，更不懂什麼六祖慧能的佛禪。以我當時的「知識」，聽說有個「皇上」曾在這裡出家，只是新奇，覺得這地方神祕。轉業回宛，七事八事謀生第一，時隱時現的，「香嚴寺有戲」，卻一直沒顧上來隨喜領略，「到底是怎麼回事」。看到「香嚴寺」、「坐禪谷」的旅遊告示，也沒有怎樣當回事。終於有一天，我約了幾個朋友，打了個「依維柯」（Iveco，或譯威凱汽車），連船帶車過了二十八公里的「丹江大湖」，來看香嚴寺。

我關注李忱，不是我真的有什麼「帝王情結」。是因李唐王朝晚期的政局，曾使我迷惘了好一陣子。那是異常的宮廷血腥加天下血腥。自天寶亂後，肅、代、德、順、憲宗五朝天子以下，千篇一律的，每換一個皇帝，都來一場宮廷大廝拚，同時伴隨著天下大廝拚、藩鎮大廝拚，拚得一塌糊塗，國無一日之寧，民無一時之安。獨獨唐宣宗在位，有過十三年的安定時間，使唐祚與民眾稍稍喘息一口，這實在是件不容易的事。在一大群豬一樣的天皇貴冑中，李忱稍稍算得一個人物了，我來看他潛居之地，也是想摸清這人的底細。

但我看香嚴寺，有點腦筋不夠用了，香嚴寺本身構成的文化理念，讓我那一點佛學、史學的知識顯得很蒼白和匱乏。我原以為香嚴寺和坐禪谷是兩碼事，來看之後，覺得並非如此，恐怕是因現在香嚴寺與坐禪谷是兩個單位管理，各說各話的因由，弄得本來是一家，說的是兩家話了。我到坐禪谷，看到李忱深夜在寺中遭追捕，谷中躲避追兵的藏身之地，和谷中的種種禪佛設施印跡，即刻明白了這一點。

廟祝還在不停地紹介那靈異。令人詫異的是，真的有一塊「靈氣寶地」——我們進去藏經樓那寶地踏看，也就十平方公尺地面吧！略略高出外邊地面，據寺中人講，它還在不停地增高，隔段時間鏟一鏟，它又復慢慢增高，藏經樓已經被它頂得向東傾斜了——是這地兒曾救過光王一命之故。

這當然是該地質學家來解釋的一件事，諸多的神祕資訊一件一件都還存在，都和這位光王有關。這一座寺，盛時曾有房四百三十七間，院牆七百餘丈，規模之大令人咋舌，亦是因光王登基後為其護法所致。

我站在望月亭前不言聲，光王在這裡當了七年沙彌，這個身分高貴的青年僧侶，每天晚上就在這裡望月沉吟，苦思冥索人天之道。他想了些什麼呢？

香嚴寺二記

如今世道，誰的能力強，就大造原子彈，厲害是真厲害，給人的感覺是「惡」，是在克隆（clone，複製）和衍化仇恨與戰爭，比賽看誰霸道。但你可以看看中國的唐代，似乎一直都製造詩歌的文化和平與善良的宗教文化，我來遊香嚴寺，站在深邃靜謐的山門前，不由得就產生這種認知。

這座寺，是慧忠和尚所始建。慧忠是「中國的釋迦牟尼」慧能的五大弟子之一，唐玄宗李隆基特詔將他聘入長安，鑒於他在安史之亂中的忠誠表現，肅宗又高高地封他為國師，隨時諮詢國政家務，那時宰相一級的和尚，牛得不能再牛了。這樣的，可以超越玄、肅、代、德、順、憲、穆、敬、文，一二三四……若是九代天子，直綿延到宣宗李忱，干係天子骨肉社稷紛爭，甚重。因為宣宗為躲避宮爭殺身之禍，將滿頭青絲一揮而盡，逃到香嚴寺一藏就是七年。而後，風風光光被接回首都，堂堂正正做了大唐「大中皇上」，這恐怕是連慧忠都想不到的事。

中原的寺廟，偏就與皇家有這許多紛縈藤纏的緣分，那年我到少林寺，見到壁畫是「十三棍僧救唐王」的故事。在香嚴寺，這個題材是迴避了，香嚴寺的和尚拳頭不硬，保護皇帝憑的是腦筋和勇氣，你看看山門就知道了。少林寺比如是個王府的架勢氣派，香嚴寺的山門有點像個「中農」，這是「隱居」的需要，寺很高，在山上，現在汽車可以直達，過去需要一步一步爬，官兵也是人，也怕累，一懶就不進深山爬高坡了，這無疑增加了李忱的安全係數。但你到寺裡邊隨喜一下就明白，宏大、神祕、深邃、幽靜，是了不得的唐代大寺院。我在前一篇文章中談了李忱在此韜晦的情形，他的神幽之氣、靈異之氣是問都不必問的。

但遊客畢竟是今天的人。今天的寺院遊客關心的只有兩件事：一、這寺靈不靈？我的孩子要做企業、要升學深造，我全家要平安喜樂，我想升官、想當總統、想發財、想……求求佛、菩薩，能不能……。二、看這裡山水文化景觀美不美？「浮生又得半日閒」，親臨這寺是否用時太多？會不會太累？寺中和尚明白時人的心理，美不美你來看看就知道了，萬頃丹江碧波晴朗明淨、浩渺無際，岸邊茂林修竹峰巒迭起，中間隱著這個唐代古剎，悠悠晨鐘暮鼓發人深省……一踏上石徑，就有居士為你娓娓道來。這幾百畝竹林，一九七六年政故大波迭起，突然開花，齊根死得乾乾淨淨；到一九七八年十一屆三中全會突然又冒出同樣大一片蔥茂新竹……那株千年老皂角樹，雄性的，每逢國家景運之年，或吉或咎，它就結皂莢；到二〇〇三年，鬧「非典」（即SARS），遊人個個瞪著眼看，看你結不結皂莢？就這麼怪，樹的東南西北結了四個。

我笑著聽和尚講，站在一株禿禿的紫藤樹跟前。介紹的人說「這是癢癢樹」——這我倒是知道，這種樹不少，你摸一摸它會笑得哆嗦，但和尚說，這株樹善人摸它「笑」，惡人摸它就死活不動，是一個女人摸它不動，反覆摸，樹被「氣死」了，死了還是秉性不移，善人摸它仍笑，惡人摸它仍「巍然」。我沒敢摸，我怕它不動給人笑話。

這當然都是巧合。然而，巧也是一種價值。笨人誰能成就事業廣致財富？靠山吃山，靠水吃水，丹江大水庫是亞洲最大的人工湖，湖岸又有這麼好的一片叢林蘭若，他們理所當然要有滋有味，這碗飯，這麼優秀的山水靈秀，又地處南水北調的源頭，一盆礦泉水北京人等著喝。香嚴寺如今「養在深閨人未識」，還能再待字幾天？趁她未嫁，我打算再來轉悠轉悠。

意外香嚴寺

到香嚴寺，踏進山門便覺詫異。天下叢林，無論少林、白馬、靈隱……一無例外，迎門便是彌勒佛、風調雨順四大天王。我去逛這些寺院，踏進門有時會想起一首清人打油詩：金剛本是一團泥，張牙舞爪把人欺。人說你是硬漢子，敢同我去洗澡去？——這裡卻未供任何佛菩薩，是——關羽。高高的坐像，丹鳳目臥蠶眉，綠袍。他在這裡凝視丹江山水不知多少年頭了，也不知還要再看多少年頭。他身邊沒有關平為伴，孤零零的，關平不在周倉也不在，這和天下廟中關羽神塑「規矩」也大異其趣。

導遊眉飛色舞、誇張鋪陳，說這是香嚴寺的護法神，因了唐宣宗在此蒙塵龍潛，只有這樣高級別的人才配得上給他保駕，他的級別相當於「國家的正部級」。我聽了不禁一笑，在別處遊寺，也聽到類似的說法，佛是「國級」，「菩薩」相當於「部級」，「羅漢」是「廳局級」之類。為幫遊人理解，這樣說也許最直截了當，但說關公是「正部級」讓人忍俊不禁。中國的佛教之所以興盛，是因了它本身文化的生命力，加上了與儒教、道教的糅合、潤化與衍變。這樣的「雜交」優勢所致，有一點儒教色彩是不奇怪的。

關羽在唐代已為佛教列為伽藍神之一，進寺「值衛」原是他的工作，但這樣的寺院似乎別無分店，也許有，二月河沒有見到——這是唐風實實在在的「流」。因為：一、關羽是伽藍神。二、關羽是劉備的大將——這寺中就住著個「劉備」，這幾乎可以肯定就是唐宣宗本人的思維：我就是劉備，外頭有個關羽給我看門，再適當不過了。他在給「劉備」警衛值班，當然不宜自帶周倉一類的警衛了。但關羽的封號後世如同丹江水庫的水位飆升不已，到了「關聖大帝」的位分，是天穹王爺一級的人物，與孔子並稱謂之「武聖」，這裡卻還在紆尊屈貴他「值班」！我思量很久，看見了「敕建」的那堵明坊，一下子頓悟，所有的皇帝都是這樣想的：關羽應該給劉備當值班門衛。因了這寺的特殊情況——「特事特辦」，舊例保存了下來。

後頭大殿中有四百多平方公尺的壁畫，讓我又是一個踉蹌：一是它大，二是相對保存完好，三是它細膩、柔潤的筆致讓人咋舌驚愕，然而這還在其次。我看過許許多多的寺院壁畫，包括一些凋敝敗壞、漫漶難識的壁畫，也看得很有興味。大抵寺院的壁畫，許多都是佛教的故事，或釋尊說法阿諸羅，天人天花迷離紛呈，或說目蓮救母六道輪迴回應相接。畫家匠人在作這些畫時，都是萬分虔敬的，除了自身解數使盡，自然地，那濃重的主觀創作附會意識也就盡顯筆底——你就是個唯物主義者，看一眼也會悚然動心。

可這幅不同，竟是以道教元始天尊為核心人物，東、西、南、北四極大帝、四大天王，勾陳，金母，勝母，六丁六甲。佛同二十四諸天、送子觀音、四壁觀音、韋馱菩薩……種種累累疊疊、層層迭迭，一樣的雲龍風火，一樣的天風衣帶，只是內容駁雜得令人眼花撩亂。導遊見我留心注目一處，過來介紹說：「這是一個新描的天官，省裡來的著名畫家，描了一處，他不敢再描了，所以這處特別新。」我有共同心識，描這一處只是貼近原貌，那筆意神通，那柔潤靈動、鮮活游移的「神」是不見了。我不禁對那位畫家油然生出敬意，若不管三七二十一，只管泛描了去，會是怎樣的一件事？

導遊講這是明代的畫，但我所感受的，它不是明代的文化風格，神意就非明代所有。明代的佛道沒有這樣博大廣袤的思維情懷。就人物的體態、風致，也大有唐風。所以我斷想，這是唐代的作品，歷經三次滅佛的劫後餘情。所謂「明代」，也不錯，不過是明代「克隆」了一遍就是了。

「這個寺我想不透。」我在寺邊那株「美女抱將軍」樹前思索，說：「好比是水，它有多深，現在還渾著，看不出來——這株樹應該叫霸王虞姬樹。」眾人都是一笑，我去如廁，腳被下邊石片墊了一下，彎腰一看，「呀！你們闊到用硅化木（樹化石）來鋪路？隨便掂一塊，帶到北京、紐約，栽到花盆裡就是盆景！」

隨喜丹霞寺

我中年之後喜愛研讀一些佛經，彼時已略有令名。來南陽掛單或化緣的大和尚也就常有睹面的。大約十年前吧！北京法源寺和尚能行來宛，曾有一夕談。我由是知道近在咫尺，南陽有個丹霞寺，因為他本人就是來就任丹霞寺方丈的。他的弟子張兼維是我的朋友，向我求字，我的字差勁，又求文，我當時在讀《心經》，於是造了個長短句：

磋跌磨折苦，欲行不宜行，欲往更難往。電光石火裡，翻多少筋斗，乃知蒙昧意思，最難悟。此岸彼岸何處，煙雨茫蒼行客孤，只向妙善公主，漫天徹地悲憫心，修幾劫恆河沙數，方植出長生果、菩提樹？真難堪是俗子凡夫，焉說得我「壽者無」，恍然間心無施處。噫！洪波險，孽海遙，慈航度。

自覺此寺開光，我已盡了心，也就撂開手，此後多年造句忙、見人忙、喝酒忙、吹牛忙……

直到去年，有人無心向我提起：「丹霞寺的開寺方丈是天然和尚。」我才大吃一驚，曉得自己那些忙都是瞎忙。我對婆子說，得趕緊找時間，去南召，一看丹霞寺，二看辛夷樹。她和她娘家幾個親戚，一聽這事都是一團歡抃，弄了部車趁星期天去丹霞寺，隔了兩個星期趁星期六，再去丹霞寺。

在從雲陽鎮到南召縣不到十公里處，蜿蜒委曲的公路兩邊，叢林愈來愈茂密，丘陵一樣的崗巒中夾雜著辛夷和竹林，婆娑掩映中不時能見到房屋一樣高、錯錯落落的石塔，或全裸露在外，或微見塔頂，和汽車擦身而過。憑我的經驗，這是舍利塔林，離寺不遠了。果然再折一道彎，清溪之側，東邊西邊赫然對稱兩個石峰崗中間，夾著兩丈高的石坊山門。丹霞寺，到了。

〈威尼斯憲章〉對古文物修復有個「修舊如舊」的原則，這座寺是經過簡單修復的。但依我的觀察，可能只是佛殿僧舍補補漏，佛像稍作點綴耳。古氣森森、荒蕪氣象尚未消盡，有幾處危牆，還齜牙咧嘴歪矗著，彷佛在向來隨喜的香客告訴著什麼……刻著大字真言的石幢上寫著「十方叢林」，踞坐在山門與彌勒殿之間，西邊還有一通碑，繪著觀音像，也刻著我那道「造句」。總體的印象，不能算修舊如舊。我站在彌勒像前暗思：不知哪位善信檀越的眼神，稍作施為，那功德真是大了。

不愛熱鬧去處，這裡雅僻，喜愛神會交通，這裡有靈有性，思古之幽情在丹霞寺可以淋漓盡致。

這裡還沒有專設的導遊，給我們講解的是位老尼。講到韋馱，我見這尊神祇是坐像，問她原因，她說天下韋馱都是站立的，我們住持當年募化，向韋馱許願，說：「我若能光大丹霞寺山門籌到緣款，給你修個坐像。」果然如願以償。講到龍柏，她說：「這株柏樹早已枯死，一九九五年籌到款項，修復寺院，突然當年返青復活，你們看枝擎葉茂……」到觀音殿，老尼又復稽道：「諸位信士，這裡許願最靈。前一個月，有一群年輕人來祈雨，跪地不起直到半夜，我見燒的那香溼了，就說，諸位回去，保證大雨傾盆、溝滿河平……」那是他們送來的錦旗：有求必應！

事實上當然許是巧合，但我在想，這是文化，有哪一種文化沒有認知感應呢？

老尼還在說寺的奇觀：左青龍右白虎，背靠蓮花山……我已在思索天然這個人。他雖說是雲陽慧能的徒孫，其實那名聲還在他的師叔輩之上。這個進京趕考的秀才，聽人「學儒何如學佛」一句話，不考了，剃了頭當和尚，仰臥洛陽橋，擋住太守的車轎，狂言「我無事僧也」，大得太守歡心。還有著名的焚木佛案，這個釋家子弟，冬天把佛像劈了燒柴取暖……這灑脫不羈、自由任放的「佛性」，讓他發揮到了極致！在這塊風水寶地上，他能造出恁大蘭若，自與他本人傑出的秉性識度攸關。

「諸位請香。」老尼還在說寺裡的靈異，「北邊山上的柏樹，佛家不打誑語……沒有經過任何修飾，自然生成十二生肖，我佛寸土不可思議……」我一邊聽、一邊看，心裡卻想的是唐孟郊的詩〈遊丹霞寺〉：

松色不肯秋，玉性不肯柔。
登山須正路，飲水還直流。
倩鶴負書信，索雲做衣裳。
仙村莫道遠，杖策相雲遊。

斷想慧能

這幾年善病，時而地，也讀一點佛經，也就和一些和尚居士有點來往。如今的僧侶和昔年舊時已經不同。就如魯智深《山門》一場裡頭唱的「哪裡討，煙蓑雨笠卷單行，一任俺，芒鞋破缽隨緣化」——那樣瀟灑浪漫而赤貧的和尚尼姑已很罕見，也許是有的，只是吾輩俗人索居城中，煙火重燃已不知世外情景而已。我有來往的僧俗有男有女，也都使用手機，是很現代化的了。逢到人天歡喜的佛誕日、禮佛日、佛祖菩薩成道日、寺慶日，我也常給他們發個簡訊什麼的，「祝大和尚論喜禪悅」之類的賀詞。

但是仔細想來，說個「泛善」，無論僧尼或寺廟流派怎樣不同，大致上是不錯的。說「禪悅」有時就未必準確，因為即使而今，有些寺廟不是「禪宗」，也未必就坐禪，或者什麼禪定，說「禪悅」他可能有點好笑。我和少林寺方丈永信相熟，我們都是人大代表，我看他身材較胖，就問他：「你這樣，能坐得了禪嗎？」不意他毫不思索：「少林寺是禪宗祖庭，我是方丈，怎麼能不會坐？我每天都要坐兩個小時的禪。」

我當然沒有「請君入甕」，因為我相信他的話，和尚們「內裡鬥」那樣的激烈繁複，一點也不次於我們的世俗官場。他能在佛界有那麼高的地位、在人間世有那許高的知名度，不會是等閒之輩，也是在他的那個領域物競天演的結果，他必須比別的和尚優秀才行。

白馬寺是中國佛教的祖庭，我寫過〈汝來白馬寺〉的文章。我認為，白馬寺建立時，如果可以這麼形容，它是印度佛家在中國的「駐華辦事處」。次後印度的佛教漸漸就式微，接近「圓寂」了。慢慢地，釋教的中心遷到了中國。唐玄奘取經，是一股腦把佛經搬到了中國，翻譯成了漢文。如果印度人要取經，他們反而要寫一部《東遊記》，也是一件艱難竭蹶的功業呢！就這個意義上說，世界佛教的中心，早已在中國，如來了然在中國，他的化身當然在白馬寺、在少林寺。

一個多月前，我去了一趟廣東肇慶。去的時候，是為了講學。但到了之後才曉得，彼地乃是禪宗六祖慧能的故鄉，他的故鄉遺址在，他初度入佛啟蒙也在，他的母親和舅舅不許他出家，「你把門前這塊石頭拜開，才能出家」——那塊被他「拜」得裂開的大石赫然仍在。

這一條禪路，從一葦渡江的達摩算起，經慧可、僧燦、道信、弘忍到慧能，他是第六祖。我初中時讀《紅樓夢》得到這個資訊，慧能與上座神秀辯偈，「身是菩提樹，心如明鏡臺。時時勤拂拭，莫使有塵埃。」是神秀的——你慢慢來，好好讀書修養根基就成佛了，是漸悟。而慧能的則是「菩提本無樹，明鏡亦非臺。本來無一物，何處惹塵埃？」——什麼也沒有，明白這道理你就是佛！

這真是個方便之門，免去了普通人渴望升天成佛的多少麻煩。屠兒在涅槃會上放下屠刀，立地便成佛——做過多少無論天大的壞惡事，只要你改正了，就立地能成佛。上天堂突然不要門票了——這個理念比我們今天許多旅遊經營家還要先進些，你想進我這景點？掏錢。你想進我這廟禮佛拜神？掏錢。你想……掏錢！而慧能則是，你進天堂吧，放下你手中殺人的刀就成！這真是個革命性的突變。

唐玄奘帶回來的經太多了，就算博聞強記、智力高強的人，別說像他老人家那樣，把經一字一句翻譯過來，就算讀一讀想一想，或者說想悟出一點什麼來，常常也是一頭霧水。玄奘與我們凡人當中的鴻溝是太深了——你想學他？你休想。就實際上而言，玄奘也是很苦的。人們學佛是為什麼？是為了解決「生死」問題，活要活得高興，死要死得快樂，死後要到佛界中享受無盡極樂——這是目的吧！翻閱玄奘的個人史，從頭到尾都是苦，據說他圓寂得也很「艱難」，彌留之際，他的徒弟們圍在身邊，隔一會兒就問：「（接引佛）來了沒有？」他說：「沒有。」……問了許多次，他才說：「來了……」——不困難嗎？

而慧能的就不同，他是在肇慶圓寂的，在肇慶的日思寺，那年八月初三，一彎殘月照著他的禪宗，他把徒弟們都叫來依次坐好，他自己安詳端坐，至三更時分，自然地對弟子們說：「我走了。」——他就「走」了。我們平常人想不到這個境界，那真是理想極了，但慧能告訴我們：

「你能達到，因為你自己就有佛性，你自己就是佛，放下你的屠刀吧！」很典型的一個藝術範例，你讀讀《水滸傳》，魯智深聽到錢塘江上大潮的聲音，想起師父的話「遇潮而寂」，立地就坐化了，做有偈：「平生不修善果，只愛殺人放火。忽地頓開金枷，這裡扯斷玉鎖。咦！錢塘江上潮信來，今日方知我是我。」——三拳打死鎮關西，文化水準只達小學的魯達，一會兒工夫就大學畢業了。

佛界和所有的「界」，都是在搖擺風浪中的一個群體，這是由「世」所決定的，世事世人世心造就了這環境，因為「世」字本身便有「蒙蔽」的意蘊。肇慶人送了我一本慧能畫傳，他們當然沒有明說，但我以為這位叫慧能的人，身材不高，瘦弱，也很平常。從他做了那首名偈，就有人不停地追殺他——為了那襲木棉袈裟——到他死後，還有人來割他的頭——這倒是為了偷走去供祭他：真真的不易。

佛的世界就是這樣，由印度變成了中國的，再因譯家的張揚，由少林寺到肇慶，變成普通民眾的，變成了世界的。慧能一個文盲，成就了佛的最高境界——他的唯心理論，比歐洲的貝古萊[1]早了一千年。他是中國的釋迦牟尼，然而他也還是人。他的真身在韶關而不在肇慶。他去世後，人們為他占卜安放真身處——拈香指定：那香煙直指韶關方向。有些朋友不能理解為什麼不在老家？我笑說，這很正常，那裡是他事業興發隆起之地。我們很多要人也愛家鄉，但還是要葬在八寶山嘛！

到此這篇短文該打住了。

1 貝古萊（George Berkeley，一六八五—一七五三），英國哲學家，或譯柏克萊、貝克萊。

西遊的味道

中國的僧侶，最有名的當然是「唐僧」玄奘，他的成名並不因了《大唐西域記》這本書，倒是因明代的吳承恩為他作了一部神魔小說《西遊記》。一個孫悟空把唐僧的形象提得飆升起來，乃至於街衢巷閭、老叟黃童，都能隨口來一段「七十二變」、「筋斗雲」之類的神魔故事。人人都曉得唐僧肉好吃，「吃一口」便能長生不老。誠實善性、固執、昏昧……這些詞似乎湊起來便是「唐僧」。

我最早讀《西遊記》是小學四、五年級。讀這書的感受是：對唐僧沒有感受；對孫悟空是極端的崇拜和景仰；對豬八戒則是「太有趣了」；沙和尚，「老實沒本事」。且是當時我死活弄不明白，三個徒弟恁地了得，憑什麼管唐僧叫「師父」——孫悟空翻個筋斗到西天，不就把經取回來了？如來幹麼要人吃這麼多苦頭才肯把經傳過來？……不懂就問，問老師也回答不出個所以然。只有一個老師回問了我一句：「你不肯吃點苦好好學習，能考一百分嗎？」我當時腦筋不夠用，功課也不好，還以為他是「批評我」，沒往心裡去，到了老大歲數才明白老師說的是「雙關」的話。

中國的小說大致都有個核心點睛的情節，古人說話叫「關捩」，《三國演義》的關捩是赤壁之戰，而《西遊記》則是大鬧天宮。讀者不妨做個試驗，如果把赤壁故事從《三國演義》中刪去，而《西遊記》中沒有「大鬧天宮」，這兩部書身價不是跌落一半，而是要跌出百分之九十去了——把魂都給沒了，把書的神給滅了。書的更高境界是不以情節，以精神貫串全書，這樣的書沒有「核心關捩」，翻開任何一頁都能讓人孜孜地讀下去，去掉哪個「情節」，也不會影響你的閱讀興味——你讀讀《紅樓夢》看，就是這樣。《西遊記》沒有達到這個檔次，《西遊記》是比《紅樓夢》要低一個檔次的。

比《紅樓夢》低一個檔次，不算恥辱，仍是高水準的，仍是了得的。這是有階次的，你中學畢業時喜讀《西遊記》，到你成大學中文系學生，又喜歡讀《紅樓夢》，這一點也不稀奇。我有一段時間讀《西遊記》自我瘋魔，逢人就說「孫悟空」。後來大了，聽人揶揄，「讀了《西遊記》，說話如放屁。」才收斂了。

如果留心一點，《西遊記》裡頭的道士大致上都是有點尷尬的，太上老君算一個，讓人把八卦爐都蹬倒了，還有王莊觀鎮元道士人參果樹倒了，自己不能治活，還得觀音來用淨瓶楊柳水施治。老君是道士的領袖吧！他治不了孫悟空，要如來方能解決問題。鎮元是道士「二把手」吧！還不是要觀音來？——顯見得比「釋」眾要低一個層次，我長期認為，《西遊記》的作者不是個和尚，至少也是個崇佛居士。

然而後來讀書多了，看了資料，才曉得，清初人普遍認為《西遊記》是丘處機做的。這使我很目瞪口呆了一陣子，丘處機是宋末元初人，是貨真價實的一個「著名道士」呀！現在的年輕人有幾個沒讀過金庸的？他的書裡丘處機的事多著呢！資料裡說得明白，他真的是寫過一部《西遊記》的。但是，我們再看紀昀（紀曉嵐）的《閱微草堂筆記》，裡頭直摘，《西遊記》中的「東城兵馬司」、「錦衣衛」都是明代才有的，丘處機是無法用這詞的，可見我們見到的《西遊記》與丘某人無關。

歷史上的事，有時真的是愈弄愈糊塗，有時真的只能問一問自己的感覺。

孫悟空偌大本領，十萬天兵太上老君觀音，齊出動奈何不了一根金箍棒。但他「歸正」之後，跟了唐僧，太上老君的燒火童子就把他治得苦不堪言，佛祖菩薩隨便哪個坐騎私離出來，孫悟空就拿人家沒辦法！他怎麼突然變得這麼無能呢？這也是我百思不得其解的事。這一解竟是俗得不能再俗的一句話「強龍不壓地頭蛇」，他在花果山是地頭蛇，跟了唐和尚，變了強龍——這就是感覺。

我還有個感覺，《西遊記》還真可能是道士寫的。如果把孫悟空比作是金、豬八戒是木、沙和尚是水、白龍馬是火、唐僧則是土，五行聯合，戰勝困難，經歷磨難求取真經——則就帶了「道」味了。這個感覺對不對？這一組人物的心理屬別在《西遊記》中若明若暗多有表示，應該是差不多的。至於「揶揄道士」的理念，我也認為似乎是道士自我調侃，至於「兵馬司」等問題，也有可能是後人攛入的詞……

當然，這不是學術，是感覺。

真正的歷史事實，唐僧玄奘，絕不是小說裡頭那般一個小白臉——文弱、庸善、窩囊。我的老師馮其庸曾沿著玄奘當年西行的路走了一遭，黃沙接天，大漠孤客無人穿行，其況味如何？遑說當年步行，即今「現代化走路」，那也是極不容易的，你去看看這條路，就可以想見這個人。

唐和尚的真正貢獻，是把佛教的火種引進了中原，我們自身的一維文化，天是圓的呀地是方的，忠孝節義三綱五常呀……就這一味，加上道士的方藥——不了解還有完全不同的另一維文化，玄奘把它引入了。這種文化與中原文化一旦融匯，就產生出雜交優勢，創造出中華佛教文化燦爛奪目的輝煌。

讀《西遊記》，可以讀出這點味道來，興致何如？

如是我聞，汝來白馬寺

如來佛在哪裡？這不消說的。誰不知道唐僧呢？就算沒看過吳承恩的《西遊記》，又有幾個人不曉得電視劇《西遊記》呢？大鬧天宮啦、三打白骨精啊、火焰山呀……一切一切的鋪墊，都為一個目的，去西天拜佛取經。這故事影響中國人到什麼程度，我估量不來。我寫過自己的往事回憶，我愛讀小說，曉得小說的懾人魅力，是從《西遊記》連環畫本「小人書」開始，然後生啃硬嚼了原版圖書，然後《水滸傳》、《三國演義》，然後《聊齋志異》、《紅樓夢》……讀到四十歲，終於憋不住，自己也寫起小說來。那自然，腦子裡早就牢牢記住了，如來佛，在西天、天竺，在印度。他曾是我心中最高的「神」，他除了被蠍子螫過一次外，似乎沒吃過誰的虧。

曾經有一段時日，我誤以為洛陽白馬寺的「白馬」就是唐僧玄奘騎的那匹，孩提聯想，把兩匹白馬混認為一。後來才弄明白，白馬寺的馬是「漢馬」，《西遊記》的龍馬則是唐馬。馬齒數多幾百枚，同時也曉得佛傳中國打自東漢明帝。他叫劉莊，夜裡作夢，見丈六金身的神人在宮院中飛行，聽了臣下「這就是佛」，他下旨派人西行，在大月氏國巧遇印度高僧攝摩騰和竺法蘭正在宣教佛法，便盛情相邀了他兩位來中土弘說宣教。可巧的，他們馱經的白馬也是白色的，漢明帝為他們建寺廟，這就有了白馬寺。

但是，一種文化、一種宗教的勃興發達，絕不是兩個外國和尚一匹馬便能成就的。讀《西遊記》只要讀得細一點就能讀出來，沙和尚在流沙河當妖精時，就吃過許許多多的過往取經人，他把那些和尚的骷髏骨穿起來當項鍊用！這大約是東漢到唐之間死的取經和尚吧？孫悟空蹬倒了老君爐，掉下一塊變成了火焰山。據小說家言，是「王莽篡漢」時的事。那麼孫悟空鬧天宮也應該是發生在這時的了，已經在預設取經路上的障礙了。再深一點，又不是《西遊記》閒說有「一百零八位取經人」的那個意思，有人考證，是六十多位吧！

無論歷史還是現實生活，世人認同的只有成功者。玄奘不但取來了經，而且翻譯了，而且播揚了、張大了，他是「這一群」求法者骨殖上站立起來的偉人。這是白馬寺建寺之後的事例。那麼之前呢？沒有確當的記載。《列子》載：「西極之國有化人來，王敬之若神。化人謁王同遊，王執化人之袪，騰而上者終天乃止……」從這篇〈西極化人〉的故事，從「西極」二字到故事內容，我看都像是在說佛爺來華的事。但人家沒說是「佛」，我無考證只能姑妄言之，前不久央視播放大西南發現很多早期佛教蹤跡，甚至寺院遺跡。給我的感覺是從春秋時開始虔誠的印度僧和中土的捨身求法者，已經在鍥而不捨地向世人引進佛文化了。漢明帝作夢固是佛緣約定，但夜之有夢必是日之所思，人間世有了「外星人」這個說法，你才有可能夢見外星人，這似乎才是人之常情。

佛的薪火在中國燃燒、傳承、張大。無論有多麼久的時光，有幾多記載，正式地形成了不可撲滅之勢的，卻是從東漢這個夢開始。從這個夢游離到人世，昇華結晶出一個白馬寺。中國人從這裡懂得的東西，可以說帶著「革命性」的——哦！原來除了我們的孔子，除了老子、莊子、墨子、揚子……「二十四子」吧！外頭還有大異其趣，又大可在中土光大發揚的另一維文化世界！我們歷來以為的世界中心地位，原來不過是「四大之洲」之一吧！

洛陽有了白馬寺之後，整個中國傳統意識形態，都受到了雷擊那樣的震撼。堅如磐石的儒教文化，由此愈來愈向人的內心修養追求探討。從幼童的「惻隱之心」——天然自在的良知——到誠意、正心、格物、致知，這一整套修練修養方法，探索後天的智慧仁懷，說不定就有佛的影響。我以為，從白馬寺的晨鐘暮鼓第一天響起，已經在浸潤我們的這一維世界——釋迦牟尼駕到，汝來白馬寺——由此對中國政治、經濟、文學、詩歌、藝術帶來愈發深邃的融匯、撞擊，影響到我們所有的社會生活。你不是愁得睡不著覺嗎？「姑蘇城外寒山寺，夜半鐘聲到客船」，世尊來撫慰你，敢怕你失眠？

但在佛教的發源地——印度，佛的地位愈來愈式微。這種事不稀見。世界上除了中國的「儒教」，幾乎所有興教地都在本地站不住。興教人呢？大都也在本國吃不開，被趕得顛沛流離、割得體無完膚。佛在中國建立他的行宮或者驛館白馬寺卻長盛不衰，將近兩千年鐘漏不歇，香煙或明或暗總不斷絕。無數善男信女，無論帝胄勛貴，抑或引車賣漿者流，三嫂六姨相牽呼引，是多少人？是恆河沙數？不，是黃河沙數！佛祖由印度「僑居」白馬寺，從此，住中土「樂不思天竺」，他不回去了。他的「法統」在中國，他變成了中國歷代的佛。汝來洛陽，汝來白馬寺，看一看就明白。

印度人自己創的佛教，在印度不行了。他們現在要研究佛經，需要來中國取經。一九九三年印度總理拉奧來中國，到白馬寺來拜佛。十年之後二〇〇三年，印度總理瓦傑帕伊又來到白馬寺，每至一處殿宇輒焚香祈禱。白馬寺中還供奉著初來傳教的兩位印度高僧攝摩騰和竺法蘭的金身塑像，他們算是佛前迦葉的化身吧！他們也不走了，已經坐在那裡一千九百多年了，坐定了。

一張門票的效應

中國人喜歡把問題簡單化。我想，佛教為什麼在印度式微，那原因就在於印度想修成佛——別說佛，即是菩薩、阿羅漢……這些等級的「覺悟者」——也是太困難的一件事：你讀經吧，你研究經中心法吧，你打坐吧，你用經中的指示排除你六根的不潔吧，你默會神通，去佛的幽微世界尋覓自己的心靈安置地吧……這樣弄一輩子，你腦袋裡裝了一櫃子一櫃子的經典，可是你也許仍舊是個凡夫俗子——升入天國好，這誰都知道，但進極樂世界的門票是太貴了。玄奘是一位成功者，但《西遊記》中九九八十一難，其實也就是他取經譯經修心——照的是印度的那一套經典。他的傳人、徒子徒孫都沒有一個人能摸到他的邊兒，更遑論外人！

禪宗即是此種因緣滋生於少林寺。菩提達摩、慧可、僧燦、道信、弘忍——這樣傳燈，形成了一整套新的修行原則——你讀經修身養性領悟多少，你就會有多少收穫。這就有了平常人入佛的席位。《快嘴李翠蓮》裡有個能說會道的女人，她被休後出家，當然已是老大不小的中年人了，阿Q式地自我安慰：「修不成佛，修個菩薩也罷！」到了六祖慧能，他的禪法有了革命性的變革：不需要你悶著頭誦念、背誦佛經；也不需要你打坐、禮佛，終日黃卷青燈。「屠兒在涅槃會放下屠刀，立地成佛」！藐視一切有形質的人物事件，只求心靈的淨化。慧能的弟子天然，冬天竟把佛像劈了當柴燒！——這是傳燈裡有名的一段公案，這就是他的頓悟說吧？有個典型的例子，《水滸傳》裡的魯智深，一輩子酒肉猛吃猛喝，橫行無忌，到最後，他在杭州聽見錢塘潮來，忽然一下子開悟，說偈坐化：「平生不修善果，只愛殺人放火。忽地頓開金枷，這裡扯斷玉鎖。咦！錢塘江上潮信來，今日方知我是我。」——這個武夫出身粗莽的關西漢子，一下子便拿到了大學文憑——成佛去了。

這實際上是取消了成佛的「門票制」。禪宗分成了南北二宗，北宗神秀是「上座」，又受武則天寵信，得朝廷權力支持，卻鬥不過慧能——一個火頭僧創立的南宗，原因就在南宗的人民性——全民皆可的「參與性」。

說是「參與」的人廣泛了，販夫走卒、樵夫漁夫雖忙著碌碌生涯養老扶幼，未必有時間想著有一日「成佛得道」，但他們有自我約束的，也有自覺修行的，比如「侗門裡頭好修行」之類，基本上是法律與道德上的「自律」，它的普遍性達到這種程度。到了清代，幾乎是全部的婦女和一小部分的男人，看見一件不忍或殘忍的事順口就出來了：「阿彌陀佛，罪過！」、「阿彌陀佛，造孽！」看看《紅樓夢》就知道了，裡頭的女人，除了王熙鳳，沒有不信佛的。

但虔心向佛，把佛當作「神」來禮敬的，還是有錢人兼有閒人居多。他們的心理：我不需要去佛門修練，「有心做好事就是為自己」、「出家在家都可修行」——由這種心理支撐，有很多平常人死後，居然也能燒出舍利子來！這就是取消門票的社會效應。當然，也有另外一維的理性思索。明代的太監是最信佛的，國民黨軍統中統的人信徒也不少。他們平日作惡太多，就會這樣想，我去禮佛，讓佛知我殺人不得已，或者有天就頓悟了。我曾寫過一篇文章，說貪腐的官員和他的家屬做虧心事時肆無忌憚，做完之後又怕後果不堪設想，也多有禮佛，在禪院裡一擲百萬千萬的。這是佛的善男信女中的另類吧！

貴人、賤人、老人、婦女、好人、歹人……城裡、鄉下……自從六祖以來，信佛的人愈來愈多，人氣旺了香火自然就旺。六祖慧能自然就成了中國的釋迦牟尼。

印度的佛教不行了，佛教的中心在中國，釋迦牟尼的法身名號叫慧能，他的禪宗文化從少林寺中走出，光耀全世界，入他的佛門免費，不要門票。

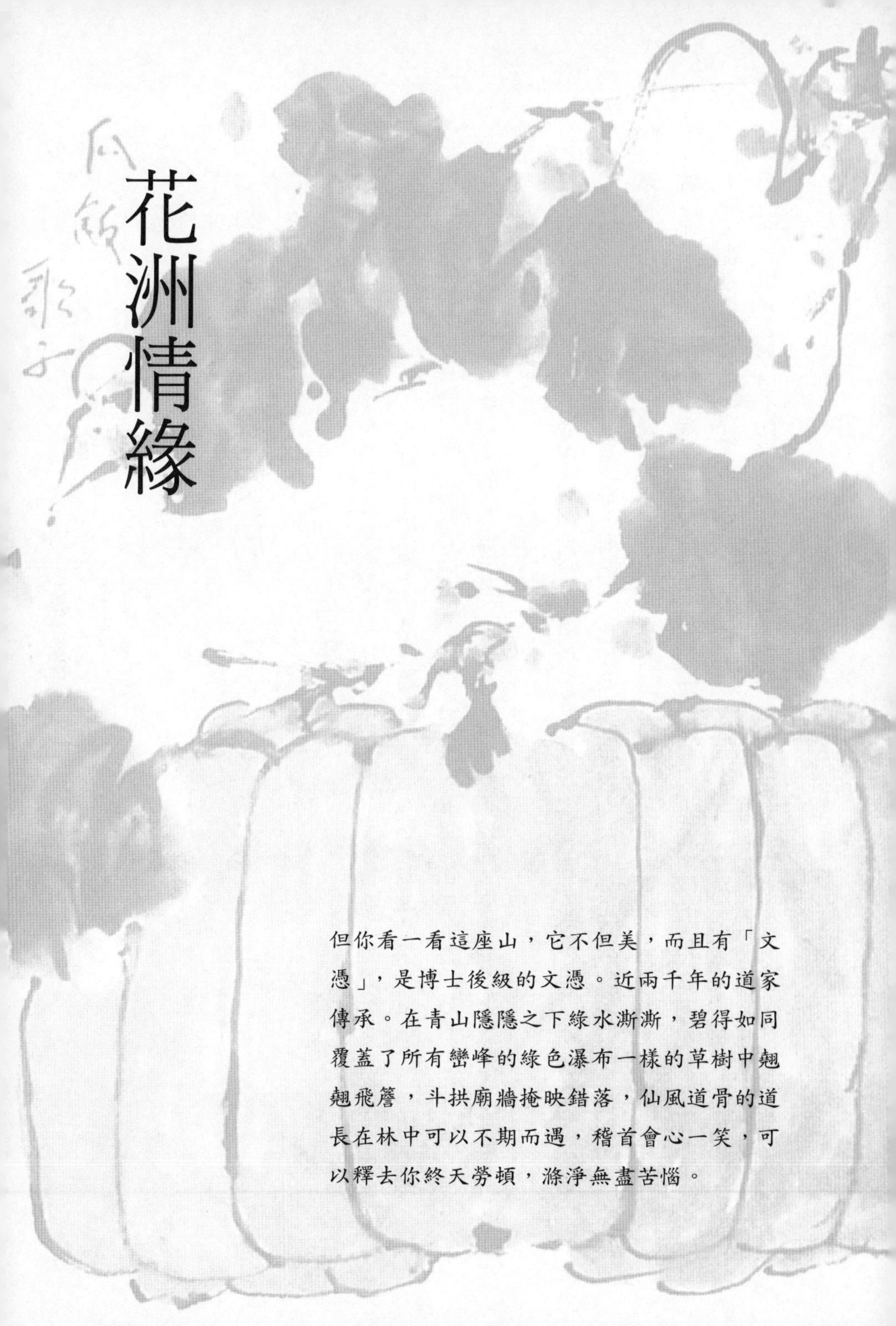

花洲情緣

但你看一看這座山，它不但美，而且有「文憑」，是博士後級的文憑。近兩千年的道家傳承。在青山隱隱之下綠水澌澌，碧得如同覆蓋了所有巒峰的綠色瀑布一樣的草樹中翹翹飛簷，斗拱廟牆掩映錯落，仙風道骨的道長在林中可以不期而遇，稽首會心一笑，可以釋去你終天勞頓，滌淨無盡苦惱。

孑遺僅存——賒店鏢局

這幾年遊覽遊戲，也算走過幾處地方。什麼名山勝水、寺觀廟廊，逢到哪裡，就看，就思量。大致文人愛文物，也就這個模樣——站在斷壁殘垣、殘碑叢蒿前發呆，這叫「發思古之幽情」。你想的是「斜陽草樹，尋常巷陌，人道寄奴曾住」，其實，中國的劉寄奴真的是不少，這些人文景點也就是千篇一律的心情感受。但是在社旗見到了鏢局，原封的一個，故——什麼呢——「故庭院」吧！心中是另一般滋味。

我所曉得的，我們最大的政權遺勝是故宮，從舊官署遺傳留存下來的，有不少的「府」，但清代的官庭它不叫「府」，而是「衙門」，比如保定的總督衙門，那是直隸總督的辦公機關，奉天的民初還有，不知現在還在不在，那也是有風水說辭的，叫「直隸不直，奉天無縫」。往下看，河南鎮平、山西平遙也都有很完好的機關院落尚存。你走在南陽的人民路向東看，正在土木大興，那是把全國唯一存下來的知府衙門也強力保護起來了。這麼著，做為「官本位」的中國，舊衙門的留存也形成了從中央到縣治的完整鏈條。鎮一級鏢局，沒聽說哪裡還有第二座。

我到社旗縣城走一遭，有個感覺，社旗人想把山陝會館建成開封大相國寺那樣一個格局——以會館中心向外輻射，由會館向南，開上一條明清大街，展示社旗江漢驛傳水陸碼頭當年的情貌。社旗原名叫「賒店」，把「天下第一店」的婀娜風姿呈現於世。僅此便見，社旗人的腦筋夠用。而鏢局舊地，恰就在這條街的中部位置。我特別地要說它就為它稀見，什麼叫「特色」？「我有，而你沒有」這就叫特色。社旗鏢局，就像沉寂在沙礫和海水裡的一滴松脂。在商業大潮中被捲上來露出，它變成了一塊琥珀。

中國的鏢局始於何年何月？我沒有見到資料記載。我想這件事就是問民俗專家，也未必有個確鑿的時限。我的估計，出現在明中葉之後的可能性較大。但是「保鏢」這樣的社會活動，可能唐宋以後就有了。如果宋時有鏢局，那麼我們從民俗小說，還有施耐庵的《水滸傳》這些書上就應該能看到他們活動的影子。但實際上見到的，是青面獸楊志護送生辰綱——既然是慶壽的，那肯定是梁中書的私事——這個倒楣的鏢客，雖說武藝高強，但禁不起晁蓋等人在黃泥崗上折騰，他就完了。楊志是個標準的鏢客，但他依託的不是鏢局。

關於「鏢」，那是有一整套的說法的。有說是刀鞘上裝飾的嵌鋼花紋，有說是「刀鋒」，更多的說法是「暗器」。拇指按定四指虛托，仰手打出的叫「陽手鏢」，俯手打出的叫「陰手鏢」，肘下打出的叫「回手鏢」，還有什麼「接鏢還鏢」之類的名堂。「鏢」不是一種吉祥物，是武器。但成立鏢局，保護商人財物轉移流動，這個「局」就有點今天流行天下的「保安」味道了。

打開電視，常常見到這樣的鏡頭，一群人嘻嘻哈哈——自然是王公貴富，甚至是皇帝本人——坐著軒車，或騎著駿馬四處招搖，或進入酒店，裡頭一應食宿用水方便，夥計殷勤照拂。然後東家掏出雪亮一錠銀子，往桌上一蹾，叫：「店家打酒來！」我肚皮裡暗笑：這是按照我們今天的「星級賓館」來設計當時的旅店，也是按照我們今天的旅遊心理，來設計當時出門遠客的情緒。有時我也看兩眼，有時直接就換臺，因為我知道那有多麼假。

李白寫過〈蜀道難〉，其實難的豈止蜀道？你敢情從海南往北京步行一趟試試！這還是「陽關大道」，試試消得不消得？海瑞走過不止一次的。「煙蓑雨笠卷單行」走他個幾里地十幾里，那是享受，如果幾千里呢？古人行路要自帶行李、自帶餱糧，住店自己打火做飯——店裡只給你準備簡單炊具，「打尖」就是「打火」的筆誤吧？道路之崎嶇，山川之險峻，河湖之渺茫，衣食住宿之困難……遠非我們今日之人想像能及。更不必說土匪、惡霸、黑店諸如此類的社會治安問題，還有行人的衛生、健康之類的意外，實在說，這些事想一想，都會令人望而卻步生畏懼心的。那麼你要攜帶財物呢？就更有十倍的凶險在等著你。就是在這樣的情勢下，鏢局也就應運而生、而興。

沒有哪家鏢局是單憑武功「走鏢」的。這是一種社會行為，他們的安全係數僅次於政府的部隊武裝押運。做鏢局生意要有三硬：一是在官府有硬靠山；二是在綠林有硬關係；三是自身有硬功夫。三者缺一不可。他就這麼操作，你去投鏢，訂金付出，把財物送上鏢車，鏢師騎馬攜刀隨隊，插上鏢旗一路呼喊鏢號。盤踞山村的大王們，如宋江輩，聽是朋友的鏢車出行，就會約束嘍囉們不開劫車。好，安全送到，付盡鏢金生意成全。我們可以想，下頭的「工作」，官府要分鏢銀，山大王們那裡更要「意思」——這個鏢才走得下來。偶爾，也有「野路子」的強盜不聽規矩，出來劫財，劫了鏢車的也盡有，那叫「失鏢」，這種事也不少見。

社旗原來是南陽的一個鎮，這個鏢局規模不大，按照我的想像，它應該還有個演武場什麼的，放著石鎖和刀劍之類的東西。可是看了看沒有，也許早就湮沒了的，留給我們的是一座天井窄狹的舊院，厚厚的牆，不太敞亮的門窗，都洞開著，彷彿對來人說「我看見了」。

初記白河

黃裳先生是位老牌記者。我讀他的《金陵五記》反覆不忍釋手，這本「五記」，說的是金陵，又似遊記散文，又似新聞簡評，又似有感隨筆。我每次讀它，常常廢書而嘆：倘使二月河有黃先生那樣殷實的底蘊——富甲天下的學識，那肯定，我也要為南陽寫個三記五記什麼的。

南陽有可記的東西，有時徜徉在白河：在漢代，它就有了這個名字——它還叫「淯水」。按山南水北為「陽」這一說，「南陽」這個地名就與這很有點干係——走在河岸，煙霾一樣的垂楊柳林中嵌著浩渺明淨的河面。我會想出很多事情：比如劉秀，很早就販米於宛，他是多大的本錢，哪一本書也沒說，但我想，這位「光武帝」的早期，實在要算那辰光的一位「倒爺」，買賣小不了的。不然，他何來的號召力，一開頭兄弟二人便在更始帝手下成了實力派。

但我在白河旁轉悠時，很少想到他的帝業，我想到的是，他的米肯定是從湖北那邊運來，在白河的哪個渡口上船，運進南陽的。白河的渡口，現在沒有了痕跡，但憑我回憶，一處在溫涼河與白河交匯西一點，現今的菜市街南一帶，一處似乎在淯陽橋與西白河橋之間。

這裡的水面早已不是漢代時那個概念。自從鴨河水庫立壩，白河其實已經無水。沒水，就別談什麼渡口，劉秀如何登船押運他的米，云云，更是胡思亂想。然而現在修了四級橡膠壩，比白河「有水」時似乎還要有水些，成了南陽城裡人心中頭等覽勝之地。儘管年年淹死人，它的這點子毛病，南陽人並不怎麼記得。單是春夏美嗎？綠色絲絛樣的柳枝，拂掃著一群一群紅男綠女。在岸邊踏青，林中豈止燕子，白鷺、天鵝、鴛鴦、八哥……什麼鳥全有，明淨且幽深。如茵的芳草地上，紅的黃的藍的紫的花，寶石一樣點綴在豔陽之中。這裡鋪上一張草涼席，擺上點心啤酒之類，三五好友，人倫家庭，過個雙休日如何？

秋天我到河畔，更多是向東走，白河水與其他江河走向有異，它不向東，是自東而西南，那樣彎彎繞兒，裊裊婷婷、委委婉婉綿延了去。你向東走，看到的是清澈到纖塵絕無的水潦荒灘，一叢一叢搖落黃萎的巴茅、黃到發白的衰草在綠水寒風中瑟縮，配著令人一碧傷心的老樹，間雜著黃葉，在河岸上寂寞飄散，這淒涼的美，足以令人神癡忘懷。

冬天，一定要等下雪，下雪天到白河，那種情味是極獨特的。我最愛這時間看河，看過黃河，雪後是捲著進入河床，黃色的浪似乎不停地貪婪地將雪片裹進它的懷抱——洛河則是另一類，靜靜的河是一個層面，河上的落雪又是一個層面，是上邊的層面向下墮落……你看得久了，會感覺雪是靜止的而河面在不斷地提升，與雪融會。白河則是又一品位，你站在橋上看，雪裹霧罩的岸柳，朦朧的川，朦朧的水，綽約的房屋，點點如織的散處遊人，最易想到的是「霰雪紛其無垠兮」、「雲霏霏而承宇」這等現成的句子。大片大片的雪滑過你的視線，像蝴蝶一樣飄搖著，消失在水面之中。

……這點子「作文」，也就是個高中水準吧！人的情態不同，那肯定可以找出更妙的好辭彙的。當然這是「人造湖」，說起來好像有點令人掃興，但它的美，不遜色於杭州的西湖、揚州的瘦西湖。西湖、瘦西湖難道不是人造湖？

好了，好了，我看這汪水，好則好矣，了則未了。水域是夠不小，景色也很宜人，只是有點像村姑，有風致，文化程度不高。初中水準吧！學歷是太低了點。倘使就我們南陽人玩一把，夏天歇歇涼或「浪裡白條」游泳，那夠了，倘向別人吹牛，那就說：「哎呀呀嘖嘖！那真好，那真好得不得了，冬天好，夏天好，春秋更好，哎呀呀嘖嘖……」除了「真好」、「好得不得了」，沒詞了。這就干這片水是「初中」文憑的過。去看看西湖便曉得，那雷峰塔，一下子就勾起「白娘子」怎樣，法海老和尚如何。蘇堤春曉，那柳樹是否比白河柳綠些？不見得。那裡有「柳浪聞鶯」。你來白河聽聽，黃鶯也有，鷓鴣也有，一樣好聽。我的一位朋友看了斷橋，回來失望之極，告訴我，我笑說：「你太癡了，賈寶玉一樣，特特跑到井欄上祭奠金釧。」林黛玉就嘲笑：「不拘哪裡舀一碗水一樣祭奠！」西湖上有「三潭印月」，白河的湖面不印月嗎？西湖風月無邊，白河風月有邊兒嗎？不是那回事吧！

學歷低，就是受欺侮，不信你試試！

所以，依我之見，要根據檔案把白河的「學歷」弄清楚，方才說的「糶米渡口」，肯定就在白河這片方寸之地，就是履歷之一。比如說，劉秀的妻子陰皇后，出了名的美人兒——肯定隨丈夫同來南陽，白河上洗洗頭髮、浣衣，一塊石頭就能恢復搞定的事，嚴光的釣魚臺能否移植過來？張衡、張仲景你敢肯定沒在白河邊讀過書？他們肯定來玩過的，弄個亭子水榭什麼的不算偽造學歷吧？有些事，我們這代人不做，後代人做起來就更困難。

「二月河想造假？」不是的。我說的事，都是這「村姑」檔案上實在有的事，應該記在她的「學歷」上——上過哈佛，文憑丟了，難道就不是哈佛畢業嗎？——這種文化點綴起來，知名度也就提升了。白河，好玩。

花洲情緣

又回母校走了一遭。二十世紀六〇年代初，一九六二年、一九六三年吧！我在鄧州上學。那時這個市名叫鄧縣，八十七萬人口，也就這麼一所高中。三萬多初中畢業生，也就錄取那麼不到兩百人。一當列隊宣布錄取名單，我還真有點欣喜若狂那情味：要到一中上學了，一中哪！

鄧州一中不是個等閒的學校。這個地方名字就叫得「獨秀」：春風閣、百花洲——是范仲淹講學的地方。范老夫子的〈岳陽樓記〉也是在百花洲他的書院寫成的，而范在寫這篇文章時全憑資料與想像。他還沒有去過洞庭湖，見到的只是岳陽樓的圖樣與相關資料。我想這可能和二月河創作歷史小說有相通之處：飲一瓢漿而意擬三千弱水——也還是作者的直接感受，只是綜合了彼時彼地的色受禪悟、此時此刻的色想而已。

南陽這地方出了兩句名言，恐怕全國有初中以上文憑的人都能隨口而出。一句是諸葛亮的「鞠躬盡瘁，死而後已」；再一句便是范仲淹的「先天下之憂而憂，後天下之樂而樂」。我以為諸葛亮的那一句「精神可嘉，境界不大」，不過是對蜀劉小王朝的死忠承諾罷了。而後一句涵蓋的人文意義是超前的，它的人民性、公而忘私的主觀意識，今天看仍是先進的、積極的，而這一句出自范公之口，寫在百花洲上、春風閣前——我的母校一中。

春風閣，我讀書時沒見過，說是在民國戰亂年間湮沒了的。百花洲那時就有——一個不大的水塘「環牆」，是鄧縣高高的城牆，水塘中還有一座壓水亭子，已是破爛不堪。但那植被是很好的，滿城牆的土坡都是綠，百花洲是綠，水塘的水映著柳色與城上茂密的灌木與衰草也是綠。范公祠的許多碑刻都嵌在厚厚的磚牆上，院中幾株古柏與烏臼，將這祠堂映襯得深邃、幽靜和安謐。我沒有更多的歷史感悟，我只是覺得這地方神祕，內涵不能透窺。

我一輩子上學沒上好，走到哪裡都是個臭。高中畢業已是二十一歲的大齡學生，這個年齡很多好學生大學也畢業了，而我還面臨上山下鄉、找工作，孝敬父母的事更是渺茫。所以參軍時我立下了志願，抓住最後一個機會發展起來。就這麼，「發展」成了二月河。但其實長期我都不自信，不自信「慣了」——就「寫小說」而言，以我的文化知識，在中國文化史裡這事長久以來都不算怎麼回事的，甚至算是「丟人事」的時辰也多多有——我始終覺得我這點包括了《奇門遁甲》、《萬法歸宗》，什麼麻衣、柳莊等這些「知識學問」都不算數。當然我也有點「正經」學問的——學問不算學問，或者「不夠學問」。項羽說過「富貴不還鄉，猶衣錦而夜遊」。我有這點不自信，就不願故地重遊——我沒有穿新衣服，窮嗖嗖的，羞見江東父老。這不但百花洲、洛陽我上學，陝縣我上學——臭學生回來幹麼，臭美嗎？有了這點子心理障礙，百花洲近在咫尺，也曉得它的重要意義，直到《康》、《雍》、《乾》書成，沒有踏進鄧縣一步。

但後來終於在朋友的動員下成行了。他們的鼓勵，使我平白地增強了信心。我也實在是想念這地方。我初中的那個水塘「愛母池」，我在人武部夏日露宿的籃球場；春風閣、百花洲——你聽聽這名字就夠你神往。何況我在那裡度過了許多飢餓的風花雪月時日。去看了百花洲——它已和鄧州一中分體另立，回來還寫了一首長短句〈謁花洲書院有感〉：

蹊徑老塘猶存，殘城草樹相撫。春風閣前明月清新，百花洲上斜陽遲暮。四十載煙塵如昨，八百年遊子歸路。指點少小新學生，知否，知否？此是范子情斷處。

這當然是很一般的。但他們還是拿去刻了，還在碑上加了「二月河讀書處」題樣。我不能拂了朋友一片好意，卻也由此悟到許多珍貴文物的原始概念——能引起你久遠聯想的東西，就叫做文物。

中國的教育其實一開頭就是「兩條腿走路」。一位三家村老先生，幾位家長把蒙童送來。孔子是收芹菜、風乾肉的吧！那是「學費」。後來的情況花樣很多，有一家辦、有幾家合辦的私塾。收散碎銀兩、收制錢，以物抵學費的也很多。四書五經、《三字經》、《千家詩》等都是教科書，這說起來能寫一本書。簡而言之叫私塾，再就是政府、官辦的，比如太學、國子監，那是中央一級的「大學」。各地府有府學、縣有縣學，堂而皇之的名字叫做書院。南陽就有一條街，名叫書院街。還有旁邊的三元巷什麼的，一聽就知道是怎麼回事。那裡有個南陽第一高中，就是民國「接替」前清府學的址。

書院，在彼時可以說是「長城內外，大河上下」到處都有的學堂官稱。我見到胡適的一篇回憶文：說在某國代表北大參加一個會議，北大因建校不足百年，他因而不能列坐主席臺上。回思北大前身乃京師大學堂，再前身是前清的……那麼著算，窩囊死了——臺上那些頭矗得蔥筆一樣的諸公，連北大的孫子輩都算不上。本來坐主席臺的，卻坐了臺下！我們比他們才真是「老牌的」、「正字號」的！然而從實際社會學意義上講，書院文化真的是老了、朽了、死了。講四書五經，說八股文，年年代代一成不變永遠如此，沒有任何新陳代謝。說句極不中聽的話，關在密不透風的房子裡，呼吸一室幾千年同樣呼吸的空氣包括屁，這人能不死嗎？太陽落山就是落山了，死了就是死了，該死就死，循環更生，乃是好事。胡氏想得有點偏了。

整個中國的書院像是一片大竹林，平平的、齊齊的，一色一樣：開花了，萎謝了，齊根死了、完了。這與書院自身的反動攸關所在，誰也救不了它。但這片大竹林中稀不棱（密度很小之意）的也留下了幾株大樹，嶽麓書院、嵩陽書院就是了。那原因也極簡單，二程、朱熹、王陽明這些在學術上、功業上有所建樹的名人進駐過，在這裡講學或著述過，就這麼簡單。也就是松柏樹吧，前後庭院講堂學所，歇山頂的房子吧！吃喝拉撒睡，不會比別的書院少，也多不出什麼。

這些地方因了名人而成名地，你去看看，至今還是遊興甚佳者多多。

我們冷落了花洲、慢待了春風閣。其實，是不是這樣？用范仲淹和上述的幾位「名人」做一做比較，以〈岳陽樓記〉的知名度和人文涵蓋衡量，這「冷落慢待」是明擺著的事。這事我想過，竟是這樣一個結論：鄧州只是個「州級」，書院相當於「縣級」而已。就這個小小的原因，就居然敢慢待范公！你去看看湖南的岳陽樓吧！看他們是怎樣顯擺張揚，〈岳陽樓記〉不是在岳陽樓上寫的，湖南遊子把欄杆拍遍也無法改變這個事實。以「縣級」而輕慢，以省學而高看，是否有點趨炎附勢了？我這當然是批評。批評的是清代直到當代學界、文物界的諸賢長者——所有那些書院，包括嶽麓、嵩陽等等，其實「功能」早已喪失。唯有春風閣，九百餘年春風年年應命而至，百花洲歲歲花樹如織。由「縣學」而「一中」九百餘年香煙不斷，繚繞豫之西南，洵是人文奇觀，這實是范公餘德所澤呢！

范公祠、百花洲、春風閣，這幾處勝地現在政府已大規模修葺崢嶸，「增其舊制」，花繁樹茂、修竹長林漸起。范公修書為〈岳陽樓記〉的堂奧亦宛然隱於荷塘雲樹掩映之中。做為一個舊學生，心中實有不能言表的欣慰。

都江堰的神

四川的都江堰，我上小學就在語文課本上讀到，是秦李冰所造。後來到青年時期，又讀到介紹資料，說是「李冰父子所造」。這麼一點小小的差異，在我腦子裡打了個小問號：是不是又有新的文獻資料發掘出來？李冰時期沒有紙，那是哪個秦墓中出土了竹簡？抑或又有的新的文物佐證、考古新論昭示？這時，我已開始讀一點史籍了，我不記得李冰還有兒子這一說。

我們中國的文獻雖然多，但是它的可信度是應該有所存疑的。秦始皇燒了一次，他為了「愚黔首」，來硬的，公然地蔑視文明與知識，一個字——燒，留下的只有他的國家檔案圖書和孔子後裔在「魯壁」裡藏的那點了吧！再一次就是乾隆皇帝，他刪改歷史資料，規模極大，弄得讀乾隆朝之後比如《四庫全書》之類，你就得多個心眼、加個小心。但我不相信祖龍也會燒李冰的資料，因為李冰是他大秦的老功臣，乾隆也不會，因為「李冰父子」與大清國脈毫無瓜葛芥蒂。

一直在心裡想像，都江堰是個什麼樣子。去過的人回來手勢翩翩、言語喋喋，說得眉飛色舞，但我這個人聽得「模糊如」始終找不出感覺。因為我有經驗，不實地去看，終歸「說的不算」。景物有行、質、聲、色諸要素，給你一張黃果樹瀑布照片，或讓你看看電視，你就算見過這瀑布了？那差得遠了！你只是知道它的模樣而已，而且這模樣也是平板呆滯的。所以沒見到斷臂阿芙蘿黛緹真身，別談維納斯；沒真看過蒙娜麗莎，你也甭說達文西。人，對著照片，誰會震撼呢？

應友朋之約，今年到成都，總算見到了都江堰的實象。儘管我心理上已經有了個譜，我還是眼一亮。我的「經驗」再一次得到實際印證：你不來都江堰，憑誰的生花妙筆也跟你說不清楚，這裡的「文化」氛圍是不能用語言只能用「心」去感知的。「偉大呀」、「雄壯呀」、「宏偉呀」、「精妙呀」、「神祕呀」。過去讀到的文章，最好的也不過如同一個中學生在大學教授前擺弄見識，這些詞兒，唉！怎麼說呢，也不能說不準確，然而都顯得乾癟、蒼白。「大象無形」，它本身超越了語言範圍，再能寫文章的人也束手無策、束筆無文。所以，我告訴導遊的管理人說：「此景只應天上有，其實天上也沒有。」文章裡寫不出這裡的，你得來看，我如寫遊記，也不過就是那樣的中學生見識吧！

懷著對「父子」說的疑竇，我相問都江堰人此事端，我想他要解說一串子的，然而他乾脆利索一句話：「李冰沒有兒子——你看這尊神，是二爺。是修造都江堰的神，其實是人民偉力的化身。」

這真有點當頭棒喝，我一下子悟了。其實我早該悟了的，只是我長期認為，中國人是英雄史觀，不會沒有一個實擬的人的模特兒的。門有門神、灶有灶神、路有路神、城有城隍……你去考論，背後準有一個名人。「二爺」當是二郎神，是楊戩。我們在《封神演義》裡頭見過，但我不知變成楊戩的名人又是誰。如《寶蓮燈》說是玉皇大帝的外孫，那仍舊是神。在現實生活中仍是查無此人，「以虛擬虛」細推理義。這樣奪天地靈氣、窮造化之神韻的工程，人為不可能，只有這樣才符合都江堰實際身分吧？

二郎神不是因了他玉皇大帝的外甥身分而顯赫的。依我的感覺，他這尊神有點特殊，不論他作為正確與否，他似乎都是威力不可戰勝的，在《封神演義》裡無敵，在《西遊記》裡連孫行者也不是他的對手，他是人格虛擬出的最高神祇。

後人大約無法想像，都江堰那個寶瓶口怎樣開鑿，分水頭怎樣設計，一次分洪、二次分洪怎樣構思，這樣龐大的工程又怎能靠人力去造辦。想來想去，不能獨李冰能擁有此力，託寄一下吧，還有個「二爺」吧！那就有了「李冰父子」。

然而我相信，中國神的命名法在這裡也不會例外，生前「聰明正直」死後必為神。李冰是主持都江堰全面工作的，理所當然他排在第一，還應該有位「常務」的，應該是能具體幫李冰料理工程細務的工程師，這才合乎常情，也許年久失傳，也許秦始皇燒了，他就成了「二爺」。我們中國人古時興建工程，沒見過有「圖紙」這一說，別說秦代還沒有紙。就到清代我看到清人筆記，康熙平三藩之後財政好轉，修繕故宮，也是師傅在木料堆裡轉悠，尺子量量用腳一踢，「在這裡鑿榫」、「這裡要卯」——李冰與「二爺」們大約也是這個作法吧？

真的無法想像這爺們怎樣在工地轉悠了，你不來都江堰更沒法想這事。他修這堰固然是為了軍事戰略。但是仗也打了、地也澆了、船也行了，這地方成了「天府之國」，川人享用了兩千多年。

這神仙了得！李冰與二爺這樣的神愈多愈不嫌多。

好來漢風芒碭山

芒碭山在哪裡？在商丘。這麼個小知識，我以前一直懵懂。這幾年在京開人代會，結識了商丘的書記劉滿倉。二〇〇五年他邀我去，我說我想看「壯悔堂」。我已動心了，七事八事地就誤過去。今年會上，滿倉兩次到我房間數他的「家珍」，邀我去：莊子是商丘人，燧人氏、閼伯氏、「商人」的來歷……末了說到芒碭山，「那是劉邦斬蛇起義的地方，還有陳勝的墓，都在……」我想，我肯定是瞪大了眼睛：芒碭山！我一直心中定位，它在安徽呀！滿倉肯定心中頗為驚訝我的無知，然而他歡迎我去商丘的意思，並未因此而稍有減弱。由此，商丘之行遂成。

看過壯悔堂的第二天，我們驅車前往永城。我在車上一直蒐羅我記憶地理失誤的緣由。若明若暗地有了個答案：讀《史記》時年紀太小，十三歲吧？腦子裡沒有多少地理概念。劉邦起義的原因和陳勝、吳廣一樣，他帶著民夫由沛縣到陝西，碭山似是必經之路。不同的是劉邦是個亭長——大概相當於民國時期的「保長」？——陳勝純粹是被武裝押解的囚徒，劉邦帶的人卻極可能是平民。也是該老秦家倒楣，他們走道兒天下雨，不能按期到達橫豎是死。這就陳勝揭竿了，於是劉邦等人就景從了。

大秦帝國早已患了極重的糖尿病，併發症大發作，囫圇完整的鐵桶江山一下子斷了箍、散了板。「等死，死國可乎？」、「王侯將相，寧有種乎？」這兩條理念支撐了秦末八方狼煙義軍蜂起的動力和決心。芒碭山成了一個歷史的符號，大歷史的符號。因為讀這歷史時還沒有考證的思維，想當然地以為芒碭山該是碭山中的一處地方，二月河一錯就近半個世紀。

本來，商丘已是河南最東的城市。到芒碭山才曉得，這裡其實是河南的極東——再向東幾里地，就進了安徽界了。整個豫東是一馬平川，連個小土包也難以見到，這裡卻連綿接陌凸顯出一群石頭山。導遊說這叫「豫東一點高」，但我的心思另有想頭：這怕是從安徽過來的碭山餘脈吧？但我沒敢說，我怕再錯。芒是一種水草，碭是一種可以製硯的石頭。「芒碭」是水和山的結合詞。現在是不成了，兩千年前會有碗口粗的白蛇，那是可以想像的。

到了才知道，所謂斬蛇處，現在僅遺的是個小亭子，還有劉邦斬蛇後暫時隱藏的紫氣岩矗在北邊不遠一帶。所謂「景觀」而言，實實在在還處在蒙昧階段。真正已經進入「草創」階段的，是梁孝王之墓，準確地說，這座墓曹操為籌措軍費早已經「盜」——不，是徹底地掠劫過了。還有梁孝王后墓，比孝王本人的墓出眼得多，更見柿園西漢壁畫墓，都有驚世駭俗的文物發現。問了問，這個地方有二十餘座墓，俱是石質隧道開鑿的地下宮殿——墓基石上規則地寫著該石的序號，當然也有漢代石刻文字，這在別處都已十分珍貴，這裡卻把無價之寶用來砌牆，顯示著它的文化豪富、尊榮。

我進王后墓中看了看，那設置讓我驚嘆，不但有廚房、儲藏室，還有「衛生間」，居然還有坐便！雖然說還在草創，這地方已經引起聯合國教科文組織的關注了，在吃飯間同桌一個年輕人，便是他們派的一個考察官員——他們在申報世界文化遺產。梁孝王這人，我記得他是差點當了皇帝的一位王爺，家庭關係挺複雜，他本人造過梁園，至今還有「梁園雖好，終非故鄉」這個成語，應該是個氣質品位都不錯的「知識分子貴族」。我記得〈鄒陽獄中致梁孝王書〉——厄難中的讀書人，能想到向他求救，他的為人可能不壞。無論從哪個意義上說，他都是個歷史名人。

但我在芒碭山關注的主要人物不是梁孝王。我在仰視著那座山——紫氣岩，想像劉邦那段孤身亡命生涯。這座山不大，即使我這樣的糖尿病人也爬得上去。在《史記》上卻是赫赫有名，「始皇帝常曰，東南有天子氣」，於是東遊而厭之。高祖即自疑，隱於芒碭山澤岩石之間。呂后與人俱求，常得之。高祖怪問之，呂后曰：「季所居上常有雲氣，故從往常得之。」這件事我在讀書時是跳著讀過去的。我總覺得這都是成功者揑造出來的，後來看《後漢書》，王莽也看南陽有「王氣」（劉秀）。到清乾隆，還專門派部隊到南陽「掘龍脈」——挖出一條太子溝來，蔣介石似乎也做過這種事。這種事，我們後來的人可以看成胡話。在那個時代，政治家是做得很認真的。當地的人說要在山上塑一座銅像，五十多公尺高，是劉邦唱〈大風歌〉的形象，世界各地劉姓子孫甚眾。要在這裡辦個拜祭大會，那裡辦了個奠基大會，準備操作，我去看了看，有位工人正修一口漢代古井，給它加鐵絲網。他告訴我，這井水千年不涸不動，那天拜祭，忽然井花大翻湧，如沸水之鼎。姑妄言之，姑妄言之吧！我不禁莞爾。

晚飯就在芒碭山鎮吃，一色的鄉土風味。宣傳部的朋友告訴我吃過飯去看斬蛇碑，這也是異樣景致，在京滿倉就告訴我了，晚上去看，燈光映著，可以看到劉邦影像。我對此半信半疑，碑是新的，會有這種事？吃過飯一去，導遊用燈一照，我不能不信了，遠處真的是逼真的一個人影像，是坐像，一手捋鬚、一手按劍的樣子，金燦燦的很明亮，眉眼卻不甚清晰，不是油畫那樣，更不是國畫風格，也不是塑像的意味——很顯明的圖影，你走近了，到十幾米、幾米，影像沒有了，它還是石碑矗立在黑暗中。導遊用燈照著給我們解說，碑料就採自紫氣岩，刻碑的石工老人已去世，兩年前一個汽車司機偶然發現這一靈異現象，正面看，是劉邦，現在碑後正在施工，不太方便，平時從碑後照，還能照出呂后攜子的影像……這當然都是巧合罷了，但世界上哪有那麼多的巧合呢？

臨別時，我對宣傳部的同志說：芒碭山是不能小覷的地方，開發的、未開發的二十餘座漢墓，都聚集在小範圍中，品相如此優良，知名度如此之高。還有劉邦興漢的發祥地和陳勝墓等諸多勝跡，漢代的人文典型密集到如此地步，是我見到空前的一處。世人了解漢民族，來中國而不至商丘，至商丘而不往芒碭山，對他會是一件很遺憾的事。

憑弔陳勝王

中國的整部歷史，可以說就是一部農民造反的歷史，但若細論，真正成功了的農民領袖，獨獨的單一的，只有一個朱元璋。只有一個，連「寥若晨星」也算不上，「屈指可數」也不必屈。李自成是進了北京，差一點就「坐天下」。一個多月吧！唏哩嘩啦垮了下來。還有一個洪秀全，也是「差不多」的了，敗得比李自成慢一點，也還是敗了。好比是下圍棋，「布局」似乎是形勢不錯，中盤或收官不行，輸了半目或中盤崩潰大龍被吃，總之是不中用了。我聽說圍棋國手對陣敗了半目，會難受得終夜大睜著眼看天花板，這些人連命都搭進去，倘地下有知，更不知如何排遣這份終天之恨、無盡之悲。

輸了就是賊，這沒有什麼可說的，闖王叫「流寇」，太平天國叫「長毛賊」，這史書你隨便翻，大致意思都差不多。這事也有個例外，那就是千古道義英雄——陳勝，敗了死了，史上稱王，司馬遷寫《史記》，將他列入「世家」，也是照「王」的規格列述撰評的。

他的王陵高高地矗在商丘芒碭山懷中。今年我到豫東這兒走了一回，就這麼一小塊「山區」，再過去幾公里，那邊就是安徽，石頭山裡溝壑縱橫，中間他的墓封土高聳，有點像從地下冒出的筆頭指著天穹。他要在天上寫點什麼呢？不曉得。

我管芒碭山叫「漢域」，因為就我的見識所及，哪塊地方的漢墓和漢代遺跡也沒有這裡這般集中這樣完整如此的漢風神韻。陳勝不能算「漢」朝人，但他似乎也算不了秦朝人，他是秦帝國一個大大的叛徒。是不是這樣說，他是楚國亡國遺餘劫後餘生中的一粒火種，燒滅了秦，自己也燃盡了。這個強大得讓我們今人無法思議的帝國被這粒火種燒成一片廢墟，廢墟上又重生出「漢」——既是王朝，也是我們華夏民族的主要構成民族的稱謂。從這個意義上說，陳勝的陵墓設在漢域裡那是天意吧？

千古首義無一例成功，這可以說是一個通則。成功的都是二義、三義，四義、五義的都有。我看金庸的書，寫張無忌，哎呀，倚天屠龍，何等雄壯的事業，他是教主卻不當皇帝，也沒有當皇帝的心思，朱元璋就上去了。朱元璋在「明教」裡不過是個三流角色，但他卻成功了——這個寫法未必完全合乎「歷史事件的真實」，但卻是「歷史規律的真實」。

就陳勝而言，出身是地地道道的「貧農」，給人當長工的赤貧。但我心思裡只有一份狐疑：他應該是出自楚國亡命流徙避禍的家庭。「陳勝，字涉」，司馬公明明白白這麼寫，真是蝸居山野的耕夫家庭，累世為人奴役的最底層人，有姓名，還會有字？沒有仔細考論過這個學問：當時的這個階層有沒有這個習慣？再說，在地頭上歇息，他會突然冒出一句「苟富貴，勿相忘」的話，這是知識分子才會說的話。人家反駁「要是種地，哪來的富貴」，他更是出語驚人：「燕雀安知鴻鵠之志哉！」就算是經過了文言修飾，就這個言語志量去琢磨，他似乎家庭背景不簡單。

秦帝國亡就亡在太相信武力，過於迷信手中的政權。「執捶拊以鞭笞天下……胡人不敢南下而牧馬，士不敢彎弓而報怨」，這是賈誼〈過秦論〉裡的名言。秦在滅亡六國同時殘酷的兼併戰爭也播下了極度的仇恨種子，當時就有口諺：「楚雖三戶，亡秦必楚。」陳勝的故鄉當時不知是否楚域？但陳勝揭竿，口號就是「大楚興，陳勝王」，其中似乎有著很強的思維聯繫：他受過這種教育，他未必有文憑，但他有這個知識，逼得沒辦法造反時就用上了。他的朋友吳廣，好像有點像是他的「政委」，外國軍隊有「牧師」一說，《史記》裡說他「素得人望」，似是透露了這個搭檔關係，他倆一結合，「一樣是死，為國而死吧！」——這個口號沒有丁點私意，堂皇光明揭竿起義，就這份心胸，水準很高的。

陳勝起義了，天下景從，到處都是他的旗號。有人說他的失敗是因為「勝利沖昏了頭腦」，我覺得也許有一點，但又不全是。心胸志氣我以為他是夠了，但他器量小了。他當王，自然宮室嬌娃扈從如雲，這也是順理成章的事。他昔年一塊兒種地的窮朋友來看他，不過誇了幾句「好大的房子呀！」、「真氣派呀！」、「嘖嘖……」之類的話，本來一笑置之資助幾個小錢打發回去也就是了，他把人家給殺了！這就很惡劣了，他自己「苟富貴」但「忘了」當時的話。這也許是身邊那些馬屁蟲的撩撥，但他是王，是殺人主體。比起劉邦，當了皇帝回家看親戚老鄉，又喝酒又唱歌又哭又笑，真有雲泥之別，有一齣《高祖還鄉曲》是唱劉邦這件事的，那裡頭反映的「心情」我看也是真實的，有妒忌的，有肚裡暗罵的，有假惺惺奉承的，劉邦幾曾有怪罪的意思？

再就是，他的警衛部隊似乎不行，打敗了仗，怎就沒人跟著保護他？這也許是因為他過於剛毅，不曉得體恤戰士，事實證明，陳勝的「領導能力」是很有問題的，他缺乏常識，結果他被司機給殺了。「莊賈」，看這名字有點像做生意的，他把陳勝送了無常，車夫因此名氣傳於百代，陳勝是窩囊死了。

陳勝的墓在芒碭山，筆尖一樣永遠指著天，他想寫什麼真的不知道。郭沫若給他寫的舊墓碑太小，正在重新刻製，拜臺也在重新修建。那地方還要修建劉邦〈大風歌〉的銅像，看銅像時，勸君也到陳勝陵前「扼腕」一會兒。

神幽青城山

讀過金庸小說《笑傲江湖》，誰不知道青城山的「余觀主」呢？這位觀主，其實是金先生筆下的一位武林恐怖分子，他從製造恐怖開始，到他生命終結，在極度的恐怖中死去，「好還好報」。從他的生命履程中可說是得到了淋漓盡致的表述，為了一部《辟邪劍譜》，人性和本性全部迷亂，同樣栽在因《辟邪劍譜》迷亂了本性的人手中，這故事可算「有意思得緊」了。

本來，小說家言，金先生姑妄言之，讀者姑妄聞之也就罷了。我們中國的讀者的感情情結有時會和政治情結、思維情結驚心地一致。余滄海不是好人，他的青城山道場也未必就是佳地吧？我雖然不喜做此聯想：比如岳不群是個偽君子，能妨礙華山的挺拔雄壯？但畢竟沒有去過青城山，讀小說是有某種催眠式的心理暗示的，青城山在我心目中多少有些霾暗的感覺。

偏我趕到青城山這天是個響晴天，從蒙著黑玻璃的汽車上下來，整個世界彷彿是乍然一亮，風和日麗。孟夏的風已帶著微微的薰薰之灼。青城山就在右側面高高地矗著。在燦爛的太陽光下，是整整一塊翠玉疊嶂而起直插藍天白雲之間。

綠啊！綠啊！……幾曾見過這等樣的綠呢？我多年和山打交道，當兵多年駐地就在大山中。山西的太行、呂梁，遼西的燕山，還有什麼長白山、興安嶺都見過，總覺得都不及這巴山蜀水的蔥蘢。「說文物典型，咱們北方說去；說山水，到四川、兩廣，去雲貴。」這是我一個固有的概念——四川的山已是「甲天下」的美，再看青城山怎麼說呢？「甲巴蜀」吧！這樣的綠沒見過，這樣的秀沒見過，這樣的從容幽靜……也還是沒見過。我們知道，一座山的綠化面積若有百分之五六十，那已是十分誘人的幽美了，青城山呢？若百分之九十五！只餘下盤蜒委婉的曲徑小道了，且這些小道，也被遮天蔽日的綠蔭完全覆蓋了，它的負氧離子含量是成都的八百倍，這樣好的空氣，我也沒有吸過……

這麼著寫下去，是一個中學生在寫度假作文了，一個字，青城山的「幽」可以概括，幽是因了它翠，說它是「翠玉」仍不合適，應該說是「玉翠」，四川就是一塊玉，它是這塊玉中的「幽翠」。但是一座山，儘管你有傾國傾城之姿，除非如九寨溝那等絕世風華，一般來說是「有仙則名」，也就是說沒有仙也就難成名。青城山是張陵的修行道場，張陵就是張道陵，是道教的創始人吧！道教講究沖虛，與佛家的「空」是不同的，精化為氣，氣化為神，神化為虛，就這樣修練——說是這樣說，我還是認為道教異常的務實，就比如說這座青城山，它的存在、它的神幽，都是實實在在的。應該說，仍是這種有形的美使他興奮，是那滿山帶著幽鬱的朦朧、虛化的神韻感動了他的吧！

道教是個有意思的宗教。據我所知，凡世界所有之教派，大抵在本生本土都帶著式微的樣子，只有道教，本鄉本地、土頭土腦地生存了下來，有時也接受一點儒家的東西，也吸納一些釋家的營養。哪一屆統治者喜愛它，它就興旺一點；嫌憎它，它就低卑一些。綿綿延延，就這樣生存了下來，也還是因為它在某一大群人的生活中，依然是一種需要。老實說，我於道教知之不多，就所知的，用句《水滸傳》話說「俺便不信」——說人能白日飛升，能長生不老，能修練成仙……不可能嘛！沒見過嘛！做不到嘛！但是，又有很多神祕的靈異與不可思議的世間相，似乎在證明著此一宗教的靈應與明確。江西的龍虎山似乎也在爭張道陵的落局點，這個意思和襄樊人爭諸葛亮出生地「在襄樊」那個心理是一樣的：說的是學術，想的是「發展旅遊業」。

張道陵來青城山是漢順帝漢安二年，據說當時他已一百零九歲了，這個話仍舊是姑妄言之，我不相信。我今年剛過耳順，已覺爬升青城山為難，張道陵百歲有餘，走了一年路，由中原來此結廬，這實在超出了我的想像力。但你看一看這座山，它不但美，而且有「文憑」，是博士後級的文憑。近兩千年的道家傳承。在青山隱隱之下綠水澌澌，碧得如同覆蓋了所有巒峰的綠色瀑布一樣的草樹中翹翹飛簷，斗拱廟牆掩映錯落，仙風道骨的道長在林中可以不期而遇，稽首會心一笑，可以釋去你終天勞頓，滌淨無盡苦惱。

青城山有沒有武道士？我不曉得，但是肯定遇不到余觀主——一說少林寺，條件反射就是「拳頭硬」、「能打架」——那不是少林真髓，青城山是道家聖地，給我的條件反射是「神幽」。

啊！辛夷，南召辛夷

從小就知道有一種植物叫辛夷，但我一直到五十五歲，仍以為那是一種草。產生這個誤會，一來因為它的名字，尋找不到「偉岸」、「挺拔」、「高峻」這些感覺；二來這個「辛」字，有「辛辣」、「刺激」的感覺——試想，掐一片薄荷、韭菜、辣椒……或是七星草之類在鼻子跟前嗅嗅。那感覺：在喬木大樹上——辛夷葉子——能找得到嗎？

然而它偏偏是大樹，高大、挺拔、樹冠齊整茂密，滿有貴族紳士風度的那種彬彬有禮味道。《本草綱目》上頭李時珍寫得清清楚楚，但我偏就沒有讀到它的性狀。後來知道，我家兩株廣玉蘭是辛夷砧木。還有比兩層樓還高的濃綠大樹華蓋，是原原本本的辛夷樹。驚訝之餘又復失笑，天天和辛夷在一起，睹面不識君。這件事清楚之後我開始注意它的「檔案」。說得專業了沒意思，一句話，它的花蕾能造辛夷油，清腦提神治鼻炎、化妝、保健——全褂子的用處！國際市場堅挺得像石塔——百分之百！有多少只管賣，百分之百會賣光！

全世界都知道，中國是辛夷的故鄉。中國有多少辛夷，六十萬畝吧？有四十多萬畝就在南召。這還不去看看？南召之行就這樣動了念頭，得去看看。那裡還有一座「丹霞寺」，那就更得去看看。

這是很有意思的一個地方。當年漢光武帝劉秀逃亡時曾路過此地，有皇路店，有麥仁店。說是劉秀在王莽追殺下倉皇奪路，餓得前胸貼著脊梁筋，曾在這裡吃過一餐白水煮全麥的飯。我查過史籍，王莽時確實有人告訴過他南陽有「王氣」，讓他將這正氣掐死在搖籃裡。劉秀成功後，鄧禹也確實曾勸過他「勿忘麥飯之時」，追殺劉秀的事是可能的，但我不相信是「個人行為」，劉秀二十歲，王莽是五十多歲的糟老頭子，追上了能怎樣？還不被劉秀打得滿地找牙？我相信是昆陽之戰，結束後，劉秀逃亡河北這期間的事兒。

皇路店現在沒有皇路，麥仁店似乎還有點僻壤野店的味道，但旁邊的柏油馬路鋪得極好，比高速公路也差不到哪裡去。汽車倏然穿過這些個「故事地兒」，鑽過一片山，辛夷樹漸漸多起來，皇后臺到了。這也是劉秀逃亡路過的地方，他在這兒得了病，一個姑娘侍候他，產生了感情，劉秀登極封她為皇后，接她的鑾駕進京路上，不幸墜馬去世——這件事滿前衛的，不禁讓人想到電視劇裡頭一些風流天子。但現在顧不上柔情萬種浮想聯翩，因為我們已經進入辛夷林腹地的邊緣。

劉秀當時不知患了什麼毛病？反正不是感冒、鼻炎這些個。因為與我同車的劉書記是這裡的縣委書記。但許多人都叫他「劉辛夷」，他告訴我：「這裡沒有蚊子蒼蠅，沒有人得感冒、鼻炎，也沒有人得心臟病——這樹香，萬邪全避。」

是的，香。我早就嗅到了，淡淡的，清清的，很從容、柔和，很優雅的那種香味，沁入肺腑但並不強烈，滲入你的脾，沁進你的心。聽「劉辛夷」講：這是望春辛夷，春天沒來，它先開花，白紫相陳，清麗不妖，滿山都是，好看哪……我默默聽著，我此時的感受是「綠」。

綠啊……翠蓋一樣密彌的樹冠，緊緊依偎著，幾乎不見一株雜樹，是一色的翠，水泥路蜿蜒委蛇，兩旁的山是翠暗的綠，山澗中的水是碧色的綠。天、雲、路，路旁茂密得像要流淌的草，把你團團包圍進綠色的混沌世界，雖然是盛暑，我還是個胖子，皇后鄉長帶我去看一株千年「辛夷王」，爬了老高的坡，我一點不覺得氣悶，微汗撲涼風，連吹來的風都覺得是綠的，清香爽人。我問：「這裡的人是不是長壽？」鄉長驕傲地說：「那是當然！」

在幽靜的辛夷村落裡信步半日，又到農舍小店裡吃午餐。這裡的風俗也怪：先吃飯，後喝酒——這其實是很衛生、營養的飲食之道，院子四周被辛夷簇擁著，院子中間是主人的傳家寶，一大蓬株牡丹，據說已有一千年了。席間鄉長——看上去是個老實巴交的青年農民——告訴我：「我們這兒，娃兒們上學，星期日摘一書包辛夷蕾，門市上收購處一賣，一個星期的伙食開支全都有了。我們鄉吃辛夷飯。」

其實是南召一縣都吃「辛夷飯」。外國人得富貴病要用辛夷，連菸草裡也兌辛夷葉子，用來防癌。中國人除了這些用途，大約還不知道南召人還愛用辛夷泡茶喝吧？南召正傾全力開發辛夷打向世界。

「劉辛夷」一定要「請二月河老師留下墨寶」，我想了想寫：「屈子擁抱之辛夷情懷，必將造福五洲四海。」屈原的《離騷》中是謳歌哀輓過辛夷的，他如果看到南召的辛夷，會不會給我們一個會意的微笑呢？

五朵山記

人類社會有一種現象，叫「催眠效應」。比如一車青菜擺在當街，來來往往的人擦肩而過，誰也不理它。忽然有一個人去買，會引得一群人來搶購，一會兒的工夫，一車菜賣得精光。旅遊也是這樣，九寨溝如此，張家界如斯，推而久遠，西湖當初亦當如此。就說少林寺吧！似乎也是如此，如今去登封，一開口就「我去少林寺」。其實也還在催眠之中。登封還有座中嶽廟，也很好玩的。現說到少林，人的第一反應也還是「拳頭硬」。老實說，少林方丈釋永信，我很熟的一個大和尚，說他會「打架」？我沒感覺。說他能說禪、坐禪，差近事實。若談到「太極拳」、「太極劍」，這是典型的吾國國粹了，環球無分遠近。但提到這詞兒，條件反射的，蹦出一個詞兒「張三丰」，再蹦出一個詞「武當山」，是真武大帝——祖師爺的道場，那香火就不必說了，旺啊！我的一個朋友，是個病秧子，朝朝武當，他的病就會好一點。當時武當山還沒有索道，我問：「那麼高，你爬得上去嗎？」答：「那山，愈上愈有勁，不信你試試。」

我畢竟沒有去「試試」。一來道遠事忙，二來我心裡有個陰暗的偏見，大廊廟裡香火太旺，就去燒香神也未必「記得」我。我喜愛到底蘊深厚但不甚有錢的「文化貴族」景點去徜徉結緣——我選中了五朵山。

這座山在南召縣境內。其實去朝武當的香客大都知曉。武當叫南頂，五朵山叫「北頂」。當年燕王朱棣發動靖難之役，叔叔要奪侄兒權，水陸並進打南京，明惠帝朱允炆在火光如炬的夜晚倉皇出逃。萬念俱灰的落魄皇帝逃到五朵山定居下來，在這裡他結識了張三丰，受張氏指點，終成正果。又南下遊方，在武當創建廟宇——這才有了武當南頂。當然這是傳說。我心裡一直對此存疑，張三丰是宋末元初人，文天祥被殺時他已記事。再經一個元朝到明朝，又經一個洪武朝三十一年，到靖難之役，張三丰起碼有一百三十歲了。他還能和朱允炆一道兒玩？說給佛教徒斷然不信，但道教說的是神仙。一百三十歲，應該算個青年神仙。

一是神山有「戲」，二是上山有索道，這我就上吧！

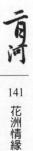

時令已經入冬，入冬之後一直沒有下雪，但我們到索道口，天上紛紛揚揚飄下了絨絮一樣的雪花，那峭壁、挺直略略傾斜的山立時變得生動起來，黃色的石壁，中間夾著褐色、灰色、鮮紅、淡紅、橘黃的灌木叢和雜木樹林，在風中輕輕搖曳，蝴蝶樣的雪片在它們中間忽上忽下穿行舞蹈、婆娑生姿，彷佛整座山都被這繽紛的天花團裹了，顯得那樣綽約、含蓄，丰采萬千都隨在天然的紗幔之中。

五朵極頂的廟宇並不大，從山下往上看，像是一根粗大的乳黃色石柱上頂著一個「點」，但上來看，又像一座錯落有致的庭院，前後院側房俱全，憑著磚界眺望，遠處的大地河流蒼茫，雪意中的峰巒迷離，彷彿會說話似的，都在抬頭仰望著你，導遊在旁指點：「這座峰，在山下看它，並不是最高，到山頂看，所有的山峰都在它腳下。」、「您看那邊，左邊是白的，右邊是暗的，說是一個神仙，一頭擔著豆腐，一頭擔著韭菜，是在那裡翻了，山這邊全是野韭菜，這裡的韭菜花、野韭菜是有名的……」

我沒有用心聽他的話，我在注意神殿前那副對聯，卻是一色的道文雲雷篆書。我記得我的存書中道家文字有這樣的圖形，但搜遍枯腸，再看也只是「面熟」。廟中道士見我踟躕，過來解讀，叫「疙瘩雲裡神仙位，柯岔山上道人家」，慚愧：我只認得「上、人、家」三個字。我很留意文化景點上的文字，但不是這類文字，這只是讓人好奇而已，文字內容卻是「凡人的」。我在上山前讀到資料，說五朵山聽琴亭右有數十畝大的摩崖石刻文字，因年代久遠，很難辨識，人們都叫天書。但有心人讀到點斷，是這樣的：

……承運四載……庸腐拘執。無駕馭雄才……王氣在燕，非汝能執。……許藩王起兵，以清君側……朱書度牒……出鬼門，會於神樂觀……道溧陽、入太湖、歷浙東、轉雲貴……居北頂，不皇而皇，永立天下……

可惜這次時間太倉促，沒能到聽琴亭，自然也就沒能見這石刻。倘真是這樣，這裡就太神祕了：這完全是朱元璋的口氣，靖難之役朱允炆逃亡路線北頂成道，這件事發生在朱元璋死後，竟都在他生前的先期不料之中！這樣的石刻，應該立即修復，力加保護，這功德誰做呢？關於這段故事，我聽到的另外版本是：朱允炆逃亡，朱棣嚴令追捕，大索天下而不得，但聖命急如星火，追捕的人只好報說逃亡皇帝已歸天，朱棣說既已成仙，那就塑像祭祀！下頭人不知神像怎麼塑，朱棣當時正在洗澡，就指著自己說「照這個樣兒來」，於是便有了「沐浴祖師」的圖形塑像。

南召的北頂，神祕有興味。

昔陽感覺

我生在山西昔陽李家莊，但兩歲就「走了」，對這個擁有大寨的地方說起來聽得耳朵老繭磨起，然而心中的感覺，老家的風土人情、文獻典故，基本上是「沒有感覺」。因為爸和媽很少說起昔陽的這些個「事」。昔陽有什麼？有土山坡、石山坡，有酸棗樹，有窯洞——和延安的窯洞差不多吧？有一座「浮山」，據說是女媧煉石補天的地兒，爸爸說那裡的石頭像泡沫塊兒，很輕，扔在河裡能漂起來——我臆測那極可能是噴過岩漿的火山石，岩漿的泡沫凝固了大約就這樣。

媽媽說，昔陽有玉茭、小米、黃米、酸菜、蓧麵、蕎麥、山藥蛋……她不說白麵，昔陽沒有小麥。每到過年爺爺會從城裡帶回一個紅薯，是河南產的——切開了蒸熟，一段一段分給家人，每人一段……這也是爸爸說的。沒有感覺但有印象，昔陽是個苦寒地，二十世紀六〇年代前「什麼也沒」。

今年暑期回了一趟老家，找到了一些「昔陽感覺」。我說「一些」是因為只住了兩天，很浮漂。或許連「一些」這樣的詞也是誇張的吧！

這裡似乎還是玉茭的天下，間或有一片又一片不甚連貫的黃豆，幾乎不見別的莊稼，通連山崗坡地綠汪汪的是極目不能收攬的青紗帳。當年父親和日本人打游擊最喜歡它：鬼子來了，一鑽進去就沒事了。我的堂弟晉平陪我轉悠，我問他：「現在還吃玉茭麵？」他一聽就笑了，「現在誰還吃這個？都用來作飼料。」但是我知道外地人還是吃這玩意兒，因為它營養價值高。昔陽人大概不吃了？爺爺一段一段分給家人享用紅薯，我曉得河南有很多人是不吃它的，因為「吃夠了」，吃得胃受不了了，吃得「醋心」聞薯即厭。昔陽人大約也是吃夠了玉茭麵，人哪，其實是沒有什麼想吃什麼，什麼東西吃多了，肯定反胃。玉米地沿則是結著青豆一樣的酸棗樹。這叫「棘」，我寫《康熙大帝》時具備了這個知識，是舊時代學子考場周匝作防護的專用樹種，現在人們知道了它的營養價值，用來做「酸棗麵」賣錢了。

我四十餘年沒回昔陽老家了。這次歸鄉，原想悄沒聲地串一串就走。我覺得儘管我已定居南陽，血管裡流的還是昔陽的血。一個人倘毫無成就，會有「羞見祖宗的心理」；有了點名聲，張張揚揚地「榮歸」，又大有「沐猴而冠」的嫌疑。前年到洪洞，見到我「凌」氏牌位，我跪下磕頭。同行朋友問：「二月河你還磕頭？」我說：「我給我的祖宗磕頭，天經地義的事！」無論如何，肯定得回李家莊，回昔陽正是七月十五，是祭陰的正日子，肯定得去祠堂給祖宗磕頭，肯定得到爺爺、伯父的墳上燒點紙。我六十多歲的人了，又有許多毛病，萬一哪天「哏屁朝天」了，這是多大的遺憾呀？

但我「悄沒聲」的想法原是妄想。因為村上的老少爺們看電視，都認得我，從爺爺輩到孫子輩沒有人沒見過我「光輝形象」的。「解放回來了」是個村級大新聞，根本不可能「暗箱操作」。車還沒進村，我已經看見房蔭下、院牆旁、路邊土坎上，男女老幼一群一夥散亂坐立，看我的人已聚在那裡，拜祠堂上墳地……走路一路合十作揖、寒暄、打躬。累是有點，心裡頭親。他們和我不熟悉，卻叫得出我父親的小名「文明」，二月河還有個名字叫「凌振江」，是「大先生的曾孫」。這些事讓人想起來就覺得心裡……

這樣的溫熱和天氣一樣讓人出汗。但晉平他們還覺得不夠，為了讓我「回家吃頓飯」，竟差點和縣裡的朋友鬧起彆扭。到飯桌上我才知道，玉米還是要吃的，調糊塗「一抿，一蘸，糊登一咽」。有玉茭、老玉米、黃瓜、家栽的鮮桃——還有拉麵——順便說一句，這種麵不要到外地吃。中央電視臺那年春節表演的拉麵技術，令全國的拉麵都拉得比頭髮絲兒還細，那真是把麵的魂都拉沒了，麵到嘴裡舌頭一磨就成泥了——吃拉麵要到山西，到昔陽你敢情試試看，羊肉臊子加紅椒我吃了一海碗。糖尿病？回去吃藥，下不為例了。其實在縣裡也差不多，書記請我吃家鄉飯：蓧麵、蕎麥麵、「散麵作」、「抿曲」……不能再說這個話題了，血糖高者不宜。

連同這一次回昔陽共是四次了。上次是紅衛兵串聯，我是從陽泉下車，途經平定，一路步行到鎖簧，從北南溝到安陽溝一路步行。昔陽人叫「步偏」，不知這個「偏」字用得對不對？反正是走回去的。一律都是土路加著料礓石，也能走汽車，那顛簸得叫人五臟六腑都會嘔吐出來。這次看是全然認不出舊道來了。我在北京市區吃頓飯，來回路上走了四個小時，現時從平定到大寨旅行社只用了半個多鐘頭。孟書記叫孟希雄，用田永清的話說叫「極端熱情」，他沒說他的政績，幾乎不停地在侃他的項目和計畫及實施後的效益，侃文化開發——我覺得他有點孩子氣的天真，把我看成是嫁出去的媳婦回了娘家，他是娘家人那麼個樣子分說家常，還讓他的宣傳部長帶我到昔陽中學做了一個演講——我看這樣設備與教學品質的中學，放到全國也能扳著指頭去數的。

美不美？故鄉水！親不親？故鄉人！

山西情緣系列

我是河南人，山西是故鄉

我是山西籍人。去年？前年吧！在北大百年講堂和同學們說過一陣子話，有同學當場提問：「現在社會輿論，河南人名聲不好，先生以為如何？」

其實這個問題很好回答的，是個老問題。唐朝的李世民曾對大臣說：「有人跟朕談起山左、河東人之異同。這話對不對？」說的就是這檔子事。本來就說「我是河南人」也沒什麼：我的心理語言——自言自語或者心裡嘀咕什麼事的時候的語言都徹底河南化了，絕不會把「我們」念叨成「俄蒙」，也不會把喝水想成「哈綏」。吃飯穿衣都是河南人的習慣，比方說冬天山西人下身穿得厚，上身寧肯薄一點、利索一點，這是既保暖又好幹活的。河南人顧上不顧下則下身單、上身穿個厚棉襖。這很合適蹲在牆根曬暖。我也這般如此。倘論起勤勞這一條，山西人似乎強了一點。我有證據：山西有大寨，河南沒有。河南的莊稼比山西好種，冬天農閒，曬曬暖很自然，也不為什麼大毛病。我回答是「我不是河南人，我是山西人」，我在「但是」後頭做了文章：「我在河南半個世紀，吃的是河南的米，喝的是河南的水，我已經河南化了。今日河南人有難，二月河願與共患。」

　　但我畢竟是山西人，山西是我祖宗衍息之地，南李家莊喜字院生我的那間房子現在還在，母親推磨，用炭在牆壁上練字不知還在不在？但那地方的址，肯定是永遠存在的。那滿山的荊叢、棘叢、核桃、柿樹，一層一層連綿向遠山延伸的梯田，種植著我對老家永久的懷思與掛念，那些淡淡的、已變得有些模糊的親人，他們溫婉柔脆的「山西話」我還能流利地說出來，一點也不比山西人遜色，我吃老陳醋的水準還能讓河南老侉（北方人俗稱）目瞪口呆。

　　我回過幾次山西？回憶了一下，第一次是一九五四年，隨父母看望爺爺奶奶。那年我九歲，最大的觀感與收穫：一、老家山多，老家房子窯洞住起來比河南的舒服，炕是熱的；二、知道家庭是家族的一個單元，除了父母，還有爺爺奶奶，還有數不清的三服、四服、五服姑姑叔伯姨舅……第二次是一九六〇年，此年我十五歲，和第一次的印象差不多。第三次是一九六六年，彼年我二十一歲，紅衛兵串聯。我走道趕了個背集，已經下令停止串聯用車，我還停留在陽泉，步行到鎖簧，經過平定縣城，又到南溝、中陽溝，看親戚，見表兄表妹，走了那一大圈連大寨也沒去，就匆匆返回。

　　這一次因是走路，飽覽了一路太行風光，我以為太行「就是那樣的」——樹不多，到處都是黃黃的梯田，圍著修得十分結實；彎彎曲曲的石壩，壩沿上沒有開墾的小山丘上長滿了叢生的酸棗樹，它雅名叫「棘」，是幾百年都用來隔絕讀書人考場和外部世界的專用樹種：這一條在走路時壓根兒沒有想到過，因為那時還沒有這一條知識。這一次卻強了另一條印象：「老家沒有細糧。吃的不好，住的好。」但那熱炕的好印象根植入心。鬧得我去年還和妻講，想在河南這家弄個大熱炕，她說了「燒煤有汙染」種種問題，才息了這念頭。第四次是一九六七年底到一九六九年初，這年我二十三歲，參軍駐紮在山西。這個年紀已過逾了參軍的年紀，是偷減了一歲才得如願的。因為不參軍就得下鄉。家人和我齊努力規避了後者：那年頭當兵和現今比起，不知酷了幾多倍。

第四次在山西時間最長，是從一九六七年底到一九六九年初，兩頭去掉一年有零，十四個月吧！先在太原，又在大同挖煤。

如今，又要到山西了。是第五次，時年五十九歲。「討九不過十」，妻和朋友們已在張羅我的「六十大壽」了。

人，在事業上、功名上有點成就，是不是就特別懷舊？或者說有另一種不能說是非常好的念頭？早就有這種說法：富貴不還鄉，猶衣錦而夜遊——我雖然沒有衣錦，至今喜歡穿對襟的老棉襖，但我畢竟有了另一種資本：呀！寫《康》、《雍》、《乾》的二月河，是山西人哪！六十歲了，回去酷一把吧！不然，誰能看見這身老棉襖呢？

然而我不能穿老棉襖，因為：一、我不能在祖宗之地炫耀我這點螢蟲之光；二、此時是八月，陰曆七月，「七月流火」。

純粹是緣，緣分到，一定會依著它走。

二〇〇四年二月下旬，我到北京開會，會前與田永清將軍相約，八月要到山西，要上五臺山。因為這時候，女兒放暑假，妻已退休，田將軍也早退休，他的夫人吳玉霞這時也能請假。「幾度臨風動遠思」吧！我的妹妹淩玉萍也躍躍欲試，外甥也蠢蠢欲動，都想回一趟老家（女兒畢業前最後一個暑假），想「拜一拜文殊菩薩」。

這至少有兩個方便，田永清是位退休將軍，許多部隊老部下在那裡，行動接待方便；我們都能跟著「咸與其便」；我能少與媒體接觸，可以少受干擾，多享點清福。

我還有個更深的動機——有句話說：「上也五臺，下也五臺。」這彷佛是佛陀安排的讖語，我是走了遠道的人了，有個平安著陸、安分休閒的念頭；女兒是要登程跋涉的人，她有個「上臺」的——起飛、單飛、鵬程遠颺的念頭，我想祈祝她飛得又高又遠又平安，南無阿彌陀佛！

一個人的優點，大致上可以說是他的特點，但同時也可說是他的缺點。比如說李逵，他的優點是勇猛，特點是前敵無畏；缺點便是與之相關的「不動腦筋」、有勇無謀。我的優點是與人相處不拘小節、不苟求別人、不設防，特點是與我好相處，不會「遭二月河陷阱」；缺點也就是隨隨便便，嬉里達哈不認真。這毛病倘放在政治家，或者是軍人帶點，會出大問題的。現在當作家嘛，缺點基本無害。

我在山西有「幾夥子戰友」。一夥子在太原，以省作協的李再新和高院的劉存旺為代表。忻州定襄是又一起子，王福樓、袁琛他們在那裡，還有河曲保德一群，都是一九六五年的兵。我是一九六八年入伍，他們都是老兵，我則是「新兵蛋子」。這「幾窩子」戰友可以說都曾是我的「領導」，又有點患難之交的朋友情味。這是到山西必須考慮的一件事，怎樣見朋友。約是前年吧！胡福國在山西當書記，曾派昔陽縣委書記和李家莊的村長，帶著小米、莜面和老陳醋，千里迢迢到南陽慰問約請，胡福國雖調走了，這份情義是不可以忘掉的。昔陽縣委也還在盯著我，他們的耳報神也真了得，不知從哪兒得的消息，打我的手機說：「聽說你回來了，能不能回咱們昔陽來？」昔陽更是我的祖宗發祥地，是我吃奶的地方，這萬萬也是不可開罪的。

但是有一條得想，見了這領導，那領導也約，你見不見？萬一「連鎖上網」，我這次回山西來就單純是「拜」領導之一事了。這也沒什麼，一事就一事，可我不是一個人，有田大哥夫婦，他的公務員，妹妹母子，還有妻和女兒，八個人，我本來就帶著一點田將軍的「客」的味兒，這麼著又設一層行動算怎麼一回事？回李家莊倒是可以考慮的，田大哥也願意去，但我這次是去京開會拐彎出來的，真的「兩肩扛著一張口」回去？總得有點「進見禮」吧，因此左右思量，一、不見領導，二、盡量避記者，三、不回昔陽。專心致志上五臺，下五臺，走馬觀花看山西。

確定了這個方向，我給李再新打電話：「先到忻州，上五臺，你和王福樓說一下，見見面，別的戰友以後再說。」這樣，我就在忻州軍分區招待所見了王、袁兩位。也就是吃飯、聊天、照相這些事吧！王福樓和袁琛和我當年都在政治部，一個電影隊長，一個組織幹事，是管著我這散漫新兵蛋子的領導，現今都是垂垂望耳順的「中年人」（時興的六十還算中年人）了，還有王福樓的老伴，當年如花似玉的亭亭少婦，現在也華髮滿鬢。大家見面不免感慨萬端，有說不完的「當年」。王福樓在電話中笑告李再新：「這傢伙（當然是我）還是那號球樣。」

我覺得這是戰友對我的最高評價。

這個「三不」主義貫徹得很好，除了在太原有次採訪活動，基本沒有和媒體多打交道，少掉很多囉嗦——其實囉嗦來囉嗦去還不就那幾本書？——一個人總吹牛也會覺得累，沒勁。和地方領導公事接觸不多，就少了許多應酬。只有在皇城相府轉悠，被山西省一位領導在車中看到，他關照下面「你們看二月河在這兒有什麼困難沒有」，縣領導請我們吃了一頓飯。

我與山西其實是少小遠遊去難歸的遊子，情結雖在，人事卻如煙。除了上五臺，其實我最想去的地方只有兩處：一處是大同，是我下煤窯的地方；一處是太原上蘭村，是我蓋過房子的地方。

但這兩處都變了，變得——我不知該怎麼說了。

大同，除了那面九龍壁，別的一概不認識。我在大街上走，晃悠著看：有點像個傻瓜。我下煤井那塊叫「七峰山」，紅七礦，地名叫胡家灣。軍分區司令調閱軍事地圖，「七峰山」有，但胡家灣已不知所之。我不再堅持看那地方了，因為大同我都不認識了，胡家灣更不必說。這和我久久不敢到陝縣看黃河一個心思：怕見到一條我完全不能接受的「新黃河」——我寧肯讓胡家灣那個老樣子常駐心中。

上蘭村的情形更教人悵惘，那時的「團部」，現在不知是哪個學校的產業，蓬蒿野草布滿了整個院子，腳下是一片又一片的稀泥爛漿。「司政後」的房子也都還在，只是破舊得像《基度山恩仇記》裡的「卡剛奈夫人」小屋。我沒有想像到昔年我們最體面、闊朗的房子，如今顯得這般矮小，陰沉沉黑洞洞的，橫臥在榛荒草叢、沼澤溼地。只是門前的白楊鑽天般的偉岸，嘩嘩地歡笑著搖動枝葉。看看有點受了驚似的我們這一群，像是在說「我都看見了」。

田將軍他們有說有笑，他們當然沒有這樣的感受，他只是驚異：「呀，太行山和呂梁山這麼近啊！」

是的，是很近。然而當年中間是隔著一條汾河的。汾河有多大？漢武帝〈秋風辭〉裡頭說「乘樓船兮濟汾河」，可以行走雙層的御舟。我在這裡築河堤時，水已經沒有那麼大了，可以趟過去。星期天我常常過河對岸攀岩，登山上呂梁，這很危險，因為汾河雖然不深，但卻湍急，沖倒了很難爬起來。那上面可有松鼠、兔子、野雞……小動物多得很。現在看去，呂梁、太行的植被還是不錯，我覺得甚至更豐茂了一點。但這條汾河不見了，只有滿河床的沙石。我根據經驗問了問嚮導：「上頭有水庫？」回說：「有。」

清涼叢林

這次遊山西，是由北至南漸漸盤旋而行，忻州是第一站。因為要上五臺，第一站必是忻州。王福樓說我，其實他也還是原來「那號球樣」，還是部隊時略帶漫不經心的隨意模樣。但他很鄭重地告訴我：「你去，一定要拜一拜五爺廟。很靈的。」我這幾年已不能爬山，有點擔心上不去。他笑說：「不礙，五爺廟你肯定去得了。」

這座山我過去讀過一些資料，知道它「神」，有一些很負責任的紀實文字，談它的秀美、談它的靈異、談它的神祕。人類一旦把某一種文化注入一種實體，這種實體本身也就會與文化產生化學反應，實體本身也是文化。佛家本來是不信神的，但人們幾乎多數是將佛做神來敬。套一句魯迅的話說，其實世上並沒有什麼神，信的人多了，也就有了神。就資料言及，五臺山佛稱清涼道稱紫府——這地府兒不單是佛家文殊道場，也應是道家聖地。但也許是道家壇場多年式微，也許是佛家文化在此昌明光大，總之，在五臺我沒有見到道士，全是大小和尚沙彌。福樓說：「要看道觀，要上恆山。」

現在我們去五臺，汽車沿蜿蜒起伏的山麓公路迴旋行進，到五爺廟我才知道，根本就不用爬山。山門外就是路，有專門的停車場。導遊在車上就說：「燒香是有規矩的，先燒那一炷，再燒另一炷，次序不要錯。」下車看見廟門外攢擁朝拜的人群，通明閃著香火之光的焚爐大鼎，自願在廟中伺候香火的居士，還有肅然進退的沙彌。我們已經個個穆穆存敬了。

五爺廟不算大，在整座的五臺，和剩餘的寺院比起，規制最多是中等。次後，我們又看了幾座，也都是莊嚴寶剎，但論香火還是這裡鼎盛。

事先有聯繫，我們才見到方丈。這也和我們俗人差不多，名廟方丈，要見見也得「走後門」，他給我們介紹：還願的人極多，五爺愛看戲，這戲臺子的還願大戲，要排很長的隊才能輪到。這使我想起王福樓的笑話「五爺很靈的」。這恐怕不差，倘無靈驗，誰肯還願？我相信，這整座的五臺都是靈的，一種文化倘無靈，何來天下籍籍之名？

方丈頗為忙碌，要出去開會，走前給我們施了聖水，我只默默祈禱「全家康平，女兒進步」——那人也太多了，嘈雜得什麼也聽不見，我將聖水抹到額前眼睛洗了，才看見別人是喝了。

我這才憧仰佛像聖容。他名聲那麼大，自然我比別的神佛要多留心觀看。但他的坐像，比我想像的要小得多，不似別的尊佛那樣偉岸、高大，有點像普通廟裡供奉的裝金神祇。方丈說，五爺是海龍王的三太子，是文殊菩薩的代身。我咀嚼品味著這兩個合一了的概念。想起《金剛經》的話：「須菩提於意之何？佛可以具足色身見不？不也，世尊，如來不應以具足色身見，何以故如來說是具足色身，即非具足色身，是名具足色身。」這個話有點「否定之否定」的哲學意味。聰明正直是謂「神」，「覺悟而且悟人」是「佛」，神佛的合一，也是文化的融會，是信徒人民理念與願望的通合。

五爺廟我看得比較仔細。田永清夫婦，還有我妻女妹舅們身體好、興致高，連看了幾座廟。我爬不上去，只好看著他們「勃勃地」串了這裡串那裡。

他們在不停地看廟，我坐在山門的蔭地乘涼等著一邊思量，山西和河南都是文物大省。比起來，我們的白馬寺是佛教祖庭，少林寺是禪宗祖庭，中嶽廟也是了得的大道觀，個體挺棒，不亞山西，若論「形成氣候」，絕沒有五臺這般的「文化人氣」。道理是什麼呢？想了想，也許是群體效應，這效應簇擁的是氛圍，有了文化就神，就靈透成「勢」便顛覆不滅。

我們南陽的諸葛亮，湖北人爭得占了上風。倘是道家把握，他們行嗎？——次後，我們又去了恆山，懸佛寺。佛教文化的崢嶸而起，配以文化人氣，帶來的是山西獨有的文化特色吧！山西的脈絡很清楚：到北邊，是宗教性的旅遊；中部，是民俗和認祖；南邊是皇城相府，這些特定的文化遺產。這幾條似乎都是吃祖宗飯，但是吃得有滋有味、主客滿意。我看太太和女兒不住地逛廟，不厭其煩地往功德箱裡塞錢，人們在這上頭再不吝惜的。山西人，腦筋行。

山西老摳能聚財

「山西老摳能聚財」，這是句老話。「老摳」是小氣、吝嗇的意思吧？但仔細一想，並不盡然。指望著吝嗇，葛朗臺[1]那樣一毛不拔的守財奴，能摳出平遙票號，還有滿布華北江南的山陝會館？山西曾是全國財雄一時的省分。原因我看有三條：一、全國封閉，謹守自然經濟法則，山西人則注重商業資訊。二、這需要團結，山西人不鬧窩裡炮；三、最後一條才是「摳」。不是摳別人，而是摳自己，巴家（辛勤儉樸）會過日子，能算計這和小氣是兩碼子事。

巴家這一條，一看就知道了。山西的華堂美舍很多，也有寒窯隨舍，你進去看看，窮的只有幾口酸菜缸，地下纖塵不染，炕上破被疊得齊整，東西都擺得井井有條，這就是山西人。我曾在大同挖煤，礦區是煤塵的天下，這誰都沒辦法——現今的大同，也不能避免這一條——但進礦工家，乾淨得教人不敢坐，不敢碰東西。山上有黃芩，這在哪裡都是中藥，用根，葉子是扔掉的。但山西人將它九蒸九曬，日常就用它，我喝過，色香味都好的上佳藥茶，一點藥味也沒有。寫雍正皇帝時，想起了它還請「十三爺」嘗了嘗。記得我母親給我做飯，撥魚兒、胡蘿蔔丁兒、豆腐丁，加菠菜，麵黏糊糊地用筷子剔筋，然後用筷子蘸香油，她絕不多滴，只一滴，滿屋噴香，我只詫異成人之後再沒有人能做出她那樣的飯。山西人嘲笑人無能：「給他白麵，他還要吃成調糊塗（麵疙瘩）呢！」但別省人喝這麵疙瘩是家常便飯。

這說的還只是微觀。我這次走一走山西，從宏觀上驗證了微觀的不我欺，喬家大院、王家大院是一個類型，修得再大，我的感覺還是土。古堡形式。常家大院的主人大約是喝過了點江南墨汁的，出來便是另一種色調。

這整個是山西的色調，你就到我們南李家莊看看凌氏的「喜字院」，也是與喬、王大院隱然相通的一般格調。平遙古城、王家大院、喬家大院、皇城相府都看了，加深的是顧家顧鄰、巴家敬祖的印象，人在外頭做生意、做官，掙錢往家裡搬，把老太爺、老太太的事辦好，再顧及鄰居，這是「山西特色」。

山西還有沒有尚未張揚的大院？做為類型性的問題，這就好比門捷列夫週期表，這一類型的元素肯定還會有新的發現的。我很高興山西人對它們的開發，這固是山西一「絕」，同時也是我們民族的一粹。什麼叫粹，就是我們獨有，別無分店的特質。

這一條，還可從閻錫山的故居去看，他是北洋軍閥系中分出，服從中央又服從自己的一個典型，當「中央」的利益與個人利益一致時，那就是一回事的；利益有異，立刻翻臉，打！他和中共似乎也是同一原則。閻老西兒也顧家，他的宅子便能證明這一點，山西人對這主兒感情複雜，他反動，但鄉情鄉誼至今不衰，他的宅現在還在為老鄉服務掙錢。我在看他的宅子時，想的是一個人不管他信什麼形態，有一善之因，必有一善之果——這是佛理，也還是意識形態。只有一點詫異，房山的上端釘著幾個「卐」字號，這是法西斯的標徽。我們東方用的是「卍」，方向相反。想了想，張學良是信過法西斯的，他和德國的外長里賓特洛夫是拜把子兄弟，閻和張一度關

1 葛朗臺為法國作家巴爾札克的小說《歐也妮·葛朗臺》（*Eugénie Grandet*）中的人物，嗜財如命，極其吝嗇。

係不錯，也許是那點影響的印痕吧！這個符號，此後在江南的寺院裡也見到，有的佛胸上鑄刻的也是「卐」。我無研究，不敢胡言亂語，立此存疑也罷。

山西人自詡「地面文物占全國的百分之七十」。若是這些大院都計在內，我看是差不多的。在平遙，我們問及導遊小姐：「這座城什麼原因保存這麼完好？」她的回答頗令人意外：「這干窮的過。沒錢拆遷造新房，舊的又沒塌，就保留了下來。」

這真的是實話，哪個地方沒有文物呢？政府都是極力保護的。因為「工作需要」、「城市建設需要」都忍痛割愛了。今天割一塊，明天割一巒，「愛」也就沒了。山西人當日巨富，造了大量的愛巴物兒。後來又驟貧，雖然也「需要」，但沒有割愛的「刀」，就留下來了。待到再富起來，有了更高的文明識見，發覺別地兒那些「需要」都是扯淡，愛巴物兒也就真成了寶貝。

這就好比原本是松脂，極不起眼的東西，大潮過來得急，一下子淹進水沙裡，成了琥珀，有的裡頭還塞了蜘蛛、蒼蠅、蚊子之類的；潮再次退出，露出來了，愈是裡頭有東西（哪怕是隻螞蟻）愈值錢，就算沒有東西，它也是琥珀——這眾多的「大院」、名人故居、遺址，不都是這回事嗎？

山西人在北邊串起佛珠，是大串的瑪瑙，中間是一大堆琥珀。和他們講羅丹的「藝術」觀也許是深了一點。但他們懂得瑪瑙琥珀比現代垃圾值錢，比我們有的地方強多了。

吃呀！來山西，吃呀！

我雖說是山西產，但滿打滿算在山西不過五年。其實還有三年昏迷：因為三歲之內的事已經忘掉了。剩下一年零頭一點，多是當兵，當兵什麼都好，只有一條，得守規矩，不能亂跑。在太原只吃過一頓飯——那還是「文革」「最最」辰光——記不清什麼飯店了，不是「革命」便是「向陽」，再不然就是「工農」的吧！辦法如次：先魚貫進門，迎門便是主席像，藏人獻哈達那樣單腿前伸雙手一攤：「祝毛主席萬壽無疆！」接著入桌，服務員過來帶領全桌同誦語錄。挺奇特的。是：下定決心，不怕犧牲，排除萬難，去爭取勝利！然後開吃，只一味，水餃。

然而山西飯絕不只是水餃。就麵食而言，能把粗糧細糧做出神韻來，做得生動、鮮活、有生命力，能把麵做得有挑逗性的，恐怕天下無出山西之右。

只有不精幹、被人嘲笑的窩囊山西人，才會做調糊塗吃。山西舊時不種小麥，吃白麵自然就少，有俗語說「三十里白麵二十里糕，十里地蕎麥麵走折腰」，意思是吃白麵可走三十里，同樣分量糕只能走二十里，蕎麥麵就更差勁了。現今山西白麵多多，糕自是另有風情，蕎麥麵呢？洪教授教我們長命百歲，說蕎麥麵於糖尿病人有益，它身價也一下子抖了起來。

先說刀削麵。刀工好的麵案師傅，一個人可同時供十數個人就餐。用刀一片一片鏇，那削好的麵著了魔似的倏地飛起，削片入水般跳向沸鍋之中。更有花樣大師，剃光頭，裹上乾淨白布，把和好的麵盤在頭頂，雙手飛刀削麵，這效率明顯是高了一倍。高手削麵，每一片大小厚薄勻稱，都是一尺來長，薄如蟬翼，半透明。打上牛肉滷，趁熱澆點老陳醋、油潑辣椒，熱、鮮、香撲面而來，還沒入口，已是齒頰生津。

拉麵和刀削麵是歸成一類的，只是多用羊肉滷。中央電視臺春節表演過，是當雜技玩的，拉得比頭髮絲還細。他這一表率，全國的麵都拚命往細裡拉，不惜破壞口感加什麼添加劑拉長拉細。但實際上拉麵是不能太細的。太細了就「沒魂了」。它失去了麵的靈氣，到嘴裡用舌頭不用牙就「磨」成了麵糊，什麼意思呢？你玩玩「麵把戲」可以，你把遊戲當了真就傻氣了。這次在山西吃了幾次，大致還是老樣子，像「拉條子」般比筷子稍弱些許，且沒有兌什麼異樣的玩意兒。地道。

餄餎（我很懷疑它的本名是「河洛」），抿疙豆，糕，莜面卷。用榆皮麵兌細玉米麵，用大麥麵兌豆麵，可以壓出口感很好的餄餎。用純玉茭（米）麵可以搓捻出蝌蚪一樣的抿疙豆，就涼拌起來也非常爽口。炸糕、蒸糕的味道口感，山西均稱第一。山西人用滷湯，也常用素的，山藥蛋、胡蘿蔔丁、豆腐丁加幾根青脆欲滴的菠菜，澆上飯就出味。這幾樣東西不用鹽，加上點糖和粉絲做成甜湯，澆在水餃上，熱騰騰的，點上少許的白酒或黃酒，就是「頭腦餃子」——山西餃不用醋的，唯此一種吧！這種東西像啤酒，第一口覺得它鹹不鹹甜不甜的有點「亂」，不好，吃上兩餐知道好處——我不說它健胃養腸、補腦助眼的效用——那味道有時中夜想起：明天非吃它不可！就是小米湯吧，加上玉茭麵做成調糊塗，山西人叫「散麵作」或稱「撒」，稠糊糊、熱乎乎，加上點老鹹菜。或酸菜熗紅椒，你嘗嘗看。

值得一提的還有合子飯。前頭那些飯我都吃過，這次在車上，田永清一再提起，我竟不知道是何許飯，勾得將軍食指大動。到大同點名要了，才曉得是做得很認真的雜燴「糊塗」，小米湯勾麵、豆腐、粉條、蘿蔔、肉絲——有點臘八粥的意思。吃了之後，弄得走到哪裡都想點它來。

老實說，這麼著說吃飯，真是饞得有點下作。不瞞諸君，我小時吃山西拉麵吃得急性胃下垂，昏迷住院多日，搶救得活仍舊好吃無悔。如今已望六旬，套一句屈原《離騷》的話：「余幼好此山西飯兮，年既老而不衰。」這回遊山西回來，打電話感謝李再新，感謝完之後又說：「如果不貴，好弄，能不能買一套做抿疙豆、做餄餎的家什來。」就我現在的認識水準，所有這些山西飯，出味，特立獨行，功勞有醋的一半，江蘇鎮江醋也不錯。河南的界中醋亦很好，但論到吃醋，山西人世界第一，這是「山西特色」，誰也比不了。別人是調味，山西人是要「哈（喝）醋」的。

我的這些話，可以對河南人說，也可以對陝西、河北、山東、安徽人說，跟上海人、廣東人不能說。他就是拚命用菜來配他的米。米到頭還是米，麵文化與米文化道不同而不相與謀，就是夏蟲，沒法跟他「語冰」。

這幾年糖尿病，談糖色變，連麵也不能饕餮了。但山西飯不但好吃，看一看也很解饞。

蘆芽山一瞥

一到山西便有人介紹，山西有個忻州，忻州有個「萬年冰洞」，洞中冰層萬年不化。

這自然很新奇。冰川，我在新疆的白石山、天山，河南的伏牛山都見過，裸露在地面上的冰塊，是冬天造出來，或是冰塊太大，或是天兒沒熱夠，它沒化完，萬年不化的冰在金庸的《神鵰俠侶》中見過，似乎是在深淵的澗底，萬年不化的「玄冰」治好了小龍女的絕症。凡絕的東西，必有絕姿絕態和它特殊的語言。我們一行人都動了「去看」的念頭。

帶路的嚮導一路都在熱情地紹介這個地方，但我的感覺是它離城太遠了，汽車在蘆芽山的山下，沿著大川反覆曲折地盤旋著行進，總說「不遠了」，但總是還不到。這麼熱的天，就為知道還有「一個冰冷世界」，費這麼大的事，我覺得有點不合算：這不過是冰川紀的一塊也許永遠化不完的遺冰，造山運動時把它造進去了而已——我家冰櫃裡也很冷，不稀罕。

「最奇特的是離這裡數百米，還有一座火山，有豐富的地熱資源……冰與火同處一山，這是世界奇觀……」

嚮導仍在說它的神奇，我偷偷看表：今天中午至少兩點鐘之前吃不上飯了。幾點鐘能到呢？這麼著，一心以為黃鵠之將至，漸漸地，我被車窗外的景致吸引，我專注起來，憬悟了自己的麻痺不仁，心軀整個都被震撼了。

我這人有個癖怪的毛病，即使是堵斷牆頹垣，有時也能很專注地看它很長時間：那上邊雨水浸潤的印痕，粉刷顏色的深淺濃淡不一，斑駁陸離的灰皮舊磚，就像天上的雲，如地圖，如人物，如峻嶺、森林、瀑布、山溪、河流、海波……你設想出一種，它便是一幅畫兒，有時是勃勃的神氣，有時也會是幽幽的鬼氣。

此刻正是盛夏。蘆芽山的風光當然是很美的，不知怎的，我有時會聯想到天山的空寂與曠寥。但這樣的景致還不至於令我入神。入山路左側連綿不絕的斷崖，愈來愈突出地顯示出它的魅力來，我的目光不能離開它了。

山體是黃土山，但它不是土，就這般顏色，搭配的是赭、褐的雜色雨淋溝，估計是乾的苔蘚織結而成一排排、一隊隊的人體形石柱，摩崖石刻似的附在山峰上，有的地方還有凹陷下去的天然石龕。整個山體層面，猶似三千阿諸羅聽如來說法，大大小小層層疊疊，高低錯落的金剛、韋馱、比丘、比丘尼、優婆塞、優婆夷、世間天、人、阿修羅同處一曠大無比的道坊之上，你目不暇接，思議不及時回神再看，它是常態的山峰靜靜地矗在那裡，不知已經幾何劫數億年，自自然的天工。但再走便不是天工了，有明顯的棧道舊痕，嵌在這樣的山體，卻是若斷若續、時有時無地接續著，是有幾十公里！這些棧道上下，也有一些大小不同的龕，我在車上迅速地想：「這有點人工的樣子了，做什麼用的呢？」但車子毫不猶豫地開往冰洞，在那裡盤了一個大旋兒，哼哼地加油爬坡，那邊的景致看不見了。

冰洞開發得很好。一級一級的石階，先下入一個天坑裡，自然形成約可兩分地許的地下平臺，在平臺的冰洞口，便能看到潤寒的冰層附在岩洞的石壁門口。《呂氏春秋．察今》有云「嘗一脟肉，而知一鑊之味、一鼎之調」，我已經看到冰了，深入洞底，也不過看到冰多些、大些、花樣翻新些就是了——這個平臺口，上邊是焦熱的盛暑，下頭是奇寒徹骨的冰洞。我穿得單薄，覺得沒必要下去專門受凍——便坐了一塊條石對永清將軍說：「大哥你們下去，我在這兒等著，這比空調房間要舒服十倍。」於是，我在洞前愜意地看天坑口，看雲和樹、碧綠的苔蘚和不知名的藤——並沒有多長時間，妻女和眾人哆嗦著上來了。

我心裡其實還在惦記那石崖、石壁和古棧道，我在尋思它的用途。這個事兒，回南陽後電話問王福樓，他說是用來走道兒的——這話多餘——他又說不是軍事用途，這句話補上，前句話就有點道理：平常人走道的。但山下蜿蜒平平延伸的大川，不好走道兒嗎？偏要在上不沾天下不沾地的石壁上費工夫修道兒？帶著這個疑問，返程的路上，大家提出要看懸棺，我也欣然：「我們在這裡留一留。」

懸棺沒有什麼稀罕，這不過是古人喪葬的一個品種罷了，如同少數民族一樣是「少數品種」，我們的大街上如果突然出現一位盛裝的苗族姑娘，自然是滿街的回頭率。我的身體也不允許我爬這座山——就坐這裡看吧！

我還是看出了點名堂。我以為我在車上的感覺，也許和這石崖、棧道與懸棺都是一個體系的文化關聯。這座山太像是三千諸羅八部天龍聽世尊說法的壇坊了，古人也許早就注意到這一點了，這樣的福地，自然是安息靈魂的最佳處所，於是便用懸棺來附崖而葬。棧道有幾處明顯的大起大伏是為什麼？是為了選它的岩龕葬地吧？我以為這個棧道確實不是軍事用途，而是古人認為走向極樂世界的通道。我的這些話並非學術考證，全是遐想來的「大膽假設」，但我心裡還是為這「合理假設」滿得意的。他們一行上去，約一小時後下來了，個個熱得滿頭大汗，我說：「我沒上去，收穫不見得比你們小，你們看，那塊石崖龕：三尊大佛端端正正，是這山的『大雄寶殿』，那幾尊摩崖有跪有坐，像不像迦葉摩頂？」眾人細看，都拍手叫絕。

這個話題以後還會有人順著逆著提起的。人坐在這山下，你就只管尋找，恐怕所有的佛教故事都能在這裡連環找到。蘆芽山哪，我肯定還要來看你。

陳廷敬的遺澤

晉城，是我們山西之遊的最後一站。到這裡來，為的是看皇城相府——康熙的大臣陳廷敬的鄉居故第。陳廷敬這人，我寫《康熙大帝》一書時沒有收入作品。原因極簡單，我在讀清史時手頭還沒有《清史稿》這部書，是借來匆匆一閱，再匆匆歸還，竟沒有讀到陳廷敬的傳。

或者是另一種情形，是匆匆瀏覽，只記重點人物，把陳給脫漏了。相府的後人至今為我沒有寫陳老先生而遺憾。我自己原是不遺憾的，看了相府，覺得挺遺憾的。仔細思量後，又覺得不算很遺憾，是「有點遺憾」。

康熙皇帝八歲登基，十五歲廟謨運獨智擒鰲拜，親握帝權，十九歲決議撤藩，二十三歲三藩之亂狼煙未熄之時，又開博學鴻儒科，一網打盡天下英雄，一生收臺灣、定新疆、三次親征準噶爾、六次南巡、拜孔子、祭明孝陵、收攏漢家人心……他的一生真的是波瀾壯闊，他自個的素質，真的是了得。他的天才是不用說的，但滿族人的天才若不與中原文化相結合，相融匯起「文化匯合」反應，無論如何成不了大氣候。

看了皇城相府，我忽有所感。康熙的文化營養，有重要一批量的來自陳廷敬這些漢家碩儒、通明孔孟大道的老師，這就好比吃菜，陳廷敬獻給他的是「家常菜」。誰能說家常菜不重要呢？然而寫小說，要給讀者上色香味突出的，於是便是熊賜履、明珠、高士奇、索額圖、陳潢這些有驚世駭俗之舉的人物，但「家常菜」上得太少。也確實是我寫作初期創作理念的失誤。

從山西回來，又到了一次江南。那裡的人常扳著指頭跟我算：我這裡出了多少狀元、榜眼、探花，若干進士，幾何舉人。我笑著回應誇獎「林林總總，青竹滿山」。

這是很實在的話，那些進士呀、狀元呀像竹子茂密，但不是棟梁。江南海岸是一片茂竹，北方竹子少，用一句孫蕬的評說：冒出來的，稀不棱的就是參天大樹。我初到南陽，便聽人們說「李疙瘩」怎樣如何，後來讀了許多書，才曉得是唐肅、代宗時的名相李泌。「李疙瘩」是「李閣老」轉音，誰知此壺中奧妙？山西的傅山（青主）、陳廷敬不能算「竹」，是太行山鍾靈獨秀、根通三泉葉於青雲的松柏，只不過傅山這木始終在山裡，陳廷敬這木用進了廟堂而已。

我很驚訝相府的規制。就我自己一貫的語言，「古建築，看了故宮不用再看別的了」，這次看了山西的，知道這話錯了，應該修訂為「看了故宮，還要再看山西的，要看平遙，看皇城相府」。

張老總給我們帶路——他是這裡的書記——相府旅遊只是他事業的一部分，看了內外宅，又看陳家墓園。我心中思量的是：這在當時，是否有點逾制了？陳廷敬是大學士，嚴格意義上說，清不設內閣，大學士就是宰相了，這沒錯，但若在北京城，相府建成這樣那不得了，肯定是要出政治問題的。即使有康熙賜書，恐怕王府也不能這樣「大膽建設」。然而通體看過，陳廷敬又不是個愛張揚的人，而是具有很小心的、很道學的碩儒格調。康熙最破格提拔的是高士奇，「一日七遷」，坐直升機也沒有這麼快，是異峰突起、山珍海味。陳廷敬是老老實實上去的，是家常菜。「家常菜」能做成這樣？我聽他介紹，心裡一直在盤算這件事。

當我聽到「陳廷敬孝敬母親」這話，好像一下子豁然了：兩條。陳廷敬是山西人，顧家。富貴不還鄉，如錦衣夜遊，他應有這個心理，京城建不成這樣的相府，可以在山裡辦。「母從子貴」，子孝尊親，都是體面事、光榮事，在皇帝跟前也說得嘴響的。再看相府對面半山，也還有一座古堡式的大莊園，亦是氣勢崢嶸，年代似乎和相府差不多。我又想，陳家的人會不會想：

「你一個土財主敢這樣，我怎麼也得比你強些！」是不是這樣的？我反正是猜，遊相府時就這樣想。所有有御賜之寶的建築，都極盡張大之事，這樣炫耀「鄉裡獨此一家，別無分店」，就算再宏偉，也不存在「逾制」的事，地方官就無從挑剔。陳家人夠聰明。

我們隨即又看了這裡的工業，張支書的村裡還辦了五個煤礦，靠旅遊，靠煤，這裡富得流油。老百姓全都是別墅式的樓，是家居，同時又是小旅社，我問了問，天天客滿。司機小陳是陳廷敬的二十三代孫，他悄悄告訴我：「我們攤了個好書記。想事情先想大家才想自己，群眾都搬了新樓，他還住老樓裡。」這事一下子便明瞭了，山西省是資源大省，似乎全省都在隔著一層地皮的煤山上，旅遊資源的優勢在全國也屈指可數。還是看去貧富差別不小，我看原因只在「攤了個好書記」、「聰明正直是謂神」，這一方「攤了好書記」，就是「神」了。河南有個南街村，還有個豐樂園，這猶如五臺山的香火，山不在高，有神則靈，人氣就高，財氣是不必問的。

返回鄭州時天氣不好，但盛暑的「天氣不好」正是「天氣好」。微雨裡，汽車在太行山的盤山道上蜿蜒而行，雲盤霧籠的峰端蒙著神祕的面紗，山谷和深澗唯其在雨霧之中，看去更有一番幽深和朦朧的美。進山西半個月了，看得飽，但還沒有消化，她的美猶如母親那樣，融融的、容光煥發的溫馨。我是山西的兒子，又要回到河南了。該向老鄉們說點什麼呢？道聲祝福？這太平了。說聲再見，是廢話。讚美幾句？大同、雲岡的石窟真好，超過龍門石窟，五臺山是佛宗最神祕的聖地，太行與呂梁的青山不老，汾河源頭的水品質超過任何礦泉水……這都對，但這些話別人都說過了。

我想說幾句心裡話，山西人有著天下最管用的腦筋，多想想辦法，把煤的開發做得充分些。日本人從山西搶走的煤，至今還沉在海底沒捨得燒。他們沒有資源，把煤的各種化學利用發揮得淋漓盡致，剩餘的「煤」已是白色，裝在塑膠袋裡，還能再燒用做飯。現在煤好賣，家裡人能不能省著點賣，在煤的化工使用上多點投資？二是旅遊的硬體受到重視了，「軟體」——遊區人素質、衛生諸方面能否多多改善？要知道山西人聰明，不僅是會替自己打算，也會精心替別人打算，老山西人的精明，新山西人還需努力學習……這麼想著，車已馳出太行。兩個小時，山西已在記憶中，這就是現在普通又普通的人類。

南陽的「官辦財神廟」

中國有多少縣治以上的城，歷朝歷代不一樣，但「有沿有革」——大致那麼接續下來——從秦帝國設三十六郡開始「總規畫」，各朝有那麼一點小變化，到明清時愈趨於穩定。每一城裡，都有這麼幾座廟，城隍廟、文廟、財神廟、獄神廟——這是拿得準的四座，都是政府公祀，其餘林林總總，如纛神、玉皇、魁星、穀神，乃至門神、灶神……如請各類名人的專門神祠，大致有多少？恐怕專家也說不清，比如說妓女們信什麼神？信管仲，信夏姬「夏姨姨」。家奴們呢？信的是鍾三郎——這個名字我初乍見到便是一愣：鍾三郎是誰？愣定再思，噗哧又是一笑，這肯定是東郭先生遇見的那頭「中山狼」，家奴無知，聽轉了音定名。有說者以為它來當家奴神頗為貼切，我幾乎沒有猶豫就在《康熙大帝》第二卷中使用了這則資料，無論是淫祀還是正祀，官府不管，由老百姓自祀祭去。

是不是只有這四座廟是「正的」呢？其實我也沒有切實的根據資料支援，文廟不消說：那裡頭祭的是孔夫子，一般都在縣學府學——黌學裡，由執掌學子考核的官府主持。我見到一些資料，一些官員判斷案件不著頭腦到城隍廟裡乞求靈感。在北京的養蜂夾道專門扣押犯罪高官的地兒，有獄神廟，在山西的洪洞縣街也有獄神廟，《紅樓夢》脂批賈芸小紅後有「獄神廟慰寶玉」的情節——正規的司法機關裡有獄神廟是結結實實的事。那麼財神廟呢？我只感覺到有，應該有，從氣氛到當時官員的心理，這個神祇地位不弱。

近年，河南南陽市府衙重修，從地下掘出一通碑來，上頭赫然記載：

> 府署西編舊有財神廟一座，係前太宗莊於乾隆四十二年建，迄今將及石載。風雨飄泊漸就傾圮，凡瞻拜者莫不目睹心傷。本隅神商暨府六房四班某欲重修，蓋由創自官制不敢私專。因請樂如性公祖，大人隨欣捐廉倡首，搶仙吳父臺大人亦慨然，襄此義奉……

碑記題點一點也不含糊，財神廟碑記在府衙「創自官制」，它就矗在府衙照壁之側，碑的名字就叫「重修府衙財神廟碑記」。

中國是文官政治確立最早的國家。就人文統治而言，也是世界上最完整、最嚴密的政權機器，就這通碑的發現，它不僅證明政府尊崇財神，而且是納入政府機構建設之中做為一個「務虛」組成部分來對待的。全國的官署文物得有最為完備的，河北直隸總督衙門是省級的（總督衙門裡側重軍政管理，不一定設財神廟），府級的是南陽市中心區域的府衙，還有縣一級的最好的一座也在南陽的內鄉。我以為，府縣一級的衙門應該都設有獄神廟。所以文物單位請我去開論證座談，我一開口就說，毋庸置疑，它是府衙的一個重要組成部分，好好再找一找，還應該有一座獄神廟呢！

清代不是內閣制，中央是「軍機處」管理一切，決策人只有一個皇帝，說白了，清代是「祕書治國」，大軍機叫「大章京」，小軍機叫「小章京」，也就是大祕書小祕書吧！省一級也用祕書，府縣大致一脈相承下來叫「師爺」。省一級的情況有點特殊，各省總督、巡撫、提督、將軍，要面對中央朝廷，文辦師爺裡頭就分兩撥，一撥駐省，管起草奏章，上報朝廷；一撥呢，駐京，專門管觀望北京政治風頭，決定省裡的奏章上遞與否。

府縣衙門無軍政，只有民政、財政與司法，師爺主要是負責錢糧與刑名，文辦一般都是兼理。務實的刑名師爺和務虛的獄神是對主官——縣令、知府——負責。務實的錢糧師爺和務虛的財神也是對主官——縣令、知府——負責。這麼一個配套的體系真的是很有意思。因為那是人治社會，主官要對人地天鬼神負責一方治理教化，實的虛的要一起來，既做事又哄人。這兩位神就起這樣的作用——這一點叫做「明刑弼教」。

這兩件東西擺在衙門裡很有意思，看著這樣的衙門，可以更多稜角地觀察封建社會的統治本質。財神廟應當是要保護一方富庶無虞，但明晃晃就擺在南陽府衙門近側，一下子讓人聯想到「衙門口八字開，有理無錢莫進來」。這也算是一種黑色幽默。

乾淨的濟南

我很早就想到山東來看一看，一直沒有機緣。早先，是經濟條件不夠，發下來的工資，除了必用的物件，全都吃光。我自己的「理論」：倘是你有連續勞作的事——比如我吧，要寫書，三部「落霞系列」是五百萬字的工作量，白天還要上班，只能晚上熬寫——你不可能「睡好」，然而你尚且在嘴上摳門，睡不好也吃不好，那就只有死去吧！腰裡沒有銅板，只能眼巴巴望著山東犯饞，曲阜啦、泰山哪、煙臺、日照……想去，口欲言而囁嚅，足欲行則趑趄。後來掙了稿費，闊起來甚或登了「富豪榜」，身體卻有點土崩的意思，老伴身體也不中用，視出門為畏途。「走山東」，那義士流寇們的強悍壯舉，我來不得。

但去冬卻有了機會。女兒放假回家，她閒著沒事，恰逢山東一位老朋友叫李曄的，又打電話約我去山東「走一走」。李曄原是勝利油田的總指揮，早已退了。他昔年到南陽，我們會過幾次面，不知我有個什麼驚動他的好處，竟成了忘年交，老人殷殷相約，「家人都來，我派我的祕書陪你全程。」我身體能支撐，心裡又想去，又有人陪，這就成了。

火車到濟南，時已深夜，我們坐汽車，外頭闌珊燈火，喧囂擾攘的大街，已靜下來，這和其他大城市並無二致。在火車上晃了一整天加大半夜，躺在床上似乎還沒有擺脫那個環境，耳膜裡響著「嘰嘰咚咚」的車輪聲昏然睡去。

第二天清晨起，拉開窗簾，眼目便是一片清亮，「這麼清朗、燦爛的一座城市！」她乾淨，乾淨得像是講究人家的客廳。沒有易拉罐，沒有塑膠瓶，紙片和亂草也很罕見，大街小巷好像都是被水漬洗了，然後又用拖布細細擦了一樣，帶著水漬般那樣清潔。在濟南城，到章丘李清照的故居去看，到大明湖、歷山，我都有一種清明爽神的感覺。我讀李清照的詞時，也許因她的名字裡就有個「清」字，影響了我的閱讀感受，覺得她是一位極愛清潔的麗人才女。還有一樁，是我自己的偏見。大凡女作家，或者是因其有才天奪其貌，多是媸眾而妍稀，「地瓜」、「紅薯」、「南瓜」型的「中吃不中看」——這是偏見，我們現在的作協主席鐵凝就是個美女，她可能不高興我這樣觀瞻她的姊妹。李清照誰也沒有見過，我固執地以為她是帶著抑鬱的那種美，不是「豔麗型」的。但濟南的格調，不同於李清照的抑鬱美和鐵凝的自然美。她疏朗、開放、優雅，一副「清明在躬」那樣的雍容與從容。

省人大一位領導知我來，當晚在他的機關院請我吃飯，飯前轉悠了幾處泉溪盤繞的小巷。機關院與民居都一般清潔——我是全國人大代表，但我這次來不是代表身分的視察，而是普通即興造訪的過客。看到這樣的景況，一下子讓我想到香港的維多利亞港灣的清潔，纖塵不染的城，連城市的天空似也被水洗過——那是異國情調的「國美」。而濟南是中國特色的「國美」。江北的城市最美潔的還有揚州，那是帶有江南情調的美。而濟南不，她是帶有黃河韻味的北方男子的陽剛美。

我敢斷言，這裡住著一群愛美、愛清潔的當家人。順隴海線再向西，你把眼望穿，也找不到這樣的城市。滾滾紅塵籠罩了，看兩百公尺外的樓，輪廓都像罩了毛玻璃似的，沒有「韻」。

再就是泉，這也是濟南一絕，濟南人引以自豪的，本名就叫「泉城」。說是有「七十二泉」，但你不用去數，隨便看看就知道，濟南人已經不屑於將隨地湧出的小泉、冒著珍珠一樣細泡的散泉、終日清流不絕的岩泉統計進他們的「七十二」裡頭去，他們說的是大泉、名泉。我來時，正是隆冬枯水季節，許多「名泉」都靜靜的，不再向外湧流，沿著「解放臺」一帶，岩壁下，縫隙間，涓涓的泉水，或若細流，或滴滴不斷地向下邊的泉河中匯集。

沿河兩岸全都是吃這碗「泉飯」的茶館，即汲即烹賣茶。吃茶的口味濟南人也特刁，「是黃河水是泉水到口即知。」有不少老頭老太太用自行車推著塑膠壺，或者手提塑膠壺，小心翼翼蹲在泉邊接水，凝神盯著那水一點一點進人他們的容器中，精神有點像跪在觀音前瞻仰聖像的信民。我懷疑這個城市不會有礦泉水生意——到處是泉隨處噴湧，噴湧的水皆是甘甜宜人絕無妨礙，誰還去買礦泉水？李曄的祕書小李說：「礦泉水生意還是不錯的。水還是這個水，年輕人就愛這個『派』。」

乾淨啊！現在別說濟南這樣的名城大郡，就到小縣城無論有水無水、有泉無泉，還有幾個城市的自然水，你能即汲即飲即撈即喝肚子不鬧事的？如果工業汙染在那裡肆虐，你敢喝嗎？如果生活垃圾隨便倒進河中，河水還能飲用嗎？我看到泛著清流的河水中蕩漾著水草，清得幽暗，直到河底是徹底地清，河面上游弋著小船，船工則站在船上，用鐵絲網鉤撈著偶爾飄落下來的枯葉，撈收水下過多的水草，岸邊的茶客、接取泉水的市民往來如織，沒有人丟放雜物到垃圾箱外，更沒有人把塑膠瓶之類的東西扔進河裡。能做到這一點，又必須全體市民擁有自覺意識與維護意識吧？

趵突泉前幾年不冒水了，這曾是一時要聞。我曾見過這則報導。這次去看，水仍在向上翻花湧流，我問小李：下面是不是裝了個什麼機關或自來水管？他一下子笑了，說：「凌老師，您可以下去摸摸——是自然流出來的。專家們想了很多辦法，用黃河水加了水壓，湧流沒有過去那麼高。但確實是自然暢流。」他實際上回答了我心中的很多疑問，天空的青，碧水的明，還有城市的乾淨，潛在的後臺詞：「人的功夫。」

以後到曲阜，又以後到泰山，再以後到東營，一個樣，乾淨清朗。就是蒲松齡的故居，一派「舊模樣」，也還是乾淨清朗。我不再問什麼了，因為潛臺詞是一樣的：人的功夫。

無論濃施粉黛，抑或淡掃娥眉，美女必須遠離汙染、必須清潔乾淨，這是生活原則。

滿井村一過

倘問一聲「文革」前的老中學生：「讀過蒲松齡的小說嗎？」他會盯視你良久，因為他猜不透你的意思，是試探他還是嘲弄他的無知。但若是二、三十歲的青年那就不大在意你的這一問，很自然地回答你「沒有」或者「讀過」——自然，很多是看過《聊齋》的電視劇。「鬼故事！」、「哎呀，怕人！」、「嘻，挺逗的！」……大致是這些反應吧！我不懷疑現在有很多人了解蒲氏和讀過《聊齋誌異》，但我能斷言，真正能與蒲老先生「神交」，真正讀得進原版的人，很少，且是愈來愈少。那是文言文，而且是繁體字的版，中學生讀起來有些困難了。

終於有機會到一趟山東、到一趟淄川、到一趟滿井村，來尋覓蒲老先生的遺蹤。其實，這個莊子離城裡只有咫尺之遙，高速路也是瞬間可至，下了道須臾之間就到了——陽光很燦爛，一片深沉的莊子壓在大地上，錯落稀疏的村間或夾在低矮的民居中——這自然對頭！〈威尼斯憲章〉裡有規矩：文物修復的原則是「修舊如舊」，這個莊子是舊的，房子、街衢道路、村頭的護牆——都是舊的。蒲的宅被緊緊夾擠在鄰居的舊房中，如不看招牌，你就算擦肩而過，也不能看出什麼「特色」來。不知怎的，我的心中飄過一絲悵惘：和我心目中想像的蒲氏舊居接不上卯。我以為這裡應該是比較疏曠一些的，桑、榆、槐、楊這類樹包裹著蒲家小院，有些「蔥蘢之氣」，鬱鬱茂茂植在村中，蒲才能在拮据的生涯中創出靈動的鬼魅妖狐、人世間的蒼狗白雲幻化。我年輕時讀《蒲松齡年譜》，裡頭說「莊東有井，深丈餘，水滿而溢，穿甃石，水瀌瀌出其間，此為柳泉，莊民又名之為『滿井』也。泉傍綠楊垂柳百餘章，環合籠蓋陰霾蔽天，泉涓涓自流……」這大概就是我這陣子悵惘的「歷史依據」？現在，井也沒有，樹也沒有，水也沒有，更遑論小溪。我想的是：蒲先生有個號，就叫「柳泉居士」啊！

進山東便聽一句適是自豪的話：「我們是一山一水一聖人。」山是泰山，那是極了得的；聖人也是獨造文化頂峰的孔子；水呢？是黃河，是一條文化頂峰的河。這都沒得說。只是他們不提蒲松齡，使我有點詫異。在濟南等地，我看到兩處李清照的故居，都是豪華園林式樣，也弄不清楚李清照生前是否如此闊綽。以蒲松齡在文學史上的地位，我確實有點為他不平。同樣是你山東菁英，相待禮遇是差了些吧！

蒲松齡是怎樣的地位？你踏進蒲宅，一眼便能看見郭沫若對他的評析，是如何地刺貪刺虐？是怎樣地寫鬼寫妖？這是我們民族穿行於人間與渺冥「無間世」，恣意汪澤刻畫人生世相最傑出的大師！我沒能到新城，不曉得王漁洋的故宅有恙無恙？王漁洋也是大師級的學者、詩人，做官也很漂亮，當到康熙朝刑部尚書。他是怎樣看《聊齋誌異》的？可以說蒲松齡寫一篇，他就看一篇，而且加批加注。蒲松齡的書沒有出版，已經手抄本風行天下了。有人問我對蒲松齡的看法，我說，你看《聊齋誌異》的白話翻譯，永遠也無法接近蒲松齡。其思想性僅遜於《紅樓夢》，其語言藝術也僅遜於《紅樓夢》。

蒲松齡生前是個「鈍秀才」，名場窮困，其是至死不能伸一腔孤憤，泄之於妖、魅、魍、魎，旋於神人刻畫。如果說《西遊記》是「積極的浪漫主義」、《紅樓夢》是「積極的現實主義」，那麼介於中間的《聊齋誌異》就是這種文學過渡的重要聯繫鏈紐。這樣一位大作手，生前自嘆門庭悚寂「蕭條似鉢，隨風蕩墜，竟成藩溷之花，身後又復索寞，不為繁華人事所重」。真叫他自己不幸言中：「知我者，其在青林黑寨間乎！」

我知道一點蒲松齡的事，他耕讀，他教書，他給人當幕僚，下至山野僻壞引車賣漿者流，上到巡撫府道高官顯貴也頗有過從。淚眼望龍門，一尺深的水，他偏就過不去。走一走他生前足跡踏過的地方，也許就會懂得什麼叫「科舉」、什麼叫命運搖遷，也許還能悟出什麼樣的環境造就作家。滿井這地方可以告訴我們許多事情。

出村口，天已過晌，什麼東西也沒有買，見一小樹，是酸棗，似一筐殷紅的豆子。小販無望地在那裡張望過客，我讓女兒買了兩袋，很好看，有點酸。

從洛陽到南陽的神

我的爺爺叫凌從古，父親叫凌爾文，也許承接了他們姓名中的文化基因，對古文化我有天然的摯愛趣向。

我是十三歲到南陽的，再從前是在洛陽。洛陽和南陽似乎是天生的一對城市。翻開《古詩十九首》，很入眼的一句，「驅車策駑樂，遊戲宛與洛」，因為從小喜歡琢磨文字，知道了這地方叫「宛」，也聽說有齣戲叫《戰宛城》，「伍呀麼伍雲召，伍雲召跨出了馬鞍橋……」這橋似乎就在宛城外頭。我與古文物典籍有與生俱來的緣分，八、九歲在洛陽西南隅小學上學，每星期會約上幾個小同學步行到龍門旅行，一天時間，來回程五十里地，晚上回家會累得走路蹣跚。還不敢跟大人說，因為早上出去時，哄了媽媽說是去同學家做作業小組學習——好在龍門那時不是現時，無論誰去也不會買門票，在那裡釣魚也不會有人找事。此時到了南陽，南陽沒有石窟佛群，但南陽有個臥龍崗，崗上有個武侯祠，也是個好玩的地方。

武侯祠與龍門不是一般樣的情調。遊龍門時我是渾然懵然的那樣一種感覺。在洛陽，到西山看秦先寺——洛陽人管它叫「九間房」，抱抱佛腳，再趟過伊河，到東山坡扒開草叢看那一窩又一窩的洞窟，寸許來大的眾小佛塵封在蛛網中……內急了還可放肆地在裡頭拉屎撒尿……夾山一條河裡游泳嬉戲，滿山荊樹荊棘中坐了一千多年的眾佛和光屁股的我們……在武侯祠，就很不一樣了。前院到後院，拜殿草廬、寧遠樓、關張殿……肅穆靜謐沉浸在綠的幽暗柏叢中。其實，從我家到臥龍崗一路走來，已是古意森森，大約有三里之遙，道旁景觀與城中已固然有異，全是牌坊，有貞節坊，也有名人坊，夾路碧綠的草叢中俯臥著石人石馬石羊，癡癡地望著稀稀落落的過客。

武侯祠也不要門票，但這個廟很有神氣，滿院都是碑碣，從躬耕亭到抱膝石，主院兩側長長的碑廊，都是碑。那個時候的岳飛手書〈出師表〉就矗坐在現在這個地方，然而我彼時的「歷史知識」貧乏得像麻將桌上的白板，「書法」也特差勁——老師家長齊聲說「臭」的那類學生——我是直到知天命時才知道這塊碑並不是從崗上掘出來擺在那裡，而是清朝時在安徽出土，因與南陽武侯祠有關，移運回來的。學術界有些人懷疑它的真偽，但由這件事，我相信這碑是一個「真傢伙」。因為那時不是商品社會，沒有人會為了「發展旅遊事業」蓄謀以假亂真。不遠千里運這些物件，恐怕要耗不少銀子。

我喜歡看碑碣，我的古文底子，一是讀課本，一是讀《古文觀止》、《中華活頁文選》這些書，再就是讀古碑，古碑你能讀個「大概其」，回頭再讀明清古文，就會像看報紙喝涼水一樣容易……就這麼貼廊牆挨個地去看，有的是文人墨客到此一遊的感懷，也有名人題記，更有是靈顯報應的酬神碑：某某將軍作戰，打到危急關頭性命交關之時，武侯怎樣顯靈，關聖如何助陣滅賊，天子如何洪福，神廟因此顯應，特用酬神……還有求子、求財得報諸如此種林林總總，有些段子小故事讀起來頗有興味，讀多了，千篇一律，我也就乏味了。

我一直覺得，南陽武侯祠的塑像品位不高，大拜殿裡的諸葛亮主神位，「草廬對」中劉備與諸葛亮對坐像，還有關張殿中關羽張飛的坐像，除張飛瞠目咋鬚有點個性張力之外，別的人物和城隍廟中神像無二致，蒼白得也有麻將白板的趣向（興味）。那時的鎮殿之寶還有一樣，是明正德時的十八尊瓷羅漢，那倒真的是畢現真人個性，鬚髮顰笑儼然如生的態度，可惜的是，「文革」中被紅衛兵砸了，碎得一律只有巴掌大小。還有沿途那些巍巍聳立的牌坊、石人石馬……都砸了、碎了。那個組織叫南農八一八，是南陽最野蠻的一個造反組織。牌坊不易再收集了，羅漢的碎片，當仍埋在臥龍崗的神廟或某一處，將來或者我們能有福再見體無完膚但形態生動的這些佛家高弟子模樣。

龍門石窟用我們孩子話說是「沒人管」，武侯祠由兩個道士管著，其中一個姓朱，時不時我還和他兜搭幾句，相術說鼻子長得牛似的人「好道」，我注意看過他，用《心經》裡的話，真的是「真實不虛」。「文革」中我見他被人趕著，雷陽巾八卦道服，手執拂塵，一手舉著「我宣傳迷信」，口中不停喊著：「我叫朱……朱老道，我是牛鬼蛇神……」在南陽市滿街轉。他後來如何，我不曉得，我參軍十年回來，臥龍崗已經不歸道士管，歸了文物部門了。

兩個道士的任務，我看只有兩件，灑掃座陵廟宇和伺候香火，大拜殿孔明坐像前的長條卷案上擺著石印的卦籤，香客們磕頭敬香，再禮拜，他就站在神前用拂塵虛掃一下，香客們就遞錢：兩毛敬上，然後抽籤，朱道士就會抽籤，在黃紙疊裡拎出一張回送。大致上都是四言古體，含蓄又意有所向地給香客一些指示。我在我的書裡也有這些場面和籤詞，最初的葫蘆依樣的小說。

那時的臥龍崗上就有顧嘉衡那副名聯——這聯今天已名震天下，當時並不，朱道士說：「人家自己說的躬耕於南陽，自己說的不算，你們說了算？歷代朝廷都是在這兒登記諸葛亮的！」他指了一塊石碑對我說：「那上頭有皇上的旨意！」但那石碑我當時並沒有看，近來研讀資料才讀到了。這原是一份當時的「中央文件」，禮部正字三千五百九十三號。歷數從明洪武二十一年，在南陽武侯祠諸葛亮忌日八日二十八祭祀典禮情況通報，名叫〈敕賜忠武侯廟觀祭品祭文檄文〉。年年的八月二十八南陽都有這個事。祭祀孔明在南陽，不是南陽府的事兒，是中央政府的事兒。

龍門，是洛陽，是存於精靈的內涵，到龍門，你可領悟佛的境界，而進南陽武侯祠，可以接收更多歷史的神性信息。

寶藏遍布芒碭山

芒碭山是「豫東一塊高」。如果你從鄭州出發向東經過開封、蘭考、商丘、永城，滿眼全都是綠正方格子式的大田，周匝全是清一色的白楊和白楊刺槐混合林帶，或者是棗林。以林為界，中間的「格子」種的則全是莊稼，一馬平川平坦如砥，連個小土包也難得一見。綠色調養眼，但什麼事情都有個限度，好幾百公里的綠色能把你的眼養得迷迷糊糊的，神思養得混混沌沌的……乍一見芒碭山聳然矗立，陡峻的絕壁，你會有被針輕輕刺了一下那種感覺——啊，山！

不錯，是山，但這山不算高。像我這樣的胖子又患糖尿病，雖腳步遲滯些，一會兒就上去了。但儘管不高，它仍舊叫「山」，石質的，有的地方很陡峭——我們河南有句土話說：「那人陡得很哪！」意思說這個人很牛的吧——據說出處就是這山的一處懸崖。芒碭「山區」其實並不大，總共也就二十來平方公里吧！站在山頂向東看，可以看到安徽省。我少時讀書不求甚解，見漢高祖斬蛇起義揭竿芒碭山，又聯想到安徽有個碭山縣，便以為「芒碭山在安徽」，鬧了個滿擰，其實就在河南。

中國的王陵最多的在哪裡？在洛陽。洛陽的邙山縣是專門埋「萬歲」和王爺們的地兒，到現在還有成語叫「生在蘇杭，死葬北邙」。那裡土脈好。還有南陽，是東漢「龍興」之地。劉秀登基後成了「南都」，有功將領很多在此養老居住，是東漢的「老幹部聚集地」，因此南陽漢墓多。

這裡還是西漢的策源地，中國農民起義之首陳勝就葬在這裡，第一個火種的灰燼掩在這裡。它所引發的第二個火種也是在這裡迸發，並終於成了熊熊燎原之勢。劉邦在這裡斬蛇，他起義的原因幾乎與陳勝相同——其實他是個小「民工頭」，民工逃亡太多，他鬱悶，喝了酒在這裡殺了一條蛇，就起事了，造就了一個大漢王朝。陳勝的事可以說是漢興的序曲，引發出這麼大的一個碩果都與這地方有重大干係。

按西漢的堪輿學，這裡的風水肯定極好。因為小小幾平方公里的地方，竟發現了二十來座王陵。雖然連梁孝王劉武的墓在內，這裡的陵墓很多都被盜過，但是盜墓賊只注重「現金」，這石頭墓他們盜不走也沒有興趣去破壞，梁孝王王后的墓中有她的「坐便池」，是連山體鑿出來的。這些東西使你聯想到他們生前的具體生活形態，別的地方是看不到這些的。如果說漢簡、漢帛、器皿這些物件具有極其珍貴的科研價值的話，那麼芒碭山更適宜普通人來觀看。偌多陵寢各有特色，構成了一個「地下宮殿群」，那是何等的壯觀！更遑論陵側斬蛇碑夜間燈影映出劉邦圖形的靈異……統都集中在一處！這麼一個龐大的群體共同表述著中華主體民族的勃興首曲，真個是「只我一處，別無分店」。

我建議大家來看看李王后的塞墓石，大大小小呈幾何形的石頭，大的有七、八百斤，小的也有四、五百斤，有幾百塊吧！上頭刻著字，有編碼，有序號，有工匠姓名，有圖案，有書法，有鸞鳥鳳鳥，有常青樹……這些塞墓石其實就是漢碑漢銘：埋在地下兩千餘年，一點也沒有風化，像昨天鑿出來那樣新！我見芒碭山人用它們做圍欄、做墓室砌牆，不禁失笑，這也太奢侈了吧！這猶如恐龍蛋化石，在南陽恐龍蛋群被發現前，全世界的恐龍蛋化石只有五百枚左右，每枚私價一萬美元。其時，南陽人則用此物砌牆、壘豬圈、填房基……如果將蛋放在金絲匣子裡，罩上玻璃罩，擺在客廳裡，那會怎樣呢？

這地方有些東西人們尚未發現它，然而它具有的價值是明明白白的，滿山的琳瑯在向全世界顯示著它文明的絢麗。我說過，到中國不到商丘是你一大遺憾，來商丘不來芒碭山，算你沒來商丘。我堅持說，只要你是中國人，瞥一眼芒碭山，你就會從六龍回車的高天，墜落到踏踏實實的大地上。

社旗的關公

前幾年到南方看了幾個城市，那裡的朋友常常很熱情地介紹。扳著指頭給你「歷數」，我這地方出過多少多少狀元、進士若干、舉人幾何幾何。我笑以應「青竹滿山啊！」這道景觀實在也是很美的，但也實在算不上「獨」。竹子是一片一片的，然而畢竟不是參天大樹。

謂予不信，你有空可到南陽來走一遭，從夾袋裡給你掏出一個，啊，是諸葛亮！那——襄樊在爭說是他們的，不算定論的吧？南陽人從容不迫，又掏出一個，是張衡！出牌一樣，張仲景、范蠡、百里奚……多了。連文物景致也這樣，平平的野地裡，會冒出一座「獨山」，裡頭還包著玉。社旗四邊不靠的小縣城，給你推一個旅遊景點——天下第一會館，憑你是地北天南的遠道行客，是多粗多壯的富豪，地位顯赫的大貴人，來南陽，誰不要看看這個山陝會館。

但這地兒我自幼常來，汽車半個鐘頭就到了，那時見到再壯麗華美的古建築我也不會有什麼感動。只是覺得這座破落的舊城中間恁大的一座廟，還有聽老人說劉秀在這裡起兵時賒取「劉記」酒旗的故事，挺幽遠，挺神祕的。我說過，我這人饕餮，山陝會館前頭的小吃味道好，社旗的牛肉，那是叫「嘖嘖！」……後來走了不少地方，也讀了一點書，知道單是山陝會館，就構成一種「會館文化」，全國留下來的就有八十多座會館，我也看過幾個整理過了的，竟是沒有哪一座可以真正與社旗的這座相媲美的。

社旗人給它總結了十個「最」——占地面積呀，琉璃照壁啊，鐵旗桿哪，慈禧題字啦……依著我的興味，它給我印象深刻之「最」，第一是石雕，再就是木雕。他們說還有一幅「二十四孝」刺繡也是「最」，但我對這內容無甚興趣，也沒見過，幾塊石碑刻著行規，是全國最早最全面的商業道德規範，我也認為它是社會學家研究的興奮灶。

木雕和磚雕我看過河北的一家、廣東一家，如果打分數，可以與社旗的這一家打了差不多量，若論石雕，無論哪家會館都無法和這裡比。圓雕、透雕、浮雕、平雕、線雕……這都是雕技的行話，無論如何不能直觀，我所能說的，只能用「玲瓏剔透」來說，就這四個字，故宮裡的石雕比不上它，獅、虎、麒麟、石榴、仙桃、各類花鳥植物、人物故事……看一件，再看一件，愈看愈讓人錯愕、瞠目——石頭能玩成這樣？是蒲山石，就是玩成了這樣的無上珍品。想到我們而今正用這樣的石料在做水泥，不禁令人感慨之至。

這裡當然和別的會館一樣祭祀關羽。據我看，拜神大殿前的戲樓是天下第二，第一是故宮的角樓，九梁八棟七十二背，那沒得比。這戲樓當然也是飛簷重宇，可以用得上「巍峨華美」，已經過了兩百多年，它還有如此的丰姿，稍加彩薄飾，真的會令舉世驚羨。再向後廟去，是春秋樓的舊址，我當年離開南陽，還是一片荒蕪的斷石頹牆——這座樓是整個會館的最高建築。當年一些達官富貴被捻軍包圍在上頭，大約下頭是磚石結構。樓又太高，捻軍用竹竿挑上被子蘸了桐油燃燒了它，直燒三天三夜才坍塌下來。戰爭，真是太殘酷了，捻軍這事做得也太差勁了。

如今社旗人新造了一尊關羽讀《春秋》的銅像，從下看高高地矗在空中，也許哪一天會有一位大富豪給他新造一座春秋樓遮風避雨。這裡的書記叫李中杰，是我舊友，他說，月初十五來燒香的人海了（形容數量極多）去，我說，關羽生日呢？中杰說，生日沒定。回家後查了查，關羽的生日是農曆六月二十四，但民間過的是五月十三，是他兒子的生日。我想，關羽已經接受了「五月十三」這個現實，這天他得子，也很喜慶的吧！財神這天大慶，彩結香花，煙火爆竹，加上大戲，大人動地鬧起，再灑下「天長地久」的賒店酒，美髯公肯定也大大歡喜。

歷史的真實與藝術的真實

講究歷史的真實性，是追求歷史上社會人文與重大歷史事實的真實演進表述，小說表述的歷史氛圍與讀者的閱讀渴望得到某種契會，從而受到相應的歷史啟迪。而藝術的真實性，則是加強這種啟迪的催化劑。歷史小說應該將二者自然而有機地結合起來，運用形象思維在讀者心目中激活已經去之久遠的歷史時期，從而使讀者的歷史感受與藝術欣賞的審美感受得到雙重滿足。

雍正一書構思始末

《雍正王朝》電視劇播出後，中央電視臺來家採訪，問我：「能給它（劇）打多少分？」我當時不假思索，回說「五十九・五」。前年吧！唐國強到南陽，當面問我：「聽說凌老師對電視劇頗有微詞？」原本關係很好的製片人跟編劇大約也是「頗有不豫之色」的吧！世界上有些事不能嘮叨著去解釋。就如毛筆字——現在我還繪畫，看出哪一筆有毛病就讓它維持，你可萬不要去動，冷處理，只管再把別的筆畫弄好就成。你只要下手改正這疵謬，會把整幅字、整幅畫搞得一塌糊塗、徹底完蛋。因為就本質而言，我還是欣賞劉文武、劉和平他們的創作能力，對這部電視劇的收視率，我更是無話可說，更不用提它對書的促銷給我本人帶來明明白白的實惠了。

在這篇文章裡說這樣的話，是否跑題？我在這裡打比方，雍正就吃了這個虧。本來的話，諸如「傳位于四子」、「傳位十四子」，如謀父、逼母、弒兄、屠弟、酗酒、好色……種種「十大罪狀」，原本就是雍正時期一個「個案」。本來應塵封在刑部死囚檔案中，人死十八年一火焚淨完事。但雍正他不肯，他犯了修改毛筆字的毛病——墨是黑狗，愈描愈醜——倘入私塾，三家村老先生第一課就要講的基礎知識，他沒有遵循，這就有了今天街上到處擺的賣的他的著作《大義覺迷錄》。

中國的皇帝有多少？從秦始皇到宣統，是兩百七十六位還是兩百七十三位，有精細人做過統計的。有著作的是三位吧！一個是梁武帝蕭衍，有一本《梁皇懺》，還有南唐李煜也是一位，加上雍正，三個作家。現在那些評論家，把他這本《大義覺迷錄》批得血肉模糊。其實，審度清楚他的初衷，只是想把他的毛筆字點畫修得好看一點而已。

關於皇帝的認識

和很多人類似，我的原始歷史知識是從看戲中獲取的。我原本以為皇帝是這樣當：每天上朝一次，出來個太監，手執拂塵一揮，說「有事出班早奏，無事捲簾退朝」，如果有事，就出戲了，沒事，皇帝就會回宮，去享受他的鐘鳴鼎食、歌袖舞扇和佳麗三千……倘這日子也過膩了……就帶上什麼阿貓阿狗太監近臣，去「遊春」或「巡幸」，徹底地放鬆快樂一下。或有豔遇，或成全破壞旁人的豔遇，獲取徹底的心理滿足……國庫的錢是他的，他想怎麼花錢就怎麼花錢；天下也是他的，想怎樣玩就怎樣玩；任何人都限制不到他的自由，而他能左右任何人的命運。

皇帝本身是不是這樣？我是在讀了許多書如《二十四史》、《資治通鑑》、《貞觀政要》才明白了。除了極個別的，如白癡劉禪、晉惠帝、明正德之流，中國歷史上大多數、絕大多數——平庸或傑出，一般化或有成就，有毛病是另一概念，我們不去說他——是政治家。他們和我們現實社會中的領導一樣，要開會、視察、處理公務、批覽文件、排解糾紛矛盾，吃喝拉撒睡一樣不少，也多不出什麼。即使花錢，也是有制度的。即使睡女人，也是有規矩的。清代宗室子弟早晨五點鐘便得到毓慶宮或宗學去讀書，讀書也是有工資的，工資也是受限制的。他們讀完早課，辛勞的大臣們還沒有上班呢！——說皇帝最自私，這一條是我的讀書心得，和教科書教我們的，可以「認同」；說皇帝都是吃喝玩樂、胡天胡地、不顧一切地追求個人享樂，實在是「戲」誤導了我們的感覺。

臺灣一家報社，有次電話來訪我，問我讀到有個人寫的關於我們一位偉人的傳記了嗎？怎樣看這個事，我說：「我們的話應該想一想自己，我認為他在胡說八道。有些事，即便有又如何？一個政治家，判斷他優劣的標準，難道是看他有幾個紅顏知己或是情人？你們臺灣人就這個判斷人的尺子？美國人沒看柯林頓是壞人吧？」

那麼，二月河的「標準」是什麼呢？

A、看此人在位時，對發展當時的生產力、改善當時人民生活有沒有做出貢獻；

B、對加強民族團結、維護國家統一有無成就；

C、對文化事業上的發展與興旺有無建樹。

我就是這麼三條，無論對孔孟，對陳勝吳廣，對司馬遷、李白，對黃道婆[1]、蔡倫、鄭和、秦檜、嚴嵩……對唐太宗，對康熙、雍正——都一樣。這個標準對不對，當然也要實踐檢驗，但是我的真實認識。這種認識需要一點膽量，這個膽量來自十一屆三中全會，「從前」是不行的。十一屆三中全會界定了真理的標準，取消了已經形成的中國新賤民階層。它劃時代的意義在於：將理、情，人情天理放在一處，即是天道之所存。

歷史是一種演進過程，我們現在的生活，也無例外地存在於這個過程中。後世的人將來怎樣評價十一屆三中全會，我不知道。就我目前的識與見，如果說某一個會議能夠救中國，那就是這次——這樣，關於皇帝的正面戲也才有可能去創作。因為，按照我自訂的這麼三條標準，正是當時當事人的社會實踐，塵封了幾百年，已經成了歷史的積澱，應該有一個相對客觀的評價與了解，歷史是一面鏡子，照照是有點益處的吧！

王蒙說要「掃皇」，不知二月河的書在不在被掃之列？我想如果掃的有我，是我自招的，我情願人來掃——我的「三條」是我自訂的標準，對與錯我也不認為誰能人為地規定就可界定，因為這三條也要社會實踐才能考定月旦。

前幾年有人拉倒了豎在承德的康熙銅像，理由極簡單，說是一個封建帝王，豈能在社會主義

1黃道婆（一二四五—一三三〇），又名黃婆或黃母，宋末元初知名棉紡織家。在清代時被尊為布業的始祖。

的城市中耀武揚威？我在這裡大膽預言一句，康熙的銅像早晚還會再豎起來，因為他本人對中華民族做出的貢獻不能磨滅。就像物理學不能迴避牛頓、伽利略一樣，談到華夏民族的團結、廣闊的版圖，我們迴避不了康熙。

為什麼有這個預言？因為做這個事的市長不講理，我們從小上學，讀教科書、文學書、連環畫，看戲、看電影，接受的是這樣一個公式：地主等於陰險、狡詐、虛偽、無恥、貪婪、凶惡、蠻橫、刁頑……對「黃世仁」[2]，所有能使人妖魔化的語言都合適。我們對資本家，尤其民族資本家，有時還有點口下留情、筆下超生的言語，對地主，這是——圍棋的話叫「定式」。

大概他們以為，這就叫「反封建」。

我讀過一點馬列，我認為，截至現在和我們不能看到的時期，中國的反封建任務不是結束了，而是還很重。但我們讀魯迅的書，謾罵是戰鬥嗎？我們對兩千餘年的中國封建社會到底了解多少。中國兩千多年，都在一群「陰險、狡詐、虛偽、無恥……」的人的領導統治之下？

余秋雨說：「不要再演說清代的戲了，要多演漢唐的……」為什麼？他沒講。人家沒講，我不能替人家講，我只能說，我作清代小說，有兩個意思：一、康、雍、乾時期是整個中華民族的封建時代迴光返照時期。「落霞」——晚霞：那時何等的燦爛、輝煌、絢麗、姿態萬千，那是多麼的迷人！……然而，畢竟是太陽就要落山了，黑暗即將來臨了！康、雍、乾他們都是傑出的政治家，但他們拉不起這個要落山的太陽，鴉片戰爭之後的漆黑社會，他們三位要負一點歷史的責任。二、滿族人是曾經掌握過全國政治法統的少數民族，是在他們的重要參與下，才有了上述的那種輝煌，這是不能躲閃的歷史。

因為這個時期是中國封建社會制度的「集大成」。最成熟、也最完善的時期，政治統治經驗、社會經濟發展、文化事業的建樹都到了鼎盛時期，因而這「一滴水」，就蘊含了更豐富的「封建含量」，因為它的濃度大、折射力強——我可能沒有達到我的創作目的，但我做了這種努力，想表現「康乾盛世」的社會情態，希圖讀者看過我的書，引起對封建政治、經濟文化乃至軍事方面的研究興味。至於怎樣「反封建」，也許是社會學家和政治家們的責任。

「康乾」盛世，許多人這樣說，他們似乎不介意兩者的「續斷」——這一味中藥——在這中間是實實在在十三年執政的雍正。我寫這個人，下了大工夫。因為我知道，歷史和平常人一樣。高、曾、祖、父、己、子、孫、曾、玄……（九族序列）這麼著延續規律。我懂得爺爺生出的必定是兒子，兒子才能生出孫子。沒有雍正這個過渡，不但是生理鏈條上沒有乾隆，而沒有「雍正朝」，在「社會理」鏈條上，也是沒有「乾隆朝」的。

雍正去後，給乾隆留下了很不錯的遺產：

1、一個相對充實的國庫；

2 黃世仁為電影《白毛女》中主要的反派角色，壞地主的代表人物。

2、攤丁入畝制度的不可更移；
3、養廉銀制度的確定；
4、比較清廉務實的幹部結構。
於是，乾隆才有了興旺的基礎。

關於對雍正的認識

我是在上小學時知道有雍正這個人。上初中時讀到一本沒有封皮的書，已爛得像尿布片子，上頭講的是雍正當王爺，在上朝的路上凝視前方，突然他命令停轎——原來他看見街對面一座高樓上頭有狐妖——他伸出無名指輕輕一彈，只見一道白光激射而出——狐妖就被斬首了。這本書叫什麼名字、作者是誰，至今也不曉得，看樣子他不像是個反面人物，但是個武林絕品——劍仙的形象吧！

次，讀文康的《兒女英雄傳》，裡頭說一個女俠十三妹，父親被大將軍紀獻唐害死，後來是一位聖人覺察處死了紀獻唐。起初我並未留意，後來見到一條註釋，說紀獻唐便是年羹堯，而那「聖人」便自然是雍正了。

還有一篇，是《聊齋誌異》裡頭一篇〈女俠〉暗射刺雍正的故事。這事起初不過令我一哂，以為是著者無知，蒲松齡先雍正老早就死了，焉能寫出「刺雍正」，後來，讀書讀懂了一點道理，稍稍明白了：這是雍正身後的人寫的，竄入《聊齋誌異》，說了自己要說的話又可以避文字禍——古人其實也很狡猾的。

……上頭這是「早期」。中期的認識：我中學的歷史老師告訴我們，雍正不是好人，他在歷史上雖有奉獻，但是，據資料顯示，他有殺害父親康熙的嫌疑，他還氣死了自己的母親，他讓隆科多篡改遺詔，「傳位十四子」改為「傳位于四子」——他又殺掉年羹堯，他的哥哥、弟弟莫不遭他的毒手——我讀到《清朝野史大觀》裡頭具體談到他怎樣殺他的八弟允禩——說允禩在燈下讀書，突然面前出現一個黑衣人，允禩說：「是皇上派你來殺我？」那人躬身施禮，說：「是，皇上命我來侍候八爺升天。」就這麼殺了，殺了還要用藥水把頭顱屍體消融掉……這說的是雍正時的「粘竿處」，專門處理政敵的特務機關，用「血滴子」這種先進武器毀屍滅跡。我的父母、我的師長、我的朋友都這麼認為：雍正凶殘可怕。

上高中時迷上《紅樓夢》，自然也涉獵一點紅學知識，知道曹家的敗落是被雍正抄家，抄得曹家徹底敗落，曹雪芹為此吃盡苦頭。愛屋及烏，我自然憎惡雍正其人：曹雪芹倘非營養不良，何至於《紅樓夢》只寫了八十回便「淚盡而逝」？

讀到雍正寫的自辯著作《大義覺迷錄》時，我已是三十歲的中年人了。說實在話，做為性情中人，他寫得很盡致，我受到了感動。有點半信半疑，我自身受到皇帝「都是壞人」的世傳教育，和這本書對不上碼子。但後來又讀到孟森老先生的《明清史講義》，從理性上又覺得孟先生是正確的，他以翔實的史料證實雍正自述中說了假話，在欺騙世人。

謀父、逼母、弒兄、屠弟、酗酒、淫色……篡改遺詔，抄家抄得我們至今還有麻將「抄家和」一說——高於一切的麻將「和」……這麼一個人品、度量、器宇，誰聽了不毛骨悚然，起一身雞皮疙瘩呢？

到計畫寫《雍正皇帝》書的初期，我還停留在這個人物形象「原則」之中。待寫到《康熙大帝．驚風密雨》時，必須認真考慮雍正形象基礎了，這時我讀到戴逸、楊啟樵的史學論文。

可以這樣說，事實上也正是這樣，二月河的《雍正皇帝》形象的「學術基礎」，絕非二月河自己的創見。是一個迷離茫然的二月河，接受了學術界一批優秀專家研究的成果，將其用形象思維的筆法頒之於小說。現在有一些報刊瞎吹，說二月河「替雍正翻案」云云，如果從藝術形象和社會輿論這角度，我或可接受一二，但我不貪天之功，是「學生二月河」把老師的學說演義了。

由寫《驚風密雨》時，更進一步研究了雍正的資料：

一、康熙末年，國庫存銀七百萬兩，而雍正盛期達五千萬，雍正晚年略有回落，但浮動不大。

二、這些錢，不是通過加稅，增重老百姓負荷而獲得的。而是通過，（A）清理虧空——抄家也是途徑之一；（B）官紳一體納糧當差——將社會負擔進一步合理化；（C）攤丁入畝制度

——使應納之稅合理收繳，落實到地畝之中；（D）火耗歸公——將官員過高的收入降下來。

三、改土歸流，使中央政令行之於偏遠地區少數民族，加強了民族凝聚力，民族團結。

四、雍正是個細心、苛察苛求「吹毛求疵」的人，比如追官吏公款，小到幾兩幾錢，必窮追不捨、搜乾刮淨為止。官員欠款若無力償還，他株連官員的遠親近屬迫令代還——因為，官員做官時，這些人沾了他的好處，現在還不上款，這些人理應共負責任。

五、雍正薄情。「氣死母親」說得也許過分，但他母親有病，他和他的十四弟在病榻前拌嘴是實。給他的弟弟起惡名「阿其那、塞思黑（豬、狗、討厭）」，頗有「打翻在地，再踏上一隻腳」的意味。心胸褊狹，度量窄，語言刁苛，他所反感的人即使拍馬他也絕不稍假辭色。

六、他過度重視「誅心」。造成不少文字獄，如賜戴名世「名教罪人」，命百官寫詩惡詛。有些小政策，如他獎勵種田，種得好便賞頂戴，如獎勵「拾金不昧」，獎勵數目比本金還要高等等，都顯得矯情過分。

七、他是一位異常勤政的人。這也是二月河對他心儀佩服的一條。他在位十三年是一個確定數，他留下的朱批諭旨——也就是文件批語——有一千餘萬言，也是一個確定數。二月河十三年寫了五百萬字的小說，累得屁滾尿流毛病百出。雍正就算有異秉精力非凡，他除了看文件，總還得會議、接見大臣、短距離巡弋，還有必要的，如祭祖、勸農、會見外藩……這些「工作」是多大的量？所以說，雍正是好是壞是對是錯不論，說他「荒淫」我死活不信，他縱有後宮佳麗三千，但他沒時間「泡妞」。我見過他接見臣子的紀錄——每次見人很少，垂詢指示之外，他手中的筆還要記錄。他把見到的官員分成九等，上上、上中、上下、中上、中中、中下、下上、下中、下下，隨筆記下感想「此人中下的」，此人「上下的」……不但這些，到下次接見，還要對照「上次」的印象「上番接見，伊奏對失宜，是因其感冒所致，應視為中中的」——諸如此類。我們可以將心比心，不能比就將人比人，這樣的工作精神哪裡去尋？

總結起來，雍正是個極為勤奮的人；雍正是個陰刻內向的人；雍正是個語言銳利、如刀似劍的人；雍正是個講究動機、恩怨異常分明的人；是個記仇的人；是個大喜大怒毫不掩飾的人；是個任勞的人，絕非任怨的人；是一個講究務實功效的人；是一個胸有大志的人；在內政事務方面頗有才幹的人；在軍事方面的庸人；是個不講「學歷」，特別重視個人工作成就的人，有著堅強的忍耐心加之行動的果決……這一切構成了我的雍正藝術形象的把握原則。

康熙選擇雍正的理由

在中國歷史上有一句話，叫「胡人無百年之運」，滿人原是女真族，也叫肅慎族，是胡人。胡人握中央機樞，遑論五胡十六國時，即最長的元朝亦不足百年。清人入主中原，可能這個口諺對他們有極大的心理壓力——他們恐懼這一讖語，因此從總的看，清時的歷代皇帝，政治統治還是比較謹慎認真的。他們是少數民族，只有百萬人，面對幾千萬漢人，有點像一斤鹽倒進洞庭湖，鹹味很淡的吧！也像胡椒麵撒在菜鍋裡，有那麼點味道而已。有些民族宿敵更是不把這個民族放在眼裡——比如朝鮮。在明代還是華夏屬國，稍稍犯過，動輒訓得鼻子不是鼻子、眼不是眼，甚至有時無過得咎，但到清，他們就常有放肆越軌施為，清中央卻是睜一隻眼閉一隻眼，撫慰勸誡有加——少數民族主持中央，要比漢人困難得多。

有人認為，皇帝就是花天酒地、吃喝玩樂，無惡不作——那是戲。還有其他的心理狀態，扭曲了觀者。從順治看到宣統，清代沒有這樣的皇帝。咸豐帝到熱河「醇酒婦人自娛」——是因他看到國事無望，「世紀末」心理在作用；同治皇帝也有「不堪」的傳聞，但透過殺誅安德海，透露出他也是一位「想負責任」、慈禧又不肯給他負責的皇帝。

皇帝也是政治家，不過，是「封建」政治家而已。他們的思維邏輯也極簡單——祖上創業艱難，傳到我手不容易——這個江山是我的，人民土地都是我的。我要把它整治得好好的交給我的子孫——將來太廟裡有我一席，子孫來參謁我，我不會愧對他們。皇帝的心理大致如此。他們當然要享受，他們希圖世世代代久遠地享受「列祖列宗」給他們的福澤，就要有這樣清醒的意識。以康熙為例，他訂出永不加賦的祖訓列為國策。這國策貫徹到什麼程度？到太平天國，到列強入侵，到宣統退位，中央政府財源枯涸、無以為繼，一直到清室滅亡「永不加賦」的政策沒有改變。

康熙晚年，加上順治的十八年，離「百年」不遠。當時的情勢，不可能用這篇文章的篇幅詳加表述。總的來說，有這麼幾條：一、康熙本人精力疲憊，倦於政務。二、他一生功業甚多，跟著他「從戎」立功的文武舊人也多。三、當時生業繁滋，繁華前所未有。四、吏治放弛，貪風橫起。五、國庫空虛，官員欠債甚多。六、阿哥官員結黨營私，勢同水火，但表面情熱深密，揖讓禮敬如常。七、西北邊陲烽煙欲起。八、河運漕運漸次廢弛。

他面臨接班人的選擇：

首選當然是太子。太子胤礽是赫舍里氏之後。我以為，他對太子的器重主要不是出於對他的政治才幹的賞識，而是：一、太子的母親與他是患難之交，在平息三藩之亂中產下的，這一層感情糾葛：父子之情、舐犢之義、夫妻之情始終在康熙心中盤繞；二、太子在位年頭長，已經形成了與群臣固有的「君臣理念」，他把握政權駕輕就熟，容易控制政治局面；三、但太子本身政治視野小，親信圈子小，平庸無能是顯然的。

其次可以考慮的人選，是八阿哥胤祀。此人在百官中威望最高，辦事能力也很強，心地周納密彌，但康熙很快就否定了他——他太厲害了，「工作能力」太棒了。第一次廢太子，康熙命群臣共舉新太子，按照康熙的想法，太子再不濟，畢竟也當了幾十年太子了，是你們文武百官的「老領導」，再過一過選舉這個程序，還讓他當太子，既教訓了他，敲打一下，又給了他體面，以後「好好工作」也就成了。想不到群臣一選，絕大多數「票」在八阿哥那裡，是個「揭竿而起，天下景從」的壯闊局面！他對胤祀的恐懼——你尚不是太子，就有這麼大的號召力，你當太子想要我的命，不費吹灰之力！他一下子就撲滅了胤祀當太子的希望之火。

再就是胤慎，也就是雍正了。雍正的特色是不當出頭鳥，埋頭做差使。比較超然，「不講政治」只講「成效」這麼一種作為。有活就幹，沒活家裡待著，時時存問康熙健康——我在一所老年大學講：「假如有這麼一群兒子，大家都在盯著你們的遺產。只有一個兒子只做家務活，每天勸你『老爺子呀，你可要注意身體呀！你能長壽就是我們的福氣呀……』你說你把遺產給誰？」就以上述「皇帝心理」分析康熙，是需要一個「能治事」的兒子來把有點疲軟散亂的局面校正過來。雍正的認真、精細，連同「刻薄」也說不定成了康熙的政治需要。除了這些條件，也不排除康熙選中乾隆「好聖孫」，保證他的下下一代仍舊昌盛的可能。

還有一個胤禵，也是一個重要人選。說來也真是歷史的撮弄，他和雍正是同父而且同母，他在軍事上很有一套，政務上也是精幹人選。他和「八爺黨」是一回事，但又不完全是一回事。另外，他是十四阿哥，這就為歷史上「四子」和「十四子」增加了一份撲朔迷離的色彩。他的能幹是明擺著的，做為大將軍在西陲打的勝仗，這沒有使假的餘地。但我們實實在在地分析，康熙垂暮之年，內有不測之變，戰有不測勝負，不大可能讓他的皇位接班人遠去青海做這差使吧！

很多治史的專家，除了他的斷代研究的《食貨志》，往往忽略了對社會情態、世俗禮儀、人文心理的透視。在清代，大的經緯，如黃運、漕運的重要性，不亞於現在的空運、鐵路運輸。北京直隸，每年要從江蘇、浙江調運四百萬石糧食，才能確保北京政治中心的穩定。運河是可以直通北京朝陽門外的，但枯水季節就不行。黃河和運河不是平行的兩條河，而是交叉的，黃河一旦氾濫，就會把運河沖得一塌糊塗，淤塞起來不得了。康熙起用靳輔、陳潢治黃，其實真正的目的是保證漕運的暢通。

還有西北用兵，康熙三次親征準噶爾，「并日而食」（兩天只吃一天的食物），皇帝也會餓肚子，也是糧食問題。運上西北一斤糧，運輸費用大致是二十斤，那就是說，敵人奪走我一斤，一反一正是四十斤……這些大過節兒，你去問清史專家，可以給你講得鞭辟入裡。但是有些事，比如說坐轎，什麼滋味？會不會暈轎？轎的規格尺寸，坐轎人的心理什麼樣？新媳婦坐和老爺坐情態一樣不一樣？船也一樣，家居庭室結構，門樓牌坊，都是有「制」的，逾了這「制」就違法。一個燒餅多少錢？社會，城隍廟社會和玉皇廟的區分是什麼？銀子和制錢、銀子和金子的兌摻率是幾何？買豆腐、買韭菜要用銀子嗎？再如穿衣，更是人與人的講究不同。

常見一些小說電視劇，人物出來緊身武裝，佩劍而行。到了酒店，掏出一錠銀子往桌上一拍「打酒來」！——編劇壓根兒就不懂，銀子是這麼花法？三兩銀子可蓋三間房子，一兩銀子可以買到一頂上好的坐轎！還有，我見所有的電視劇，旅店一應鋪蓋設施齊全——這是按照我們今天賓館招待所的規格來設想清代，想當然出來的玩意兒。編劇不曉得，清代行路、趕考要自帶行李，住店吃飯，要自己做——今天住店，仍有「打尖」之說，其實是「打火」之誤。一應鋪蓋行頭設施齊全的地方也有，那是妓院。

還有用銀子，銀子有官鑄有私鑄，熔煉技術設備不同，銀子成色也就有異。從「三皇」到「九九九七」的純銀，一樣花？不成吧？一塊銀子到了店鋪夥計手中，他的第一件事是要準確判斷成色：蜂窩、麻面、銀筋，有無寶色，是否鉛胎假銀……要弄清楚，上戥子戥。有些知識我也現從書本上得的，計量單位精細得令人咋舌：兩、錢、分、釐、毫、絲、忽、微、纖、沙、塵、埃、渺……到小數點後十三位！是一粒灰塵的重量吧？——實際運用，我看不可能，但說明了人對銀子的重視程度——我想，不讀《銀譜》，我連個店鋪夥計都不可能寫好，遑論雍正？

就說錢法，在雍正時期有過一場風波。《雍正皇帝》將其計入政治鬥爭，當屬真實。康熙年間鑄錢，銅鉛比例是銅六鉛四，含銅量高，錢就光潔明燦、好看。但不法商人將錢回爐，再製銅器出售，一翻手間是幾十倍的利。這樣高的利，奸人就不怕犧牲殺頭，大肆私鑄銅器。因此，康熙朝末年，錢銀兌率嚴重失調。為了糾正這一弊端，雍正改為鉛六銅四，字畫不甚清晰，也不夠漂亮，但有效地遏制了化錢之風。

那麼，多多地生產銅、開發銅礦如何？這又牽扯到國策，開礦要用礦工，礦工帶有「工人階級」性質，容易聚眾鬧事「叫歇」（罷工），發生種種社會問題。開採銅山驚動龍脈，違逆統治階級迷信心理，銅的開採量不大，而且走私出口（如日本、朝鮮、東南亞），政府雖嚴加控制，無奈其利大誘人，洵為清代國家一大問題。

更多的事是人文心理，有些事看似不可思議，是我們今人心理不同。一皇帝一紙詔書，著人自盡，還叫「賜自盡」，受命的人還要謝恩！一個奴才，攜千兩巨資，出門萬里為主人辦事，無憑無據、海闊天空的事，多少月甚至多少年，老老實實回舊主那裡交帳。一旦形成那種關係、那樣一種文化概念，就成了一種社會原則，不能冒犯的神聖律條。一個官員受處罰，比如林則徐，一張紙頒下詔書，他就騎上毛驢，自帶乾糧行李，自備路費，從廣東走到烏魯木齊——沒有任何監督，沒有任何停滯的念頭——我前年坐火車去烏魯木齊，穿越那荒寂得令人毛骨悚然的祁連山和鷹隼難越的千里戈壁時，想到這一層——不單是林則徐，多得很。或許他們是被冤，抑是真正有罪，這樣的精神令人肅然敬畏。世界上有這樣文化精神的民族，在歷史上也僅有吾國而已。

像電視劇裡那樣佩劍而行可以嗎？理論上是允許的。亂世中清代的政府是不允許平民攜帶武器的，帶著弓箭、騎著高頭大馬走道，是異於尋常的事。尤在康熙末年到乾隆末年，在「太平盛世」走路，這樣一個走法，好比我們今天馬路上突然出現了一個古裝人物，峨冠博帶、大袖飄飄走在世紀公園裡那麼奇怪。騎馬帶刀的：一種是鏢行押鏢的，一種是朝廷押解犯人的，一種是衙門大負出行的戈什哈護衛，再就是「跑解馬」——練武賣藝的馬戲班子。哪有我們電視劇裡那樣，幾個小伙子夾著漂亮姑娘，佩劍騎馬，揚鞭於鬧市——那時的公安局「巡捕房」的官員恐怕立刻要一邊上報情由、一邊立即盤查。

單單知道幾個康乾案例，說的這些事都一概懵懂，無法去寫《雍正皇帝》。

這同樣是「歷史的真實」，藝術真實如不建立在歷史真實上，那這個真實是「真的不實」。因為二月河的書不可能如金庸小說那樣，可以不考慮桃花島上桑麻布帛來源，也不思索誰給華山派的岳不群等人發工薪，蟬一樣餐風飲露過日子。如一切小說一樣，必須有虛構，不可能搬一部皇帝《起居注》翻譯成白話，然後說「我這個最真實」，但非必有的，定要是「可能發生的」。藝術的真實是小說的生命力，這個「生命力」之樹，必須根植在歷史情態的真實基礎上。

雍正的死

雍正即位，是一個謎。雍正的死，也是個謎。清初四大疑案，他自個兒占了兩個。專家們見仁見智看法不同，但達到的共識是暴死。

在紫禁城，或者暢春園這些地方，除了發生地震火災，暴死只能是突發病變太醫束手，再就是宮變，禍起肘腋，流血五步。既然要寫《雍正皇帝》全息鏡頭，這個謎是作家繞不開的「過程」。

在創作《雍正皇帝》一書，大致構思雍正之死時，腦子裡第一個閃出的是雍正被刺，刺客是個女的，應是呂四娘。這樣寫，會很熱鬧，有情節設計鋪陳。呂四娘這個名字很美，容易使讀者產生美的聯想，宮中驟變，大姑驚人，可以滿足很多讀者閱讀心理——這樣寫，似乎已經是做出了決定。但寫到《康熙大帝》第四卷〈亂起蕭牆〉，即對此發生動搖，好看是好看——媚眾了點，俠女為父報仇，手刃九五之尊，是民間傳說也罷，還是有「資料顯示」也罷，是市民心理的整合搖落，和我《落霞三部曲》的主題不能契合，我要寫晚霞的絢麗燦爛和輝煌，同時要寫「太陽必定落山」的規律，不是耍弄武俠。《康熙大帝》第一卷〈奪宮〉帶了武俠情味，此時已經很後悔，再在雍正這部書加上這麼一段，很可能給「落霞」漆上一筆詭異的色彩。假如事件真的發生過，那我只好如實寫，盡可能縮減它的武俠味道也就是了。這時我閱讀的資料，已可使我認定這個情節是「小道消息」，反映的是在雍正改革中得罪的那批人的「民意資料」耳。

A、呂四娘之父呂留良，死於康熙二十二年。

B、雍正又在位十三年。

C、以四娘為遺腹子論，雍正死時她已是五十二歲。

還可找出一些其他的「不可能」，僅年齡一項她就不成。雍正時期的獨裁是秦始皇之後第一，他的宮廷防衛也是第一流的。他的政敵遍布朝野，他在位終生不敢越出紫禁城就是明證（我書中他視察河工，是「我撰」）。他的防衛心理也與眾不同，我認為，設立的那個「粘竿處」就是專門為了保衛他自己的。清建國初，北京城遭過兵匪洗劫，確實荒涼，曾有過老虎闖進大臣府邸的事。但此刻，立國已近百年，一切駐蹕關防規矩已嚴得密不透風。我根本不相信俠客們能「三丈高牆，一蹴而過」這樣的事——朱建華在赫爾辛基跳過一次二·四公尺，就那麼一次，再就做不到。呂四娘就行嗎？

靠近皇帝，並且刺殺他，一是必須武功高強，履高牆如平地。我看了看故宮的牆，想了想朱建華，認為四娘不行。二是她昔有姿色也行，也許能接近皇帝。五十二歲的一個老太婆，再怎麼打扮，恐怕也是有問題的。

呂四娘的戲就此割愛。

但他總得有一個死法，我另外設計了喬引娣——雍正與賤民情愛結合的結晶，他的私生女——我希望他的死有《大雷雨》那樣的效應。

可以這樣說，在中國的各朝各代，由於政治鬥爭的不斷發生，衍生出一代又一代的「賤民階層」——戰俘。政爭失意者的家屬、家人，失意潦倒的富商，走投無路的窮民，投入一些正常人不齒的賤業之中。他們不一定是窮人，但卻是被「正經人」瞧不起的一群：剃頭的、修腳的、算命的、妓院的、唱戲的……諸如此類種種。其實我們說的地富反壞諸「分子」和他們的子女（可以教育好的子女），也是實際意義上的「賤民」。這批人社會地位低下，輿論同情不達，活動能量有限，興不起風也作不了什麼浪，歷來為政治家所忽略，不太關懷他們，更不用說去解決他們的社會問題。

真正切實解決他們的問題的，只有兩個人：一個是雍正，不夠徹底，但做得還是很認真的；另一個是鄧小平，一風吹掉了所有的「帽子」。鄧小平是「以人為本」的無產階級領袖，這樣做是解放生產力的盛舉。雍正為什麼這樣做，我不知道。

但是，一個人做事，總該有個目的吧？或者說，總有個心理依據吧！雍正下詔煌煌載入史冊：三年不從事賤業，改事良業，子女可以讀書科舉，說得都是明明白白。作小說的總不能說「他突然心血來潮，扯過一張紙來，寫道……」不能這樣吧！

為此，我設計了雍正為皇子時遇洪水邂逅賤民小福小祿，發生戀情這場戲，做為「個人化」的皇帝，他下詔給賤民開此一線之明養生之路，心理依據就易為讀者信服。這個情節有人認為「很好」，也有人認為「很失敗」——那是另一回事。我挺得意的。

中國的改革者，歷來無好下場。人們或接受他們的改革成果，卻不接受他們這個人。這是莫大的「心死」悲哀。商鞅、王安石、海瑞、張居正——大致都是悲劇，雍正也不例外。

據楊啟樵先生研究成果，雍正身體狀態不行，有煉丹吃道家藥的事。雍正晚年見神見鬼、精神恍惚、病急亂投醫的事也有。極為好強、一心要留名青史的雍正，晚年已得悉自己惡名在外，洞悉社會流傳自己之「十大罪狀」。西北戰事再起，屢屢敗報頻傳，他自己對自己的「軍事才能」不能無憾，三阿哥是他的親兒子，十個兒子僅僅活下來三個，又被他處死一個。雖然也許他自覺是「光明磊落」的，做為父親，況味又何以堪忍？再加上二月河為他虛構的這個喬引娣。雍正的死，也許是讓讀者能接受「順理成章」的事了。

鄔思道與賈士芳

這兩個人物都是有的。賈士芳實有其人，鄔思道則是綽約影像地存在過。他們在雍正新政中沒有起過什麼實際作用，也不是重要政治人物，但他們在小說形象中卻給讀者留下了較深的印象。不少讀者問，尤其是賈士芳——很嚴肅的社會小說，幹麼神神經經地夾上這麼一套。

我創作這兩個人，總體來說是要表現中國的儒道兩家的精神氣質。一反一正，一個陽面一個陰面。通過這種手法，使小說的層次與側面更加多采一些。儒家的風範，可以看看伍次友、周培公、鄔思道、傅恒等人。道家的義理派如胡宮山，象數派則是賈士芳。讀者在感受情節的同時，可以明瞭更多文化特色。

鄔思道的學識、才能、修養、品質，是具有儒家用世的積極特點的。他既把政治理想寄託在「四爺」身上，便全心全意地輔佐胤禛，不顧身殘也不考慮身家性命，在感情上也做出了很大的犧牲。待到大功告成，他又能全身而退，「達則兼濟天下，『退』則獨善其身」、「舍之則藏」——是儒家知識分子最高的境界了。

康熙晚年諸子爭位，各個政治派別「咸與鬥爭」。演出這齣全武行，規模之大、參與人數之多、情節之複雜多變、綿延時間之長，均為歷史空前。可以說，所有的皇子，所有的朝臣，包括退休的部分大臣，全部捲入了這場「使人愁」的角力角智角鬥之中。它的「餘緒」一直延續到清朝滅亡。「一尺布尚可縫，一斗米尚可舂，兄弟二人不相容」，何況，是二十四個！經過康熙政治鍛鍊，年富力強的二十四個「辦差阿哥」，這樣複雜的局勢。用小說表現，如果沒有一個「解說員」，歷史學家可能一聽便知，一般讀者卻容易「如墜霧中」，情節演變、推進不容易分分清楚。

創作小說的人必須為一般讀者設身處地。鄔思道的構思，也有部分出於這種考量。每當轉折關頭，便由他來分析解剖局勢，比作者徒費口舌便宜得多。這樣做，負面的效應是「鄔思道近妖」——他什麼都知道，沒有失誤。本來我想另外再設計一人，與鄔相抗，但那一來情節枝節會變得更加繁複，易喧賓奪主，也只得放棄了，這是二月河才力不逮之故。

關於鄔思道其人的存在，《清朝野史大觀》、《清稗類鈔》這些書中記有蛛絲馬跡。說是河南總督田文鏡，用鄔某為師爺，每上摺輒受表彰。後來，他開革了姓鄔的，再遞上去的摺子總是遭雍正劈頭蓋臉的臭罵，田文鏡莫名其故。雍正看他實在不明白，有一次在朱批中問及「鄔先生安否」。天子問安「稱先生而不名」其人，田文鏡大驚，回奏說已經不在幕下。原因是他的俸例過高——「每年八千兩銀子」，雍正回說：「這樣好師爺八萬兩銀子也值。」田文鏡大悟又追請鄔思道回衙。不要鄔某做事，每日晨昏各一百兩銀子供其開銷，田文鏡則寵信如故，云云。

這種記載有可信之處。《野史大觀》中有〈南士〉一篇記載，有康熙私下密請授業老師的記載。《郎潛紀聞初筆》、《二筆》、《三筆》，有康熙晚年問及河北霸州「村師」的情節，說是「吾師也」，然舉朝文武無人能知，檔案中亦無記載。皇帝尚且如此，雍正在潛邸為阿哥，有一位不為人知的老師，不算什麼驚世駭俗的事。本來，我想在書中體現一下鳥盡弓藏的意思。不過鄔思道既寫成了殘疾，又有後頭「問安」的事，我也就撂開手了。

賈士芳其人的存在是沒有疑問的，除了「道家精神」，我還想借這個人談我對特異功能的看法。我曾讀過一點《萬法歸宗》、《奇門遁甲》之類的書，也接觸過幾位練氣師，同時我也見過司馬南——一個不懈攻擊「特異」的大家。

我不可能在這篇文章中對我的觀點詳加解釋，但我可以大致說明。我不同柯雲路那樣，把特異功能和社會正常生活攪到一處，我也不同意司馬南把所有的「特異」都看成魔術和騙術。我認為特異功能是一種存在。特異功能是個人特質的隱形存在，不能應用於社會學介入光明社會生活，特異功能應該以現代科學加以研究。比如有些礦物，必須加上科技因素，才能與人接觸，滿足人的需要。比如隔板猜物，古時很多人都能做。北魏佛圖澄，有很多異變，遠越過「耳朵聽字」，說它是魔術，要有證據，你說是魔術就是魔術？這些功能人士告訴我飛升也是有的，但只要有人喊一聲，他就會掉落下來。你穿牆破壁可以，用來做壞事入室奸盜，立刻碰壁——這不是嶗山道士的主題？

翻一翻《閱微草堂筆記》，裡邊有多少「特異」，紀曉嵐在這樣的作品中騙人，他是騙人的人？——我要說的，賈士芳在山中練術，呼風喚雨、穿牆越山去好了。到皇宮裡折騰，肯定不行，編狹學術與正統學術冰炭不同爐。美國、俄國在研究這種「靈學」，加入的是現代科技手段，我們則是一筆掃到「封建迷信」。

賈士芳想要雍正健康，雍正則「安」，他想要雍正犯病，「朕果不安」，這是很正規的記載。他能操縱雍正的健康，說明他確有這種異能，也正為有此異能，他本人招致殺身之禍。

我寫《雍正皇帝》第一卷時，社會上正是特異擬摹風靡天下之時，嚴新、張寶勝、神漢女巫，報上今日一載、明日一刊。我寫一個本事比他們還大的賈士芳，然後再誅戮掉，反映我的真實想法。人發燒時會見神見鬼說胡話。社會發燒了呢？你就會看到倏然來去的半仙之體。

結

長期以來，雍正的形象始終是「二元」的。在學術界，雍正有「不堪」派也有「同情」派。在民間的口碑，大致上都說他不是好鳥。我由「不堪」派漸次進入「同情」派，創作了小說《雍正皇帝》。我從來不敢貪天之功，把這些學術研究的成果歸於己功。但小說的力量要大於經院的研究力量，作者的創作傾向帶有介入社會的力度。曹操數百年被人視為奸雄，並不自陳壽的《三國志》，而是《三國演義》這本小說。我所做的工作，或許是在藝術上對他的社會形象做了一些修正。我想，將來說不定出現比我更有能力的作家，再將雍正的形象打下去，也不是不可能的。

《雍正王朝》電視劇的播出，這種全新的現代高科技手段的傳播手段，是足以使一切陳故的藝術表現手法，小說、連環畫、戲劇、評書、電影等——俱都黯然失色……這部電視劇，使雍正一時成了婦孺皆知的人物，而且是以「二月河觀點」形成的印象，這個責任是應該由我來負的。

我在接受中央電視臺採訪時，給這部劇打了五十九・五分，意謂如果寬容一點，四捨五入它就及格了，如果嚴格審考，不能成為經典。我並不小看製片人劉文武，編劇劉和平、羅強烈和導演胡玫，他們都是很好的人，很能幹，也很有形象思維的能力，同時掌握觀眾收視心理的尺度，也非常之好，他們對我也很尊敬。我想講這麼幾點：

一、五十九・五不指收視率，更不指它的社會反響效應，演員尤其是焦晃、唐國強，都是非常棒的，但他們太喜愛雍正這個人物了，加入了許多本不屬於或者不可能屬於雍正的政治品質和個人品質。我自己在小說中已感覺有的情節有了「偏愛」之嫌，他們沿著這個感情線走得更遠，甚至脫離了正常軌道。

二、我本人是個特殊觀眾，我對雍正的審視既不同於歷史學家，也不完全用藝術眼光來看，而是特有的「這一個」，電視劇或可感染千百萬人，但不可能使我「有動於衷」。我是戴著有色眼鏡看電視劇的，我的視覺也許是不正常。這個話當時即對記者談過，也許他們忽略了。

三、電視劇的視覺空間比小說的表述能力要小得多。它有它自身的藝術特點，是兩種有聯繫、有重大區分的藝術途徑。我在刻畫雍正一書時，根本沒有將「拍電視」納入思維。

中國人是有對個人品質病態「過敏」的毛病的。一個人只要被懷疑「偷雞摸狗」、「小拿小摸」、「愛占小便宜」……諸如此類的名聲加之於身，這個人就糟了。「小節有疵必無大節之純」，一筆把這人全部抹倒。雍正既被懷疑篡改遺詔，偌大的政治問題含著他的為人、品質，他處置三、八、九、十阿哥的手段狠辣史有明載。我們今人還更有一條階級結論，定死了他就不是好人，壞人做不出好事，名聲一毀，全體玩完。

在寫書之前，我當然看過他的《大義覺迷錄》。那裡邊的法理，我們今天任何人都不會去接受。但裡邊的情緒、陳述的事件，是不是可以，「因為他是封建皇帝，又有那許多的『過惡』，所以就認為是累累連篇，欺世盜名」呢？有人嘲笑，我是根據他的這部作品來寫《雍正皇帝》。我不能完全認同，但我也不否認這部「覺迷錄」對我的影響。這部書的「文過飾非」處是一望可知的，有些地方與其他史實載錄也確實有差異。但是他所表露的情緒，他對「謠言」的驚訝、憤怒，對自己辛勞國事的社會回報的失望、沮喪，對社會輿論的無奈，表白洗冤的急切、期冀——這些，也不容置疑。我的結論是：他大致說的是真話，用的是真情。一個假惺惺、精心編織、企望玩弄言辭來騙人的人，寫不出這樣的書。

按照政治常識，書中內容大多數都是「絕密」級的，有些地方說的事件，是發生在康熙朝堂皇公明的廣眾之地，他不可能不著邊際地胡編亂造。行文陳情中表露出的皇帝威權的淋漓盡致，對昔日這種潛在威權受到的挑戰，和他對這些挑戰的應對、情感的宣洩，想虛偽一點，也很難的。他只是把自己的一切真實想法，都包上了一層輝光的外衣，把自己的「動機」說得光明磊落，又有要求別人「不許置疑」的皇帝口風，使這部書帶上了一些虛偽的色彩。

關於其他資料表述情節不同的，我認為有兩種可能：一是他有意迴避了自己「不夠光明」或「不夠體面」的一些事。如第一次廢太子，他和另幾位阿哥在承德曾被康熙「臨時羈押」這類事。二是有些事過去多年，時間、地點、參與人員記憶有誤——這個不能當作故意說謊。我打個比方，「文化大革命」現已過去二十多年，誰能把「文革」中的事說清無謬？別說是國家、北京，就是你那個市裡、你單位的事，能說得準確無誤嗎？既然我們不能，為什麼要求雍正能？因為他是地主？也正因為有些差漏失誤，我反而更加認定雍正說的是實，雍正是個很縝密、做事很認真的人。他若真的要騙天下人，他會將這作品交由張廷玉、鄂爾泰這些人仔細勘定剔別，加上「工作人員」的努力弄得天衣無縫，這才正常。他急於表白，大約粗略，一過閱匆匆就「批」下去了。

有人說，乾隆一登基，立刻查收此書，誅殺曾、張二人，就是因為這書說了假話，我也認為恰恰相反。正是因為這書說得太真，把不該說給老百姓的話，夢魘一樣全抖了出去，違背了「民可使由之，不可使知之」的原則，造成的負面影響太大，才嚴令收繳的。乾隆一再說，他最佩服「聖祖」，他的爺爺。潛臺詞是否不佩服他的父親雍正呢？《大義覺迷錄》中明明白白有令，不許「後世子孫」殺曾靜、張熙，他又搜書又殺人，說明他政治上的成熟，也說明了他的不孝。

雍正的一系列改革活動，除了改土歸流，如官紳一體納糧當差，不是一般地損害了特權階層的經濟利益，而且嚴重傷害了他們的「面子」。「火耗歸公」大幅度削減了各地主官的實際收人，「攤丁入畝」使所有地主的利益都有所折損，「追繳虧空」搜剔刮削得欠帳官員魂不附體。所有這些造成了他自身聲名、社會輿論的嚴重不利。當時沒有民主，也沒有報紙，但是人們可以記日記、可以口碑相傳，我們過了幾百年再看這些資料，覺得「很原始」，但實際上是富豪及文人們當時的「小道消息」記載耳，再過一千年，也許會有人搜到一大批「文革」報紙。也許會認為那時真的是「形勢大好，不是小好」呢！

到這裡，算是結篇吧！

生命熱情的斷想

我的朋友田永清將軍來電，告知我一個信息，九十一歲的林北麗先生行將謝世，囑文懷沙老人為她寫悼詞，她將懷抱文老的悼詞一同火葬。文老為她寫了一首詩。希望我能為這首詩寫點東西——因為文老也有個願望，希冀有一百位有資格對他的詩月旦的人來作文。這件事我幾乎想也沒想就答應了下來。這幾年，單是應酬虛設的文字，滿不情願甚或帶著沮喪情緒去作文的不知幾何若干了。文老於我這樣的期許，我高興。

文懷沙老先生是國學大師，一九一〇年生的世紀老人。他是楚辭學家、詩人，還是書法家，這人盡皆知。然而我沒有讀過他的詩。想當然地想，近體詩吧？太短了，如果是，應該是首組詩。古風的可能較大吧？自由一點，且又較近古韻，文老取用比較合適。但詩很快就拿到了。不是七律、不是七絕、不是組詩也不是古風，是地地道道的現代體自由詩，長詩，五十四行！現在年輕人愛聽、愛看，青年詩人藻飾才情、直白無隱的那種詩！也許吧！文老一生都寫這樣的詩，只是二月河太愛憑經驗臆測？國學大師都是深沉思想者，在「國學」本身上做人做事作文的，這樣的「自由體」……似乎是搭不上界。但是它的確就是自由現代詩。我讀它，讀著讀著突然眼裡湧滿了淚。

這讀觸動了我的哪根神經？或者說，是什麼樣的情愫激動了我？我一下子說不清楚。是達觀的哲理？是，是。

偶然、必然、時間、空間、生與死……「從個人到『人類』」，乃至我們居住的地球，「對於『無限』我們理應敬畏」，他是學問家，悼詩也寫學問，在這裡，他界定了學問與知識的聯繫與區分，「最高的學問」不是大師、教授、部長、名人，這些人都能擁有的，它是什麼呢？文先生說：「是謙虛和無愧、善良和虔誠。」科學的極巔是哲學，哲學的極巔呢？是宗教。宗教不是神的法場，乃是人類神性的。這個意思，我有時也和朋友講講，他們總會有些迷惘，現在文老的詩中讀到他的這些話，真的覺得有高山流水的情韻。

是文先生與林先生相伴了近一個世紀的友情？是，是。

我童年時代的夥伴
今年九十一歲的林北麗喲
想不到你竟先我而行
無論先行遲到都應具備安詳的心態

生命不能拒絕痛苦
甚至是用痛苦來證明的
……請你在彼岸等著我吧
我們將會見到一切生活中忘不了的人
……柳亞子、陳仲陶、林庚白、小高……

生命線上別的友人，就這樣稽首揮淚而去。這條河在外國，不知叫什麼河？一個「此岸」，一個「彼岸」，在我們中國這條河是有名字的，叫「奈河」。

文先生與林先生是童年的稚友、後來的朋友、最終的摯友。八十多年的風雨履程，走盡了萬千山水，臨去那一眸，林先生還是投向了她一生友於寄託所在，她要懷抱文懷沙先生的詩渡過奈河，而文先生則請她：「請等著……」這是怎樣清明而深邃的友誼情懷？

無論「言志」或「詠言」，這首〈神州有女耀高丘〉都是極致之作。

我原想多集點他們的資料的，閉目想想：什麼資料？統多餘了。文老、林老所經歷的歷史，其實就是他們的「資料」。從他們遭逢的第一件大事：辛亥革命。儘管時方童稚，但那一系列的事件都發生在他們的身邊，袁世凱稱帝、張勳復辟……中山艦事件、四一二政變、十年內戰、抗日戰爭、解放戰爭、新中國成立、「文革」十年、十一屆三中全會……怎麼說呢？你得用多少話來表述這一段漫長、風雲色變的歷史長廊？一句話說得清嗎？那就得用詩，用李白的〈蜀道難〉：「上有六龍回日之高標，下有衝波逆折之回川」——蜀道難，難於上青天。所有的事他們都見到了，所有的事他們都經歷了。就像安徒生的生花妙筆寫的，大深山裡燒焦了的老宅子旁，豔陽裡盛開著的兩叢玫瑰，他們不用長篇大論說教什麼，一切的洗禮都是他們的親身經歷。

而在大故迭起、風起雲湧、山河震盪的八十年中，做為文化名人的文，還有孫中山先生祕書夫人的林，這對老友都始終處於中國政治與中國文化的風口浪尖，在這種情勢中，他們一直挽手相將，直牽白鬢千古、鐘漏將歇……就這一意義上說，文老所以近百歲之年寫出這灼心焦首的悼詩，也就是一件並不異樣的幸事。

美人香草，終歸殞，英雄豪傑總須遲暮。

文老是有異稟的，這詩產於這年華就是明證，他的心態仍舊定位在「青年」。聽說現在精神健，氣色極好，行步矯健有力，也是青年般的「酷」，我企盼他「遲暮」得再遲一些，再見「林妹妹」，他得健康長壽使很多人高興的。

我看《大義覺迷錄》

我常常想，雍正寫書這件事。皇帝以一人治天下，且以天下奉一人，鐘鳴而鼎食，忙而且萬事無缺，還要寫書？看了看《大義覺迷錄》，感覺很強烈的一條是：這位皇帝作家有話要說。他早就憋了一肚子的話要說，一直在尋找說話的條件和機會。終於等到了曾靜和張熙，兩個欽案犯人成了他的對話人，一個水庫是要有洩洪道的，曾靜、張熙即是。

就寫作動機而言，這本書竟使我無邊際地聯想起恩格斯的《反杜林論》。杜林對馬克思主義的攻擊是全方位的，而且是理論駁啄巧偽甚深。一部《反杜林論》可以在理論上對各種反馬克思主義理論全面駁斥——曾靜、張熙對清室王朝的攻擊，也是全天下反滿輿論的大成，全面而且惡氣沖天。十大罪狀有理有據——照雍正的看法叫血口噴人，而且是惡血傾盆澆來。他一肚皮的五味不調正要尋人發作，正好抓了曾、張二人這個典型。大政國策、雞毛蒜皮齊來，你攻我什麼，我就和你談什麼，談得細緻入微，談得淋漓盡致。你對我做人身攻擊——現在你是階下囚，我照樣還你。我在一篇文章裡說過，雍正任勞，但絕不任怨，他是個睚眥不忘、牙眼相報的刻薄人，看看書就明白了。

滿族人打著「為明復仇」的旗幟奪取中原，復仇完了卻占取中央帝位自為不歸。漢人有什麼理由？清政府沉默了頗長一段時間，終於將這個口號衍化成了這樣：大清帝國的花花江山得自李自成，是李自成亡了前明王朝，這就叫「復仇」。

雍正深知這個關係，逢此類題目，即放筆述論。

滿族人的首施矛盾：一頭說，他們此刻已「深刻認識」到治漢族大邦必須用孔孟之道。但其實孔子很小看夷狄之族，說「夷狄之有君，不若華夏之亡也」，蒙元之忽必烈就是因為孔說這話，入了孔廟，夾臉射聖人一箭的。康熙不同於蒙古人的一條就是他能忍：我所需要的，就是燙手也要留著，慢慢想辦法冷卻。可以說當時的中原知識分子沒有，不知道孔子說過這話的：你尊孔，孔子怎麼說你的你知道嗎？雍正在這書裡機智地玩了一把詭辯，孟子說：「舜，東夷之人也，文王，西夷之人也。」孔子並沒說夷狄之人不能為華夏之君呀！——這當然不會是雍正的發明創造，肯定是漢奸文人們的「理論研究成果」，可能是這個「成果」他一直沒有機會公諸天下，現才可算找到了。

關於雍正自己的「得位之正」，其實是這部奇書的核心。其實，什麼「傳位十四子」、「傳位于四子」，氣死生母德妃呀，殺八爺、九爺呀，謀嫡篡位呀……「如是我聞」，不是到了二十世紀才有的，而是在雍正朝，雍正活得很結實時就如水底暗流一樣在朝野湧動。事實似乎是：雍正除去過一趟熱河外，在位十三年沒出紫禁城——他活得哪有康熙自在？三次親征準噶爾，六次南巡，今天五臺山，明天又去祭孔，事也辦了，玩也玩了，好個瀟灑！——雍正沒有，他的敵人就在城裡與他對峙，他不敢離開前沿陣地！說他苦這是事實，現在可以通過這本書把塞在嘴裡的臭襪子、爛抹布、濁汙棉紗往外掏一掏了。

於是，書中便大量細微地表述了那場驚心動魄的宮闈之變——丁點春秋筆法也不用，竹筒倒豆子式的，而且是底朝天倒出——這點子風格，除了在美國大選中會偶爾露一點，如水門事件，過後了翻騰出來，臭烘烘地現世，洵為中國歷史上所僅有，列國古今罕見：大哥是怎樣的，二哥、三哥又如何。老八、老九、老十這是雍正三憾，死對頭他們在太阿交替時又是什麼表現——統都大不老實「不是東西」。好人是誰呢？老四，我，朕！皇阿瑪、太后表彰別人沒有？書裡沒說，但說我是「誠孝」！這條考語你們讀者想想！

這部書文過飾非，「抬高自己，打擊別人」是明擺著的，康熙曾說雍正「喜怒不定」，這考語他就沒提，但事實的基本過程我認為大致真實。有些場面的複述無法造假，有些則不需要造假。雍正是在人格和個性上歪曲了政敵、美化了自己。他的那樣過分的光明正大，比如說日光之下不肯踐人之影像之類，聽起來有些離奇。

這是雍正自己的著作。我在寫雍正小說時不能蔑視這一段重要的資料。至於說凡皇帝都是虛偽殘忍的壞蛋、偽君子，因此，寫出的書也就必定信口雌黃不可徵信——這個觀點我也不肯苟同。乾隆一上臺就收書，就殺這部著作合夥人曾靜、張熙，原因看得很清楚。這書真實說的「事兒」太多了，洩密——殺！不是這本書假話太多，恰恰相反，是沖犯了「民可使由之，不可使知之」——老實話太多了。

順治死在商丘？

我今年到商丘，民權縣是最後一站。這個縣是出葡萄的地方，民權酒業主要造的就是「民權葡萄酒」，一是縣名兒新，二是出葡萄酒。我過去對它的了解不過如此。這次去一看莊子的墓也在那裡，還有白雲寺，唐貞觀元年所建，它們顯示的是民權的「文憑」，馮玉祥起的，縣名雖新，是個陳年老酒店。

帶我看了莊子墓，又看民權的農民畫，滿倉書記興致勃勃又帶我去看在黃河故道上修建中的一座大電站工地。整整用了四個鐘頭，待吃過午飯，我總算趕到了白雲寺。

我們中國的文物特點是「時代特點」強，和美女特色一樣「環肥燕瘦」特講究情調。這和西方不一樣。西方的東西除了文藝復興時的東西之外，特點就是「沒有特點」，像義大利的金幣，也很燦爛。但，乾癟，硬邦邦的，很管用，可品不出味道來。中國的文物專家，一件文物到手，他不用看，能「閉目斷代」。拿一塊大理石羊頭給歐洲專家，他蒙上眼，敢情怕是摸爛石頭也說不出個一二三。

凡唐代留下的東西，隨便找出一件，你去看，或精或粗，或大或小，形貌各異，但共同的特點，有大氣，豪邁，富麗雍容。

白雲寺一進山門我就有了這個印象：氣勢雍容。它自然是遭過兵燹的，又經歷了「文革」歲月，一代又一代地「克隆（複製）」下來，形貌自然離原始愈來愈遠，但它的建架結構、整體布局毫無寒薄之相。就大雄寶殿而言，觀音佛殿的式樣，隱然仍是唐風格調，其他小殿我看是明清風韻。走到一柱石經幢邊，導遊說：「這經幢裡是順治皇帝的舍利。」

我吃了一驚：還有這一說？

一到商丘，劉滿倉就告訴我，順治在白雲寺出家，也死在白雲寺。這回事，動人心魄了。我在幢前看了良久，但我不是文物專家，也不是考據學家，「良久」當飯吃；還是不知所以然。不遠的石碑上刻著「愛新覺羅．福臨」——順治的名字，他寫的石叫「出家偈」：

天下叢林飯似山，到處缽盂任君餐。
金銀白玉非為貴，惟有袈裟披最難。
朕為山河大地主，憂國憂民事特煩。
百年三萬六千天，不及僧家半日閑。
……

這首詩，憑我的經驗不會是「真的」，五臺山聽說也有他這詩，這幾年炒得到處都曉得了。大家都在爭「旅遊」景點，我能理解。但順治在白雲寺當和尚不是這幾年旅遊熱才造出來，是久遠傳下來的故事了。

一個事實是，康熙確實來過白雲寺。寺裡和尚說康熙三次來寺裡，有兩次是「微服私訪」。我對這兩次存疑。康熙四上五臺山，即使目的是謁父，他也是車如龍、扈從如雲公開去的。現在電視劇把「微服」輿論引導得比吃黃瓜還乾脆容易，我聽見「微服」兩字就頭疼。但有正統的記載。康熙四十六年春天，康熙是公開地來到白雲寺，賞有八櫃藏經、如意、扇子，他的大學士馬齊寫了「莊嚴清靜」四字，他自己留下的墨寶則是「當堂常賞」四個字。

這四個字，明顯是字謎，我看了那石刻，不是假的，也不可能是假的——在清代造這樣的假，是要禍滅九族的。他為什麼要造這個謎給後人看呢？我搜尋自己的記憶，康熙與不熟悉的臣工，從不開玩笑，更遑論州府裡一座蘭若叢林，這什麼意思嘛！四個字上頭都有個和尚的「尚」，下半部分分別是「田、土、巾、貝」——這是賞賜的物件了。然而我認為不是，康熙這人沒那麼小器，賞你什麼就說賞什麼，不會造個謎故作張揚讓人去猜。若說「當堂」是尊父的意思，那就不能用「賞」字——這謎猜不清。他不僅要賞，而且還要「常賞」，莫非是請和尚們「堂」，自己要「常賞」。然即據傳聞，此時順治已圓寂了，「當堂」二字，或許是守靈的意思？猜謎有時會俗得令人髮指，糊塗人猜得聰明了，聰明人會猜得成了糊塗人，這就是謎。

但我前頭關於「隱私」的想頭卻動搖了，憑什麼生巴巴來一座寺院裡，大肆賞賜，還要造一個字謎給人猜？

康熙沒有再來白雲寺，也沒有「常賞」這事。原因是他的紫禁城裡蕭牆禍起，他的二十四個兒子窩裡炮，政治仗打得一團黑煙，康熙四十六年之後的十五年，他沒再過一天清靜日子。順治假使地下有知，肯定感慨萬端。

白雲寺的老方丈印法接見了我。九十多歲的老和尚，慈眉善目，不但步履穩健，且是思維敏捷言語無滯。他命徒弟們給我們一行表演了一套法器釋樂，雖無天魔之姿，聲則有裂石之音，身心一下子明淨起來。我留八字相謝：

菩提心境，清涼世界。

是吧！五臺山清涼，白雲寺也清涼。

「順治出家」謎說

我在寫《康熙大帝》第一卷時，遇到的第一個政治命題是順治出家的問題。本來，這事是清初四大疑案之一，史學界一直爭議不休的。後來，考論出：一、董鄂氏不是董小宛；二、董小宛比順治大十七、八歲；三、順治之死與董鄂氏無關，是死於天花。這似乎是結果了：順治沒有出家。

但我卻始終抱著疑思：這樣的考論有點像我們的學者聚在一起考評，七湊八湊給人評職稱，評來評去那麼幾條，學歷文憑、資歷、論文發表規格、學術著作，還有職務、原始職稱——只有學術著作似乎是「代表當事人水準」的。但你認真去查，他那些論點論據文章好像網上不少。我之所以叫它考論而不稱考證。是因為沒有「證」，既沒有新的資料發現，也沒有新的文物出土。這就好比我們站在此山頭上爭論，彼山頭上的雲會不會下雨？說「下雨」或「沒下雨」都很沒勁，只有彼山頭下的生靈才知道。

歷史上有爭議的事如果沒有新的實證，憑我們今天人，坐在空調間裡叼著雪茄、喝著咖啡，想判斷當時的實情實景真的是「空勞牽掛」。學術考證不能依你的推測論述來做結論吧？南陽與襄樊爭諸葛亮出山地，爭了一千多年，我們現在的人倘無新的資料佐證，得出了結論斬釘截鐵說：「在南陽」、「在襄樊」，我看均屬無端武斷或別的什麼所致。就比如說曹雪芹的逝年「壬午除夕，芹淚盡而逝」，本是脂批出來的原始記載。前些年，我們一批紅學家考論曹雪芹不是死於壬午年，而是「癸未年」，甚至我們在南京，給曹雪芹過冥壽，也按「癸未說」來，然而後來發現曹在張家灣的墓石，上頭仍赫然寫著「壬午」年。我這個人沒有記日記的習慣，倘問我：「上個星期二你在做什麼？」準把我問矇，翻起眼想半天也未必給你說清白。幾百年前的事……唉！

《清史稿》上的「正論」，當然順治是病死的。在所有的「野史」裡，幾乎一邊倒的輿論，順治是出家了，當了和尚了。我的態度是坐桌子旁眯著眼睛看這些資料，但我既然要寫順治歸宿一段，必須選定一說，我取了野史。

這理由很簡單：一、這是小說，一段淒婉無奈的愛情悲劇比「天花」好看；二、我的文學情結判斷，傾向於「順治出家」；三、不宜輕忽清人野史記載，正史是官方記載，但最愛說瞎話的正是官方；四、修清史的人，都是民國初期前清的「勝國遺老」，他們所處的時代、所掌握的資料比我們今人所掌握的多不了許多；五、清代是我國考據學最發達的朝代，不但官方，民間考據也是很厲害的，民間考據或有「反清意識」的影響，但官方有更強的「維清意識」，應當等量齊觀，他們的記載或更重視野史為是。

首先，順治這個人，我以為本質上說，是個情種，不是龍種。任性得像頭不聽話的強驢，滿族人初入關，他們的感情思維還沒有政治化，熱情奔放，游牧生活的自由灑脫，對愛情友誼的執著崇仰……我們或許可以從今天西南的一些少數民族中去追想他們當時的丰采。比如，陳世美那樣的藝術典型（我說「藝術」，是因為真陳世美是個不壞的人）在少數民族中你能尋得到嗎？不但順治連同多爾袞，情致一般，要美人不要江山。以我們今天的思路：什麼「天花」啦，什麼「太后下嫁不可能」啦，都是下死眼盯著故宮那個彌彌寶座：會有人為了女人放棄這個座兒？——典型的漢人現代思維；多爾袞和大玉兒（孝莊太后）的事，他如想奪江山，奪江山並娶嫂子，比彎腰提鞋還要容易一點，但他不。順治也是同類項——他們的心，仍是長白山上叢林對歌時的心。再將話說回來，清人進北京時，關內哀鴻遍野、滿目瘡痍，荊棘榛莽蒿蓬滿城，狐獾蛇兔出沒殘榭，絕不是我們今天見到的紫禁城那樣風光。

我見到資料，有老虎躥入大臣府邸中的事。這樣的環境加上那樣的心境，當皇帝坐九重，君臨天下能有幾多誘惑？順治不重政治重感情，我們從《清史稿》裡都可以讀得出。他剛入關，政治經濟軍事諸多問題「四邊不靠」，孝莊為了聯繫蒙古加強力量，為他娶了蒙古科爾沁王的女兒博爾濟吉特氏。他不理人家，後來乾脆廢了她，可憐這女人，真的是「無過得咎」——這就是實證吧？

我說了，我是「感情判斷」，當然不是結論，歷史情況萬千紛紛繁絮，人的感情從漢代至今沒有多少變化，「月有陰晴圓缺，人有悲歡離合，此事古難全」也「此事差不多」。康熙皇帝六次南巡，四次登上五臺山。別說古人，連我也疑惑：到江南必須路過五臺山嗎？清人分析：他前三次去是看望父親順治，「每至，必屏侍從，獨造高峰」，不讓身邊人竊知什麼信息。第四次去，順治已殂，寫的詩也有霜露之感：

又到清涼境，巉巖卷復垂。
勞心愧自省，瘦骨久鳴悲。
膏雨隨芳節，寒霜惜大時。
文殊色相在，惟有鬼神知。

順治的事一篇短文是說不得了，再寫吧！

孽海恨天

順治皇帝之死，順治皇帝出家，這是現在可以存疑的兩說兩解。死，是正統史學的說法；出家，則是民間流傳的謠言，我則傾向於他出家了。無論死或是出家，這位九五之尊的下落似乎都是因為女人。我們今人認知古人，常常用我們今天的理念去思考：別說皇帝，就是一個縣長、一個廳長，哪個會為了情傷失意去……他們不曉得，我們活得沒有古人認真。

順治與董小宛的情愛說法是最多的。就董小宛這人，她活著時已經是名人了。她和柳如是、李香君都一樣是金陵行院裡的高級妓女。當時的名妓追求名人，好像今天的一些歌星、球星追求金錢。那情致不一，心態卻都可用「渴望」來表述。當名妓當然有條件的：第一、妳得漂亮；第二、要有文憑，能詩會詞；第三、琴棋書畫這四大雅事，至少要能辦一件。李香君嫁了商丘的侯方域，董小宛從了冒襄（冒辟疆），侯、冒當時都是天下叫得響的「四大公子」之一，翩翩佳男女，天作合璧人。只有柳如是似乎倒楣一點，她想找侯、冒那等人，卻沒有了。沒有年輕的名人了，就選了錢謙益，又老又黑的一個老名士。他醜不醜？我沒見資料，坐在屋子裡瞎想，六、七十歲的人了，又身黑如漆，大概也好看不到哪裡去。這是明代南都，六朝金粉之地，秦淮河上的摩登。我們只能從中領略一些「情致」罷了。我猜這情致大致就是：既然委身風塵，嫁個得意郎君從良，享受一把「名人滋味」，然後去死。她們命中注定是當不了原配的，肯定是要受凌辱歧視的。你到商丘看看香君墓，再看看陳忠實的《白門柳》就知道，她們後來活得很不開心。

但董小宛是否好一點？我沒有考證，不敢亂說，在這裡瞎想：謠言裡說她為「北兵擄去」，與順治怎樣如何的事，大約這就是她當時的社會聲望輿論吧！冒辟疆始終很愛董，這也是事實，但即使他是家族主人，也未必就能護得住身邊這個佳人，錢謙益是如此，侯方域是這般，冒辟疆也恐不能例外。

董小宛死於順治八年，享年二十八。她什麼姿容呢？「小宛天資巧慧，容色娟妍，針神曲聖，食譜茶經，莫不精曉。」她還是個作家，集古今閨幃軼事寫了一本叫《奪豔》的書。她很可能是有罪官宦人家的小姐流落進去的，她一見冒襄就「堅欲委身」，但冒襄也沒有多少錢為她贖身，還是錢謙益幫了冒三千兩銀子才把這事辦了下來。說她過得不快活，主要是死得太早，不像很幸福的那樣，從吳梅村題〈董君畫扇詩〉「可憐同望西陵哭，不在分香買履中」看，有點影子似是家產分配的問題吧？這些事講論起這樣人，俗得很。但做為一個社會人誰都得面對。她活著時冒辟疆不知為她寫了多少詩，一言一動、一顰一笑都有詩，但她的死、生的什麼病、怎樣死法、情景如何，一首詩也沒有見到，這個家庭發生了什麼事？也難怪當時人對她的下落多所猜測。吳梅村就有一首〈贊佛詩〉說：

王母攜雙成，綠蓋雲中來。

可憐千里草，萎落無顏色。

還有「南望倉舒墳，掩面增淒惻」這些句子。你可以坐下來聯想，這說的不是董小宛是誰？戰爭時期，什麼事情不會發生，我原來也有過這想法。

但董小宛一輩子沒有見過順治，如果她能見順治，那必定是打下南京的多鐸把她帶到北京的。多鐸是順治二年五月攻陷南京，六月就到浙江，十月回北京。他忙得很，沒有時間考慮怎樣尋女人去巴結順治，多鐸也不是那種人吧！董小宛歸冒家，是在崇禎十六年，死於順治八年，這時代分界頗為分明，記載很詳明的。

以年齡推論，董小宛該是比順治大十二歲，剛好一個屬相差了一輪。有人也說這個年齡差別問題。我看年齡不是問題，二十八嫁了八十二的都有吧？那是情愛使然，老妻少夫的也是數不盡收，同樣是情愛姻緣，有人就好這一口。

這樣設想吧！多鐸到了南京，他畢竟在這裡駐馬一個來月，肯定是聽到了董小宛的名聲，起了奪冒之愛巴結皇帝的心——這當然是可能發生的事——把她帶到北京去了。這樣的事，同樣肯定會轟動南京、轟動天下。就算冒戴了綠帽子還不敢吭聲，以他和董小宛當時的社會名聲，發生這樣的事，根本無密可保。當時的漢人反滿仇清情緒極大，豈能塞得天下悠悠之口？那留下的就不會是什麼傳聞和幾首詩詞，資料必定多不勝數！再就是，她先順治八年而去，順治若為情而逝，也不會過了八年才傷悼而死，或剃頭當和尚。就冒辟疆〈亡妾董小宛哀辭序〉自言「小宛自壬午年歸副室與余行影交儷者九年」，她根本就沒離開過冒本人。

吳梅村說的「可憐千里草」指的不是董小宛。董是董，這「董」不是那「董」。千古之下易混同。

天涯之情

清世祖順治的詩我未能讀到。他的那首出家詩，我又疑是偽作。但他喜好丹青，能畫一筆不錯的山水畫，似是真的。山東新城的王士禛曾寫詩贊過他畫的牛，借用指紋的螺紋印巧作圖像，「意態生動，筆墨烘染，所不能到。」王士禛號漁陽，他自己就是大文豪，寫過大量的詩與詩評，他和許多下層文人也有很親密的過從。我是讀《蒲松齡集》了解到這個人的，他不像個說假話的人。

還有這樣一則故事，「世祖幸閣中，中書盛際斯趨而過，世祖呼使前跪，親視之，取筆畫一際斯像。面如錢大，鬚眉畢肖，以示眾臣，威嘆天筆之工。際斯拜伏，乞以賜之，笑而不許，焚之。世祖御筆每圖大臣像以賜之。」這麼說，順治的人物也不錯。這些記載當然會有馬屁成分，但順治既然敢把畫作賞人，應該是看得過去的。

他有文人的素質與情結，然而他是政治家，給盛際斯畫像都不肯賜就證明了這一點。盛的官太小了，不夠資格。

我懷疑順治不是病死，主要還在他那份遺詔——罪己詔。好傢伙，洋洋灑灑近千言，有「罪」十七條。

中國皇帝下罪己詔的太多了。罪己詔似乎有這麼幾個特點，一是寫得都很短：時地有什麼瘟疫、災荒啦，這都是「朕」涼德的過。罪己詔不是寫給人的，是向老天承認過失，他頒布天下，是讓天下人都曉得，他是向「天」負責任的。像《雍正王朝》電視劇裡，唐國強在養心殿率群臣向「天下人」下跪，是根本不可能發生的。皇帝，是天子，他為天服務，不為人民服務，他是人民的至尊。再就是罪己詔都寫得很含蓄，只說抽象的，自己的具體過失則諱莫如深：反正我錯了，請老天原諒——其實，就他自己而言，也許根本就不認為自己有什麼錯。老天既降災，大約我有什麼錯，認個錯吧！於是大赦天下。讓天下人曉得我有這個度量……我想，大致如此吧！

但順治的罪己詔，是《清史稿》裡〈世祖本紀〉全文照載了的，不但長，而且舉得細。有理也有據。說得太細了、太認真了。這就透出了假。他才活了二十四年，在位十八年，就犯了這許多「罪」，如此全面否定自己的工作與政績。德是「涼德」，才是薄才，這什麼意思嘛！如果說這是一個人將要出家時對家人的懺悔告白那還差不多——我這麼差勁，去當和尚了！

再就是，按現今我們考證：順治死於急天花。天花這種病最可怕，死亡率極高，康熙三十六個兒子，死去十二個。雍正十個兒子，死去七個，那時沒有計畫生育，大致都是天花「減負」，曹雪芹的兩個兒子也是天花致死吧？順治時看它，有點像我們今天看癌症，沒轍。它比癌症還可怕，來得突然，活得短促，死得很快，而且極為痛苦。順治若真得這個病，折騰得七葷八素叫天不應、呼地不靈，他還顧得著想自己有十六罪、十八罪嗎？這太不合常情了——我的印象：順治的這份詔書是他自己內心的獨白。這種東西是不可能偽造的。順治不是個懦弱的人，孝莊是「老權威」，惹不起的角色，他就敢硬抗，多爾袞是多麼熏灼的人物啊！那家族也很厲害的，說抄就抄了。鰲拜是個跋扈的老將，在他面前也服服帖帖。當時的大臣沒有哪個敢與順治打彆扭的，敢擬造這樣的東西？

至於他的子孫，數典論祖，談他的光榮尚且不遑，更沒有偽造這種詔書的可能，我認為，罪已詔是真的，那麼他死於天花就是假的。

再看他與董鄂氏的關係。她死，順治為她「輟朝五日」，整整放了五天假，文武百官不上班，專門哀悼她。他批給禮部的詔書說「奉聖母皇太后懿旨，皇貴妃佐理內政有年，淑德彰聞，宮闈式化。倏爾薨逝，予心深為痛悼。宜追封為皇后，以示褒崇。朕仰承慈諭，特用追封加之諡號」，諡號是什麼呢？「孝獻莊和至德宣仁溫惠端敬皇后」，能用的好詞全部都用上了。貴妃這個品級是沒有諡號的，加了，死後晉封皇后，也是特例；晉了。連董鄂氏的娘家，佟家也跟著興頭多少年。直到隆科多犯事被康熙圈禁。按隆科多的「罪」，別的一百個也殺了，他不死，是沾他姑姑的光。

董鄂氏死於八月十七。這個中秋節，她正病危，順治過得淒涼。霜重露涼，在陰沉沉的紫禁城中，這位青年皇帝何堪於情？能不要的他都棄了，連結髮妻子也打發了冷宮裡去，能給董鄂氏的，他都給了。只有造物命運他無法左右。人在無奈時常常會想起一個字：佛。

他出家沒出家、成佛沒成佛，老百姓有老百姓的看法，官家是另類的思索。「博格達汗」哪，「九重宸函」哪，「萬幾重任」哪，「天之驕子」哪——怎麼可以當和尚去？康熙之後孔子的學說已成國家唯一崇尚的治國理論。皇帝身為天下表率，「當和尚」就是件令皇室尷尬的不體面事。雍正、乾隆，尤其是乾隆，是修改史籍的高手。「太后下嫁」不行，「當和尚」更不行，他必設盡辦法掩蓋此事。不利於他祖德的事都「真事隱去」，假語村言反而成了正統。這真是有點「假作真時真亦假，無為有處有還無」。

我這都是「想法」，對不對？姑妄言之吧！

是黯淡的，但是……

我的父親沒有上過中學，他的學歷是初小。近來因寫《密雲不雨》要說他的事，我憶及他的水準。試舉一例，請他站在離牆兩公尺外，你手指向世界地圖任何一處，他立刻就能報出「這是××國，人口，宗教信仰，領袖，何種意識形態，與英、美、蘇關係」……這樣子，你指向一個不明國際的地區，他會說：「這裡歸屬不確定，現在是主政，內部外部都很複雜，各個政派為了爭奪資源，都有靠山……」他不是跟你背書，而是如訴家常那樣侃，平易解說。我們的外交部有沒有這樣的人，我都有點懷疑。父親告訴我在他小學那幾年，從來沒人和他爭第一。

他說這話的意思，別說我現在，就是當時也是全盤理解的，他想讓我也弄個「第一」，但事實上，我上小學、上初中乃至高中，我都是班裡的「底線」，混得好些時，是個中等，一般情況下，總是個坐紅板凳的主兒。小學六年，我留級一年，初中、高中更慚愧，又各是一次。一共一生足足上了十五年學，讀完了高中。我不曉得上大學有「留級」這一說沒有？我那樣的「臭」自然是考不上的。倘如考上了，我估計我還得「留」。這樣留級，延誤了時間，到一九六八年入伍，我足足是二十三歲，超齡了，虛報一歲參了軍，參過軍再把年齡改回去，一九四五年。

這個經歷，本來說不得。但我常說，在大學演講說，朋友來聚，人家帶著孩子，本來想聽聽「二月河伯伯」如何刻苦學習的話，是「受教育」來的，我講這些，大家面上笑，我想心中必定「大皺眉頭」：二月河怎麼這德行？

然而這是事實。當然，客觀原因也是有的，父母親調動工作頻繁，轉學多，這個學校那個學校課程進度不一那也是真的。我自己不爭氣，恐怕是基本原因。我這人浮躁沒有耐性，不喜瑣碎的邏輯推理，不愛刻意地背憶公式，遇到「沒意思」的東西死活鑽不進去，是天性使然，很無奈也很堅持，那結果就是「不沾」。

比如說外語，我原在一個學校讀了俄語，轉了一個學又學英語，俄語學得還有點興味，到英語就不行了。我們家好像對外語有天然的排異反應，一提ＡＢＣＤ就蒙了，我弟弟、妹妹們外語都不行，但他們比我有坐性，似乎好點。

數學，枯燥。每轉一次學，講的不一樣程路，聽不懂，不想聽，坐在那裡，一心以為鴻鵠之將至，茫然盯著窗外，老師的話都會變得很遙遠，老師的面孔都會變成一塊模糊不清的白板，嘴一張一翕的不知他在念叨些什麼。偶爾，一個粉筆頭砸過來，打在我臉上，我會被砸得一愣，那是老師砸過來的。我轉過不計其數的學校，年紀大點的男女，老師砸粉筆頭的水準都極佳，大致都在耳朵旁邊，但絕對打不到眼睛。我在多少年後寫小說涉及鏢手武林好漢打鏢水準時，常常想到老師這一招。天下老師練起武來，恐怕都是高手吧！

理化的情況稍好一點，不似外語那樣全靠硬背，也不像數學那樣一步跟不上，一個學期都追不得他們各自那個程序（此老師彼老師，這學校那學校，課程是大相逕庭的），耽誤了，倘仔細看看課本，能搞個差不離、考個「大概其」——及格吧！

數理化都不景氣，這就是我的中學寫照。然而我有強項，語文、作文無論轉到哪個學校都是出色的，上鄧縣四中、鄧縣一中、南陽三高，語文老師沒有不賞識我的，不但不砸粉筆頭，且常常當堂誦讀我的作文，或在學校的黑板報上刊登。不但課文，就是課文上沒有的，比如李密的〈陳情表〉，有一回一位老師說：「李密是農民起義軍領袖，還能寫這麼好的文章！」我說：「寫〈陳情表〉的是晉李密，不是隋李密。」他還不服氣，「掛角讀書」什麼的和我析辯，回去查查還是他錯了。高中六冊語文，我認為是最好的文學選本，收的文章都是頂尖級的世界文學精華。

去年，一個想自修文學的博士向我討要書單，見其中有高中六冊語文課本，驚訝地說：「你怎麼把高中課本、中華活頁文選也列出來了？」我說：「你小看這兩種書嗎？比《古文觀止》還要強很多呢！那是比二月河水平高得多的人為你選的，你中學讀書時能認識到這一點嗎？」——我是這樣看：我缺乏死記硬背的能力，但好文章，到手基本過目不忘，我的嫂嫂曾把毛主席的〈反對自由主義〉拿來，我看了一遍就還給她，她問：「難道不好嗎？」（那時《毛選》尚未在社會上發行）我即開始背誦，從頭到尾一字不差。〈愚公移山〉也能背得滾瓜爛熟，看兩遍就行了，不需要第三遍，第一遍「大致」，第二遍「找一找」，就成，我有這個能力。我喜愛的東西，不用老師耳提面命給我「灌」。有一次背《史記》中一個段落，是當堂點名，背得急了點，太快了，句讀沒有分好，「相如因持璧，卻立，倚柱」三個動作應略有停頓，卻一氣貫了出去，老師說：「本應給你一百分，扣你二十分。雖然八十分，我本人認為你實際是一百分。」

再還有就是讀小說。《西遊記》是小學就讀了，不能全懂，囫圇吞看故事──到初中就真的讀懂了。一九八〇年，我在《紅樓夢》學刊發表了〈史湘雲是祿蠹嗎？〉，還有〈鳳凰巢與鳳還巢〉，在紅學界引起了一點反響。其實文章中的基本觀點，在高中時我就研究了，只是那時手中沒有脂批本資料而已。

考試不許「看閒書」，但似乎所有的閒書我都愛看，什麼《三俠五義》、《七俠五義》、《大八義》、《小八義》、《彭公案》、《施公案》、《江湖奇俠傳》這些「不正經」書，都讀光了，還算命揣骨、手相這些書，是「徹底不正經」的書也看了幾本。《三國演義》、《水滸傳》、《西遊記》、《紅樓夢》，我都還形成了自己一些看法和觀點，這不消說，如「三言二拍」也讀得差不多了，這類書那時找不齊，不齊又不敢向大人要錢去買，只好忍著將就。星期天我會癡癡站在新華書店的大櫥窗前看那幾套「三言二拍」，悵悵地離去。但到畢業時，我看《聊齋誌異》這樣的書已完全不費力氣了。

學校圖書室是我最常光顧的地方，借的也都是「閒書」。去得多了，管圖書室的老師和我的關係也就「親些」，一借就是幾本。那些亂七八糟的書老師見了是要收的，圖書館的書老師便很無奈：收了還要繳圖書室的。我的一切課餘時間都用來看書了，吃飯是一手拿著饃和蔥、一手翻書，睡覺是翻過身看書，翻過身還看書。這還不過癮，有的書人家催還，只好課堂上看——那時課桌都很糟，都裂著很寬的縫子。我這樣子——兩手插在抽屜裡，從縫隙裡一行一行閱讀下來。這種姿勢和「注意聽講」差不多，老師萬難發現，反正我是一次也沒被「逮住」過。

就這樣讀完了高中，加上兩年學校「文革」時間，我畢業時已是二十三歲。這個年紀，許多人大學也差不多畢業了。我自己總結是：一塌糊塗數理化，一枝獨秀是文史。這麼著說，或許對看我這篇短文的中學生是有副作用的。但是我想，我還是應該誠實說話。有人問我：是不是像你這樣讀書就一定能在文學上有所造詣，我同樣誠實告訴你，不見得。慢說讀這點書就算再加十倍，再加你的閱歷、見識、胸懷，加生活條件，加……那也未必就成，文學是要講緣分的。你愛文學，還有個文學愛你不愛的問題。讀書是沒錯的，功利是另外一回事。

何不學施愚山——龍門故事說（上）

《南陽日報．社會早刊》二〇〇六年七月三日載，南陽市臥龍區王村一位考生蔣多多參加高考，在高考試卷上批高考。她用雙色筆答卷，「違規」也是全方位的違規。我無緣見到她的試卷全文。從報紙上摘引的零星語句，她的文學功底是相當好的：

星星只有在自由自在的天空才能發光，到了地上就成了冰冷的隕石。世界上沒有垃圾，只有放錯位的資源。因為人人都有不同的興趣，把他的興趣發揮出來……

這都是很理性的思維、很放獷的語言。

這種消息，我在報紙上已經見到三次了。前兩次是在「文革」期間，河南唐河馬振扶事件，也是一位女孩子吧！因為憤慨英語——她本人對英語不滿，投水自盡。江青派了遲群欽差大臣紆尊降貴來「調查」，逮捕法辦了好幾個老師，據說最初內定按殺人罪判刑槍斃。再就是遼寧的張鐵生考場造反行為，可以說與蔣多多毫無二致：在考卷上批高考，他更是轟動全國。張鐵生受到「四人幫」青睞，動用了全部宣傳機器為他張目，喧囂他的「英雄」事蹟，他成了紅極一時的政治人物。報上曾披露過他的高考文章，我原本以為他是有「作文水準」的，後來聽是旁人捉刀事後捏弄的，又聽他把毛主席像章的別針別在胸口肉皮上向江青表忠心……我才知道他是個什麼樣的人。

蔣多多是南陽人，馬振扶在南陽，張鐵生在朝陽。我從南陽參軍，在朝陽駐軍工作十年。三件事離我都很近。

三個人的「行為」很相近。然而我認為：三個人行為的性質是大相逕庭的。「文革」中那兩件是張鐵生他們對人類知識的挑戰。而蔣多多，我認為是對高考應試制度的思辨。

她理所當然地被判為零分。那是「法理」，你可以判。但只要人家說的是實話，是在講道理，你就還得回到桌子前探討這事。蔡元培說過「多歧為貴，不取苟同」的話。現在高考已經過去，萬千家長學生都在焦慮、驚恐、不安、期待與希冀中解脫了出來，但蔣多多提出的這個考卷，應該要由我們的社會學家來回答。蔣多多說：「所以，我要通過故意違規讓人們發現高考缺陷，去改正，去創造更完善的方法，我相信有。」這話說得明明白白，她所期待的只是：她願意以自己的犧牲，換取健全優良的高考「篩選」制度。她的「錯誤」有多大？但是，但是……她提出的課題太大太大了，也太難太難了。

首先我想說「零分」這件事。清代有位考官名叫施愚山，就是在《胭脂》這齣戲裡為冤案徹底平反的那位，他當時的職務是「學政」，我的知識所及，是山東省的「第四把手」。案涉秀才，他就要參與，燈下對卷沉思，發現了問題，拍案而起說：「此生冤哉！」再調查，一切都發生了變化，千古奇冤變成了千古佳話。那是他的「政績」。他在當考官時，發生過這麼一件事，有位考生誤看了考題，將〈寶藏〉一題，誤寫成〈水下〉，他想，反正是肯定考不中了，乾脆寫了一首短令：

寶藏在山間，誤認卻在水邊，山頭蓋起了水晶殿。瑚長峰尖珠結樹巔，這一回崖中跌死撐船漢！告蒼天，留點蒂兒好與友朋看。

施愚山也寫了一首和令：

寶藏雖將山誇，忽然見在水涯，樵夫漫說漁夫話，題目雖差，文字卻佳，怎肯放在他人下，嘗見他登高怕跌，那曾見會水浸殺！

這件事，放在今天如何？考官沒有這個雅量。這是其一。就算有，他也沒這個膽量。施愚山所處時代是人治社會，他要怎樣就是怎樣，現在我們是法治時代，考官自身也有飯碗問題：規矩如何說？上司怎樣看？別的考生、社會輿論、流言蜚語……眾多的問題都要考慮，其實不用考慮：零分。

那，只有用陰沉木[3]來做腦筋了。

但我的這一篇文章不是表述對考官的不滿，而是給「觀人風」者說話：作文零分是對白癡者的評判，當事者知否？我們有時還不如封建官吏靈活，是否？

3 樹木埋入地底，經數千年形成的碳化木。

敲門磚，敲門呀！——龍門故事說（中）

我們現在的考試制度是沿襲了中國從唐代以來的科舉考試「比較」的，是沿襲不是沿革。我們所做出的沿革，只是廢止了八古文，換上了命題或不命題的作文而已。改卷有改卷的規矩：審題、內容、邏輯、字跡……方方面面都有詳明的判分標準，這也有科舉考試的「破題」啟、承、轉、合、邏輯、字跡……評判「勒紅」或圈點，考官們也是依樣畫葫蘆。蔣多多既然在高考試卷上大肆狂言，她被「勒紅」也就是必然的事。

那麼蔣多多所提出的「創造更完善的方法」有沒有呢？很遺憾，沒有。而且在短期內，可能會有所改良，不可能有革命性的「方法」出來。

其實，現今使用的這種考試制度，中國的政治家早就發現了它的弊端。早就在試圖讓它「革命」一下了，但在清代以前，似乎是愈改愈反動。

八股文最盛、最完善的時期是明。我們不用去查教科書，只要看看《儒林外史》就什麼都明白了。漢、晉是「九品官人法」，依門派階級地位由顯宦或顯儒推薦，由專門的部門酌情選拔授職。後來發現這樣考試，人才圈子愈來愈小，是「近親」選拔，到隋唐實行科舉考試，寒門秀士有資格和貴族子弟一樣入龍門考試，科舉就有了一定的人民性。李世民的初衷不過是「一網打盡天下英雄」，他自認是達到了目的，這目的雖然自私，然而這方法卻是「公器」效應。那時考試不是八股文，文論詩詞都用的。相對地，考生的才能也還有空間張揚發揮。這個方法雖好，但問題很快就出現了，「詩無達詁」：文學藝術的東西沒有判斷衡量的尺碼標準，而「取士」是不能沒有標準的。於是到明代，專門叩開龍門的敲門磚應運而生。

八股文的糟糕之處從戊戌變法說到現在了，它的「臭」早已令人掩鼻皺眉，我們想從另一面談：八股文不失為訓練文人從政的一種有效操練。首先，八股文不講靈動性，而講「理」、「法」與「度」，都是邏輯性的東西，練八股文可以培養考生的「規矩」思維；其次，八股文是「代聖賢立言」，考生就必須絞盡腦汁去研讀「聖賢」原著，對樹立他的世界觀具有增強作用。

說這些，也許有些人嗤之以鼻：那有什麼用處？沒有用處嗎？你可以隨便找一位將軍問問，班排每天整理內務，被子疊得豆腐塊一樣，部隊每天早操、會操、走隊列、甩正步——那有什麼用處？一定的形式代表一定的內容，形式有時比內容還要重要。行伍如果不訓練，「不成行伍」，別說臨戰，平時也會把部隊帶垮。竊以為文人弄八股，其實有「文場甩正步」的意味。

魯迅說八股文是敲門磚，他沒說過門未敲開前此磚無用。

所以，我認為應試的這種形式，並不是一無用處，明代的海瑞、張居正、史可法、況鍾……

都是八股高手吧！不能講八股海盡人才的。

然而八股基本點上說是反動的，有點用處，基本無用。敲門磚用過就扔了，我們的高考應試也差不多，考過了誰還孤燈清夜再去擺弄那些「高考指南」？

清康熙做為個人，他是有些開放思想的，詩詞、書法、音樂、醫學、外語、數學都有極高的造詣。他曾下令停止科舉八股文，但不久又恢復了。這說明他認識到了這種考試的「無用」，是他聰明之處，他恢復，是他也沒辦法，找不出代換法門。

毛澤東在「文革」中發出過「最高指示」。大學還是要辦的。他特指了「理工大學」，沒有說文科大學——依我的理解，他不贊同文科大學。這雖然有點極端，我認為還是有些道理的。你讀出學士、博士，你就是文史專家、哲學家、作家了？這些事不上大學也可以做成的。他實行過「推薦與選拔相結合」上大學，我以為也就是「九品官人法」的翻版吧！

我手頭有一本當年士子八股的選本，全都是陳詞濫調。這種東西當年充斥全國，名叫「高頭講章」。《儒林外史》中馬二先生遊西湖，他就看見書攤上擺著自己的選本，問了問，賣得不太景氣，他也有點掃興了。我的這本幸留下來，大約是這本書的原主比較闊，不屑它來「出恭」用，或是誰家塾燈檯用忘掉賣廢紙的緣由。再看看我們書店裡，街上昏夜小燈小攤上擺放的這些「高考指南」、「高考狀元試卷」、「高考文章選」……年年都出，層出不窮。我有時會偷笑：再過若干年，這種東西會被打成紙漿吧！因為人們揩屁股有衛生紙，用它包東西，它含鉛不利健康，扔掉汙染環境，它只有做再生紙的出路。

敲門磚是起過作用的，它「操練」過考生，它幫考生進北大、清華……進去了，要永久扔掉它；進不去，或許還要用，暫時拾起它，再最終扔掉它。如此而已，「而已」而已。

猥政．高考移民——龍門故事說（下）

為了舒服，這幾年剃光頭，在一小理髮店，剃頭師傅坦然相告：他的兒子就在附近上學。他戶籍不在本區，兒子要繳納種種比本戶籍學生更多的「稅費」，我問他為什麼不在原籍上學？他說：「那裡學校（教學水準）不好。」我問：「為什麼你不（把戶口）遷到這裡呢？」他則一笑：「反正沒（多花）幾個錢，不用那樣麻煩了。」這種事各個地方不同，雖過去沒有，現在卻有，大家「咸與維新」早已見怪不怪了。小學如斯，中學如斯，那是因各地社情不一，用槓桿平衡一下。依事務性質，這當然有悖「以人為本」的原則。

但我認為，這個槓桿不可以用在國家高校上。比如「高考移民」，那和理髮師兒子的小移民是不同的。地方上的權宜措置，那是「小器」；而國家公學，乃是「國家公器」的文化重地，涉及我們教育的整體形象，和民族、人文心理的低昂、明暗、健康與衛生，不能與地方教育等量齊觀。我認為，如北大、清華之類的學校在各地錄取學生取分標準嚴重不同，是「歧視」人的行為，與北大、清華本已享有的身分、地位、聲譽極不相稱。為什麼要這樣小看人？就因為你叫

「北大」、叫「清華」嗎？

做出市儈行為，不論你何等清貴毓華，你就必具市儈意識。我打聽了一下，上海學生移民需花費八萬到十萬人民幣，北京是幾多？不知道。反正也是窮人望而卻步的數目吧！權且算是「×」。我用數學代換一下，那就是說，一個北京市民子弟高考的身分錢是「×」元，而上海則是「八萬」。

北京、上海都是國際大都市，昌明首善之地，難道沒有考慮這方面也應該「與國際接軌」？這件事讓我想起了封建王朝的賣官鬻爵。從漢到清，政府出賣官祿所在多有：第一，政府賣官不賣缺；第二，為解決枯竭的財政不得已之舉。現在這裡賣學生，賣得貨真價實，可不可以問一下，這裡是市場嗎？

《大學》一書開篇第一句，說：「大學之道，在明明德，在親民，在止於至善。」「明德」講究的是公明清白的品質；「親民」大約指的是學生維護群眾的意識教育；「至善」是中正和平的邏輯思路——這三條全被「高考移民」所破壞。

這是明明白白的猥政。千夫所指、無疾而終其實早就該扔進垃圾箱了，我們還在公開使用。教育部的，還有所有如此作為的大學校長，思維的短見是一望可知的。前幾個月，我在電視上看到一位極為出名的大學校長，面對千萬公眾嘵嘵置辯此事，手勢則翩翩，言語乎喋喋，真的覺得他這人心理陰暗。孟子則說，胸中正，則眸子瞭焉。胸中不正，則眸子眊焉。「有教無類」是教育最基本的常識，你做為教育的主政者，還要為你的「有類」尋找藉口？我明白說，我看這電視一直在冷笑。

這件事傷害了所有的考生和家長。從他本身，一方面是錦上添花。都市學生本來就享有了優裕得多的教育資源，你還要再把「公器」另外贈送一份。在本來就遠遠低於都市的弱勢群體教育裡雪上加霜，公開進行傷害，這是什麼「政」？就如北京、上海的考生，確實是得到了實惠，但是我認為，這件事剝奪了他們的自尊、榮譽感、自信心與基本的是非觀念，很多做人的基本要素一個措置不當，就會降低很多，同時培養的是愚昧的虛驕和狂傲。

大學生們尚未入校，就給他們上了一堂如此生動的第一課，袞袞諸公以為如何？

倘使說這大學是你私人產業，那校長的小舅子或七大姨八大姑的兒子要來上學。我會笑，但我不做評論，那是你的私德、隱私。北京也好、上海也好，都很有錢，為消化你自己的諸多問題，自己辦學解決，給一些優惠鼓勵措施這樣不好嗎？清華、北大這些學校是「公器」，你去冒犯，愈是心安理得，就愈是表明了你在這方面的心理不衛生。荀子云：「順風而呼，聲非加疾也而聞者遠；登高而召，臂非加長也而見者彰。」一個疤瘌頭站在山上，一個破鑼嗓子順風而呼，也應該是聞者、見者彰的吧！但只會叫人搖頭掩耳。

胡總書記說，以損害人民為恥，不知學過沒有？

龍種，也會生出跳蚤。
謹告公：公器，汝毋褻。

怎一個「悔」字當得

早就想看一看壯悔堂了，終於是成行了。商丘這地方，上古時期名人很多，但到近古，似乎就少些。侯朝宗算是一個吧！不知什麼原因，每想到侯朝宗，我常常一下子就聯想到另一個人，其名錢謙益。按當時的說法，他是名傾天下的「四公子」之一，應該是與方從智、冒襄、陳貞惠他們排在一個序列裡的。但他的實際遭逢卻與錢有點相似。第一、都是名士；第二、最終都順了清室；第三、都娶了名妓做妾；第四、名妓的下場也差不多，這也就如數學裡頭的「合併同類項」吧？

但其實兩人情由頗有點區別。我以為，李香君、侯方域是郎才女貌，自由戀愛自願結合，是一對璧人天作之合；而柳如是之嫁錢謙益，卻顯著有點勉強——我想，當時名妓嫁名人可能是時尚，很摩登的一件事：很可能是，柳如是找不到第二個侯方域，眼睛一閉就嫁了姓錢的，她說過這樣的話，比較自己和丈夫：「君之髮如妾之膚，君之膚如妾之髮。」年貌上的巨大差異產生這麼點幽怨的幽默也是正常的。再就是錢謙益資格老，萬曆三十八年就是進士了，做到禮部尚書，地地道道的「正部級」了。老老實實說，六十多歲的人了，在前明當了大半輩子官的人，又給清室做尚書。而侯方域一輩子沒當過官，清順治八年應過一次試，中副榜，為此而抱終天之悔吧？這年他三十三歲，過了四年便鬱鬱而終——就從錢、侯兩人的履歷比較，後人心目中敬侯而抑錢，就是自然而然的了。

康熙這個人是很深刻的政治家，他對降順他的前明官員很不客氣，不但不重用，而且時時苛責吹求。錢謙益被俘，柳如是幾次勸他死，他都視若無睹，暗示他死，他裝迷糊，此事通天下皆知。康熙大概也是知道的，他瞧不起這樣的人。活著不待見，死了——他專設《貳臣傳》請你上榜示眾。他的想法很簡單：你能投降我，你照樣能投降我的敵人，我的臣子如果學習你，將來有一天我們勢敗，就會棄我而去。這就使得降清分子們的處境極為尷尬。「貳臣」這個詞真是厲害！一直到清末，很多清室官員不肯降順民國，就是恐懼民國修史把他們列人「貳臣」。

但侯方域的憂患純粹是革興時期的典型知識分子情緒，他不滿於明室，留戀於舊朝，對清室王朝的陌生感，異族的隔閡，恍若隔世的幽緒，人情的、社會的、家族的、世俗的種種不堪忍受的壓抑與扭曲，遠非我現在這點格致功夫所能涵蓋，你看看他的《壯悔堂文集》、《四憶堂詩集》就知道是何種心境了。

天涯去住竟如何，最是關情雲雀歌。

細憶姑蘇好風景，青衫回首淚痕多。

壯悔堂就坐落在商丘古城北門近側，外頭一色青磚雉堞如齒，高大的城樓壯觀不亞於山西平遙古城。幾乎一進城就是侯家院，這無論如何都是三百多年的老宅了，經過修葺，按〈威尼斯憲章〉「修舊如舊」的原則，舊得稍顯陰沉晦暗——前後三進院子不算大，然而我相信，「侯公子」的大院當年恐怕遠不止這個規模。我站在壯悔堂前，翻想當年人事，侯公子這個「悔」字，真是蘸著骨髓裡的血寫出來的。怎麼打比喻呢？就好似修練了一輩子，冰清玉潔一心向善，馬上就要成佛，忽然很不得已地「自願」吃了一碗狗肉！守節一輩子，馬上就立貞節坊，卻又「自願」失身一夜——這樣的情調是天意安排，當不得侯朝宗是肉身凡心，他難以言傳的悲淒也就成了化解不得的塊壘了。

這種情緒只有「勝國遺老」才能真正體味。明朝書法家董其昌做到南京禮部尚書，他的兒子強搶民女激起公憤，萬餘人包圍了他家，將一樓字畫付之一炬。趙孟頫呢？南宋人，宋亡時他還小，投仕於元後，官做到翰林學士。他的書法稱雄一世，「畫入神品，四方萬里，重價購其詩文者，至車馬填巷」，人們萬里驅車買他的字，還會如今北京的話：塞車——這樣的顯赫。但後人評議右董左趙。因為董只是「教育子女」問題，小節；趙呢，他不該在元朝做官，「政治品質」差勁了！

我的一個山西老鄉叫傅山，也是大大知名的一位前明遺老。甲申明亡後，他立意不食清粟，決心要當遺老當到底，可是一六七九年康熙開博學鴻儒科，他是「徵君」。他「固辭，不獲」，押送到北京他裝病。魏象樞不知是敬重他，抑或是怕康熙追究自己「工作不力」，說他病重，康熙肯定心知肚明，就腿搓繩特詔免試，授他「內閣中書」放他還山。就此情而言，他與趙孟頫是有點「似」，他前半生幾乎一提「趙」字就頭痛、就罵人，但他晚年，深深理解了趙孟頫，也就原諒了趙的仕元之舉。

清室聯絡前明知識分子，其心態也是很複雜的，除了政治需要、輿論需要之外，還有「真心佩服，努力學習」的誠意。除了順治之外，看看各代皇帝的漢學修養就知道了。他們到後來自覺順承的是漢家文化，而本身滿文，則是「政治需要」強迫學習的。康熙自做表率——你打開這皇帝的詩集——雖是漢家皓首窮經的老詩人，不能過之。傅山雖不應試，他照樣給官，你不做官，給你虛職，這還可以說是作秀。但傅山死後多年，康熙仍殷殷存問他的家室子弟，我看就是誠心誠意地愛重他了。他用貳臣，又小看貳臣，他是漢族的敵人，卻又敬重漢家氣節——這是康熙的真實心理。清王朝的這個心理把漢族遺老們折騰苦了。侯方域沒有活到康熙年間。看堂上大大一個「悔」字，我心裡暗思，這於當時興亡革替之時，他的悔，還只是「初級階段」。他若再活三十年，不知悔成什麼樣子呢？

痛苦啊！不在痛苦中爆發，便在痛苦中滅亡。侯方域就這樣亡在商丘，他的妾李香君和柳如是在錢家一樣，受族人排擠，也鬱鬱死在商丘。商丘仁厚的大地永遠埋藏著他們的希冀、企盼、失落、沮喪和永永無既的悔。

丙戌孟春閒磕牙——吃

我是個生性饕餮的人，不講究穿，犯饞。這毛病不僅僅是因為經過了三年困難，被飢餓驅使過。早在困難前，也就是「不困難」時，我就曾吃得住過兩次院——急性胃下垂休克，用句俗話說，撐得「昏過去了」。昔時阮囊羞澀，心中有個理想：什麼時候能有兩千塊錢治病，走在大街上看見燒雞，不犯嘀咕就買一隻回家去，這人生就圓滿，不再奢求。趕到後來，實際情況大大超過「理想」，不是「燒雞」的問題了，而是場合應酬，吃得腦滿腸肥，還得了糖尿病，套一句鷓鴣話「吃不得也哥哥」了。也只得控制一下，但三天不肉，口中依舊淡出鳥來，所以從小母親罵我「是個吃僧」，至今想起，還是一陣溫馨，一個莞爾。

但我沒有吃過滿漢全席。我雖知道，這是有清時最高規格的吃食。為了寫書，曾經弄來有關它的資料，說是有三十六個系列，匯總天下水陸珍饈。要一連吃幾天幾夜，吃得人人神疲、個個力盡方休。看看菜單子，招得饞蟲翻湧、食指大動。但畢竟無緣，既沒有躬逢，更沒有躬與——其實我想，就是真的遇上機會了，未必就敢真的上桌當個「七把叉」，因為那要時間，也還要精力身體，這兩樣我都有點怯陣。

然而我確實想過這席面的形式。

滿洲人入關前是多少人？沒有見到很確實的資料記載。但他們的兵力是明擺著的：加上吳三桂在山海關的降清漢軍四萬五千人，總共也就十三萬人。那就是說滿族血統的兵也就八萬吧！按照游牧部落戰爭體制的編伍，參軍的比例是非常高的。然而我認為，滿人彼時對軍人素質的要求也極高。八萬人打遍天下無敵手，打得數百萬漢族軍隊先是魂不附體，繼而灰飛煙滅。這八萬人一定都需是強悍矯健的精棒漢子——即是如此，滿洲人全族的人數我估計也不會超過八十萬。而這八十萬人是全民同仇敵愾地支持戰爭，團結一心得像一個人，這是鐵定的事。

戰爭勝利了，情況變了。仗打得愈來愈順手。滿洲人把漢家天下像死屍一樣分解，剁成了他自己需要的一大堆肉。吃呀！吃呀！但吃得了嗎？消化得了嗎？除了犒勞有功將士、賚賞漢奸、剃頭圈地、編氓、防止「逃人」（是戰俘奴隸吧）這些事，一道他們難以消受的文化「肉山」使他們望而垂涎，也望而生畏。再就是膏腴豐沛之極的物質享受和與文化相關的文明物質——他們在長白山狩獵時作夢都想不到的物質享受向他們撲面而來揮之不去——滿漢全席，那是什麼呀？許多人——包括二月河——沒吃過。但我曉得，我們現在普遍在婚禮上常用的八寶席，也有稱「流水席」的，就是滿漢全席的簡化品。左一道右一道連吃帶喝，人人已經吃得筋疲力盡——真正的滿漢全席是要連吃幾天幾夜的。

怎麼會是這樣？因為在關外，滿洲人那點「簡單享受」，一簇一群圍著篝火跳舞唱歌，共吃幾頭野獸，一下子變了，劉姥姥進了大觀園，而且這園子實實在在成了她的。除了她的老倭瓜她要保留，她還要吃「一兩銀子一個」的鵪鶉蛋，九蒸九曬雞汁煨出來的茄子，要把賈母王夫人的衣裳抖摟出來一件件試，一件件地穿——滿漢全席就是這般形成的罷了。

我在讀《明史》資料時，見張居正吃菜。他還是個出了名的正直人士：做一百多道菜他還說「沒有下箸處」。好，把張居正的拿來，再煮上大骨頭肉，加上各種野味，這叫「滿漢全席」。看看這席的菜單，很文雅秀俊的。這種席，有幾個人能「堅持戰鬥」？不過，說起來這麼繁複，其實再細考去，我又是一怔。我們如今民間婚喪大事——舉宴待客用「八寶席」，其實就是「滿漢全席」的簡化版本！

哈！

新春閒磕牙——博學鴻儒科

崇禎的「那一夜」過得豐富充實，他被李自成逼到煤山腰，可能是癡癡地望著他多年蟄居的宮闈待了許久許久，誰也不知他想了些什麼。最後是這樣，他扯破了龍袍，齧指血書詔爾李自成——最後一道詔書竟是寫給他的敵人的，說的話令人愴戚不忍卒聞「百官任爾殺，不可害百姓」！

季明的官員不濟事，但處身民間的學者、大知識分子、脫掉了官服的致政人員——退休幹部吧，還是有些骨氣的。就崇禎皇帝，儘管有很令人沮喪的毛病，但他本人似乎並不是個不負責任的花花太歲。因此，連李自成討伐他的檄文裡都說：「君非甚暗。」他自己說「君非亡國之君，臣皆亡國之臣」。仔細替他「格致」，似乎也並非全然諉過之言。因此，明朝亡是亡了，但崇禎本人的精神似乎還活著，而「朱三太子」做為一個亡明復辟的精神領袖，壓根兒就不曾出現過，但他的幽靈整魘鎮了入主中原的滿人兩百餘年——過了乾隆中葉，「朱三太子」才算正式「死亡」。

眾漢奸帶著滿人打中原師出有名，叫「替明復仇」。明，已亡於李自成，滿人要消滅李自成，為明、為崇禎復仇——起初這口號可能是真意，這證明多爾袞沒有久居中原的野心，打這個旗幟確有收攬人心的效用。然而這口號是和李自成的口號「闖王來了不納糧」一樣，是個有問題的提法。好，既然你是替明復仇，消滅了李自成，「仇」已經報了，你就該從哪裡來回哪裡去：退出關外謹守你的藩位才是正理。怎麼稱帝封號占據北京，賴著不走了？

這肯定是當時暗流輿論的主導。就普通平民，雖有點這種「崇禎爺情結」，但只要安撫一下，給一個安家環境和生活條件，老百姓還是能忍受。嚥不下這口氣的是知識分子：你，蠻夷之都的化外之人，要做皇帝永遠管衣冠冕旒的大中國，呸！……罵漢奸的，傳朱三太子小道消息，結社會友搞「俱樂部」的，寫詩寫詞明嘲暗諷說刺兒頭話的，諸如洪承疇門聯「一二三四五六七，孝悌忠信禮義廉」這些事，不是知識分子造不出來。滿洲人是性情中人，但如果不能變成政治中人，這個江山坐不穩。「胡人無百年之運」這一可怕的讖語像陰雲一樣籠罩在人數少得幾乎不值一談的滿人心頭上飄移不散。

康熙是個絕頂聰明的人，他很快想出了辦法：從讀書人下手，開博學鴻儒科，南巡，崇祭孔子。

中國歷史上的科舉大致上是前經詩、後八股這兩類。最奇特的是武則天開過一個「不求聞達科」，鬧出「策馬應不求聞達科」的趣事。那有點玩笑的意思了——再就是這個「博學鴻儒科」，勝國遺老，大儒名流，你們不是不屑於來參加我的「掄才大典」嗎？是不是嫌廉官們地位太低，沒有考你們的資格呀？我也覺得你們有道理啊！現在我來，我當主考，請你們來應試吧！

作法是這樣，各省總督巡撫把這件事當「重中之重」來辦，由他們親自遴選、推舉，選出來的人叫「徵君」，安車蒲輪護送到北京「應試」，把車輪子包上蒲草，一站一站恭送恭迎，直到北京，由皇上親試。是什麼樣的待遇？大概相當於今天坐專機吧！

地方上如此，朝廷怎樣措置呢？凡邀舉之「徵君」只要你沒死，就必須來「應試」，應試無論取中與否一律給官，堅決不來參試的，繩捆索綁來北京應試。即使如此嚴酷的政權性強迫，也還是有幾個死硬分子，有的裝病，有的堅臥古寺，堅決不參加。就算是參加了的人，也有好幾個搗蛋的，繳白卷、錯格、錯韻的亂來糊弄，皇帝居然都笑瞇瞇忍了，這真是歷史上最奇特的一次掄才大典：全部取中，全部授官，堅持不當宮的，禮送回籍好生供養。

效果怎樣？極好！好得不能再好。有句話說：「你再厲害，總不能塞盡天下悠悠之口吧？」對了，康熙就做到了。他把反叛清室的「意識形態」領袖們一網打盡，並且每人口裡塞了一把棉花——蘸了糖汁的。

這些人素來清高自持，以骨頭硬著稱於世。現在不行了——參加了人家的考試，吃了人家的筵，你還提什麼骨氣？

這些人過去是造輿論的「風源」，隨便寫個什麼詩詞興比，出個什麼軼聞故事的，立刻傳遍天下，現在這種情況不再：失了節的女人再也不能誇貞操了。這些人的門生、學子、家族，因為他當了「徵君」，大家都光榮得不得了。出門面子，辦事方便，地方官拿他們當寶貝寵著。所有親朋好友都說康熙的好話，他自己就算一肚皮的「那個」也只好都憋回去，跟著眾人「笑」，久而久之，笑得也就自然，心安理得了。

新春閒磕牙——清初漢奸軼聞

亡國之痛，有的場面看上去慘不忍睹，有的場面卻滑稽，看去讓人啼笑皆非。滿族八旗入關，從山海關打過韶關入廣東，打到仙霞嶺進福建。十三萬兵馬對數百萬漢軍，除在揚州、嘉定等地稍有滯延，其他地方大致上可用「如入無人之境」來恰切表述。這裡頭當然有許多文化原因與武化原因，但明室上層「官員」們很幫敵人的忙，這一條倒能看得清晰。他們鬧窩裡鬥、內訌，投降敵人動作迅速熟練，亦內行。清軍入南京那天，天上下著大雨。南京是明室的第二首都，叫「應天府」，六部官員冒雨列隊歡迎清兵，附順新朝，履歷手本在雨地裡五尺多高堆了好幾疊，頭上的冠纓被大雨沖得褪色，道旁的水溝裡流的都是「紅水」……

這還只是「一般現象」。那麼個別現象呢？有些頂尖的人，如洪承疇、錢謙益，聽起來也挺「個別」的。

洪承疇是明崇禎皇帝的心膂，用現在的話說叫「鐵桿」。他原是個部院小吏，朝廷十一年間連連擢拔，到了位極人臣，到……說他職務，其實就是天下兵馬大元帥那樣的位置吧！他打李自成還算有點成績，打清兵，松山被困，他失蹤了，朝野上下，士農工商百姓，統都認為他殉國了，但他其實是投降了。

「勝利」之後，洪承疇過年，有人在他門上貼對聯。上聯：「一二三四五六七」，下聯：「孝悌忠信禮義廉」，寓他「忘八」、「無恥」。這是一則小故事，他那麼高的官位，有警衛部隊守宅，當然不會真的有這事。

但另一件事卻不會假。洪承疇攻陷南京，為炫耀武功，也為祭奠陣亡（清軍）將士，在那裡辦了個水陸道場，和尚道士——恐怕南京所有的寺廟都叫空了——正看得熱鬧，他在前明時的一名學生謁見，說：「老師，有篇文章想請您青目一閱。」洪承疇打仗時間長了，厭聽文事，說：「我害眼。」學生說：「您有眼疾不方便，我讀給您聽。」於是展書朗誦。

原來是崇禎皇帝當年聽說洪戰死松山，御筆親制〈祭洪經略文〉。此學生有名有姓，叫金正希。洪承疇這個人丟大了，臭烘烘的不可卒嗅。他還有一個老朋友困在南京，派人去勸降，一聽見洪的名字就捂耳朵，說：「你別騙我，我不信，我不信！哪有人會受（崇禎）恩如亨九（洪承疇字）那樣會叛變的？你快點滾！」結果這兩個人同日被洪殺掉。殺是殺了，洪承疇難免良心受譴責，他很快就死了——主子禮遇而日見冷淡，同胞切齒形同過街之鼠，這樣的日子誰過得？

還有一個錢謙益，文名大得——遍天下如雷貫耳吧？有朋友問我錢當時什麼人，我說是名妓柳如是的丈夫，問他什麼地位，很讓我囁嚅了一陣子，只好很不恰當地說：「打個很不恰當的比喻，比如說第一學者名士吧！」他也是早早投靠了清家的。勝利之後，他在杭州西湖會見一群老名士。中間有一人鬧席。這人也不過二十歲上下，昂然入席長揖歇坐，甚是傲岸無禮，口中連連稱：「老兄近安？」叨坐這一席的都是江南宿儒名士，皓首窮經的大學者，錢謙益便是如來佛也忍不得，遂揶揄相詢：「你老弟今年貴庚？」

「二十一了！」

「你知道我多大？」

「二十二！」

「老夫不才，已經虛度七十一齡了！」

「哪裡！」那年輕人一邊舉箸大嚼、一邊笑說，「你是甲申年生的，比我只大一歲，不稱老兄稱什麼？」

洪承疇和錢謙益在明末季世的影響力，原本是極佳的，就這樣毀了。我很惋惜，可是事實如此：投降了就是投降了。

滿洲主子待他們如何？開初滿優待的。到康熙年，開始追究他們的人格品質：詔令修明史，將他們打入《貳臣傳》——我厚待你，但我小看你！錢謙益後事不知所之。我看見資料，洪承疇的孫女是討飯了。我寫書收進，設計得她稍好點的結局——爺爺是壞蛋，與孫女何干？

千古艱難唯一死，傷心豈獨息夫人？

一九七八追憶

我的生命前期似乎與「八」字有不解之緣。我一九四八年三歲，隨母渡過黃河，從此由「山西人」變成河南人。一九五八年母親調南陽，我又隨母親來此地變成純粹的「南陽人」。一九六八年我從軍，由一個滿身中學生味的「知識青年」變成了青年軍人。一九七八年呢？一九七八年是我命運的重要轉捩年。比前頭幾個「八」那種生活小轉折不知重要多少倍。這一年，我從部隊轉業回南陽。

對我做出決定「隨第二批轉業」返回家鄉，父母親都不太贊同。他們的理由是：「你在部隊待得好好的，領導也很器重你。地方上亂哄哄，派性也很厲害，你回來幹麼？」他們做如是觀，但我也有我的很實際的想法，一九七八年我已三十三歲——這個年紀現時有人已經做到正團副師級了，就是當時，野戰軍裡做到正營甚至副團的也不乏其人，而我還只是個連裡的副指導員。部隊封閉在大山裡，是個獨立團的架子，團長政委雖然對我好，但他們本身也就這麼大的「力度」，待下去還能怎樣？再看，部隊圖書館的書大致我已讀盡，再想學點新東西，也是難乎為繼

——於是，在政委跟前軟磨軟蹭，終於「跟了第二批」，轉業了。

這時中共的十一屆三中全會即將召開，在部隊已可嗅出濃烈的「標準討論」氣息，從山溝裡走出，更覺得鋪天蓋地的都是新的信息。改革開放的呼聲已經走出地平線，真理標準的大討論浪潮愈來愈高。多少年後回想這段歷史，我有一種「從山裡到城裡」那樣的感覺，思想得到了全新的武裝。因為有了較大的圖書閱讀範圍，原有的歷史知識也迅速膨脹起來。這就萌生了「創作」的衝動。馬克思主義有一條重要組成，叫「量變到質變」。我在部隊十年讀書十年積累，是量變。一旦環境改變，氣候適宜，我要由一個軍人向文人轉型了，我要把自己閱世讀史及觀情的體味變成文字，告訴讀者了。

其實，寫作與讀書是又相關又有分割的兩件事。讀書是你個人的事，朗誦、輕讀、默念、瀏覽、掩卷而思……都是你自己的事，與別人無關。寫作是傳播理念、思維，溝通心靈信息的。有高低、粗細、文野、深淺種種分別，與讀書水準密不可分。但寫作是「告訴」，是「社會的事」。因此，首先要解決的是創作理念的問題。寫什麼都是可以的，但寫什麼都是履行社會責任和你的人格責任，都要擁有堂堂正正的社會責任心。

比如我要寫康熙大帝，我的責任編輯就告訴我：「一定要把康熙的陰險毒辣虛偽和殘忍寫足。」這就是「階級鬥爭」的理念，康熙是皇帝，是「封建地主階級的總代表」，他不陰險誰陰險？他不虛偽誰虛偽？但我認為康熙是偉大的，大帝大帝，你就必須把他的「大」字寫足。

這一理念的確立，在真理標準大討論之前是不可能的。康熙他是封建君主，殘酷鎮壓農民起義，剝削窮苦農民，維護地主特權……他都做了，你歌頌他，你是什麼階級立場？

但是，真理標準的大討論，可以使我有膽量做另一維思考。康熙，三次親征準噶爾，六次南巡，停止修長城，採取民族敦睦政策，測繪全國土地繪製〈皇輿全覽圖〉，敉平吳三桂等「三藩之亂」，解決臺灣問題，這都是他的民族大義大節，史籍皆斑斑可考，當然是應該歌頌的。實踐是檢驗真理的唯一標準：按這個標準，我當然可以肯定他把他做為正面人物塑造。這一種思維，把時間推移到一九七八年前，整個社會都會說你是「反動的」。

我在領悟一九七八年，訂出了自己對歷史人物月旦的原則：只要是在中國歷史上，對於國家的統一、民族的團結做出貢獻的；只要是在發展當時生產力、改善當時人民生活水準做出貢獻的；只要是在當時為科技文化文明教育做出過貢獻的，我都肯定他、讚揚他，如與三條「只要」相反，我就鞭笞他、藐視他。歷史上的實踐，同樣是檢驗歷史人物的唯一標準——這這當然是我在不斷的學習和創作中慢慢領受到的體會。

一九七八年的大部分時間我尚在部隊，在這之前，我有九年多時間在不但學知識、學理論、學做人，而且學會思想、學會選擇自己的人生之路。鐵打的營盤流水的兵，二月河是一條在軍隊「過濾」過十年的河，攜帶著深深的戰士烙印——守時守信，能咬牙，能忍受，能吃苦，知道前線在哪裡，一個時期只做一件事，等等。待到衝鋒號吹起，我就衝了。當我走進軍隊時，還不過是個懵懂毛頭小伙子，當我從裡邊走出來時，我已是個擁有社會責任心的大人了。

這衝鋒號，在一九七八年響起，從十一屆三中全會起，響亮了全中國，也響出了一條河，我的「二月河」的涵義，就是改革的春風化冰，咆哮的春水一揮而東的那樣壯麗景觀。

我與兩個責任編輯

我這人「張空拳於戰文之場，策蹇步於利足之途」，寫稿子寫了一輩子，投稿子投了一輩子，和兩個編輯交道也就打了一輩子。

在我的印象裡，最本分正直的一位是我的啟蒙編輯顧仕鵬。《康熙大帝‧奪宮》書稿未成，顧老師就告訴我：「你一定要把康熙這個人的陰險毒辣虛偽和殘忍這些方面寫足。」我當時答應說：「不能這樣寫。康熙是『大帝』，一定要把『大』字寫足。」我沒按他的意思去做。

世上的道理是「店大欺客，客大欺店」，似乎永恆不變。當時二月河只是一個小小文津渡口「過客」，我自己也曉得只有任人家責任編輯「欺」的，只有受欺的「份兒」。我所以敢做「不能這樣寫」的「仗馬之鳴」，是因為我懂得，如果我不能接受領悟編輯的話意，即使「努力去做」，也巴結不上編輯的思路。與其左右為難，不如「頂」字為好。

然而顧仕鵬似乎沒有「店大欺客」的思維。康熙第一卷小摩小擦，第二卷則大摩大擦，幾乎翻天覆地。有時兩人爭得面紅耳赤，有時甚或拍案而起，但終究沒有把稿子出書的事給廢了。可見他是沒有私意的。

我見過提著一籃小雛雞去「貢獻」編輯的；也見過被編輯一頓狗血淋頭罵得蹲在石牆角摟頭大哭的。這很簡單，作者知名度不夠大，有求於編輯——倒過來說編輯掌握著「發稿權」，一言可以興爾邦，一言則能喪爾邦，萬萬是不能開罪的。顧仕鵬則永遠是一副朋友和老大哥的嚴肅面目：你來鄭州住我家來，我吃什麼你吃什麼，沒有床就睡沙發。沒有客氣，有的只是真切的照拂。說到「事上」，各說各的。吵紅了臉該吃飯時，「請坐，拿家裡最好的東西給你吃」，吃完飯咱們接著吵。我也從沒想過送他雛雞之類的念頭。直到他退休了，老了病了，臥床不起——我聽說了，這時我已闊了點，給他寄了三千元——老實說，這也是根據他平時為人的廉正表示的一點點心意，很薄了。但沒幾天他就託人把錢送了回來，鬧得我微汗。

大約在《康熙大帝》第二卷尚未出書，我和顧老師「吵稿子」的時候，周百義來了。他看上去很弱，也瘦，身上挎個帆布提包，說是湖北長江文藝社的，小編輯，是個只有初審稿權的小編輯。很寒儉的樣子，自我介紹說：「我在湖北工作，但我是信陽人。」

我當時已經出了第一本《康熙大帝》，印了七萬多套，第二本也基本成形，即將付梓。名氣不算很大，但鄭州廣播電臺天天都在播我的小說，按現在說法，「區域性」的名氣已相當可以。自然地，我也許就有了點「牛」氣。我告訴他：「我和黃河社合作得很好，不打算在你們那兒出書。」他則說：「沒有聽說哪個作家專門給一家出版社出書。」也沒聽說哪個出版社把一個作家

「包起來的」。

他很執拗，堅持說：「我就住在南陽，你寫一章我帶走一章。」好說歹說，我才勸走他，條件是「雍正的書給你（長江）」，不然真不知伊于胡底。

有點意外的是，拿到我的《雍正》書稿，周百義卻調離了出版社。去湖北省委宣傳部工作去了，也升了。再意外的是他反覆強調，不能給我退稿。他認為《雍正．九王奪嫡》是「傳世之作」：他堅持仍要當這責任編輯。

讀過我的書的人都曉得，《康熙大帝》第四卷與《雍正．九王奪嫡》寫的是同一時期的人與事，未免就有相同的情節與表述。康熙的書已出，《雍正．九王奪嫡》稿子又不在出版社，周百義拿著稿子，他本人卻不是出版社的人，然而他卻當著責編。偌許情形，誰都能明瞭其中的不便與尷尬。

大約一兩年的光景吧！就這樣「對峙」。他終於調回去了，當了領導，書出來了。他告訴我後來發生的他與出版社的艱難談判出書經歷，真的讓人有些鼻酸。他的堅忍與韌柔個性，真的十分突出。

他年輕，也確實有點孩子氣。有次他來討稿子，我說「沒有」，這時我們熟得很了，他說「不信」。他就蹲在我的稿子箱前看著我翻積稿，瞪著眼，「那，那不是一篇？還有那一篇！對，就你手底下那個……也是一篇！」有點像小孩蹲在窩前看母雞下蛋，下一個收一個，「那——那裡還有一個蛋」，他也就又出了《匣劍帷燈》這部書。

去年吧！聽湖北有人說閒話，說周百義吃了我版稅酬勞的「回扣」。我一聽便啞然失笑，現在湖北長江文藝出版社能出我的《落霞系列》三部曲，是「物競天演」的結果，周百義在激烈的較量中擊敗了河南，甚至擊敗了中國作家出版社，才把出版權奪在手中。很多人現在還不甘心，還在打這部書版權的主意，直到今天上午還有人來電問我「與長江社的合同到期沒有？我們的實力比他們大得多」——這麼多的人爭搶給我出版，條件也都不菲於湖北，我憑什麼讓周百義吃我的「回扣」，又拿去出版？白癡才會有如此舉為。

人要活出精神來。人與人之間有遠比金錢更重要的東西在支撐。細心的讀者會看出，《乾隆皇帝》的第一卷出版比《雍正》的第三卷更早。這是有原因的，當我寫完《雍正》第二卷《雕弓天狼》之後，老編輯顧仕鵬「要退」。他捎話說，希望退休前再與我合作出一本書。因此，我停止了《雍正》第三卷的寫作，而搶先出了乾隆的第一卷。我與長江社最初簽約，是稿費制。周百義想讓我多拿一點錢。他們辦有《當代作家》刊物，於是主動提出先連載再出書。合同未到期，長江社又主動把稿費改為版稅，為的就是我能「多得一點」。他無非就是希望我能和湖北的「長江」保持更好的情分與合作。這個心我不能不領情。

顧老師與百義都有幾年沒見了，不知現在如何？〈鄒陽在獄中致梁孝王書〉中說人之交有「白頭如新」、有「傾蓋如故」，知與不知而已也。

戲筆字畫緣

幾年前？是四年吧！我為香港《明月報刊》寫過一篇文章，題目叫〈字緣〉。說是「緣」的話，然而其實說自己「有文無字」，是與書法無緣的「緣」。時年我近耳順，別說這把年紀，「人過四十不學藝」——就算再退回二十年去，練書法也還是覺得晚了點。

我始終認為：不管是什麼領域，既允許大狗叫，也應當允許小狗叫。思想家、學問家、編類書的、統治名城大郡的要人，乃至清道夫、收廢品的、街頭鬥雞走狗的閒漢、「問題青年」，甚至妓女……他有這個興趣，而這個興趣又是正當的，他有話要說，只要不傷無辜的人事，高端菁英無權為此羞辱或蔑視平常人的這點權利。

「哼，他居然還作詩！」詩人對乞丐寫詩如是說。

「嘻，這寫的什麼呀？敢把文章寄到我這裡！」大刊編輯將小作者稿子扔進字紙簍時如是說。

「這個老農民，你曉得他看什麼書？莎士比亞！」高中語文老師如是說。

——如是說。

這就犯了大狗自己叫，不許小狗叫的毛病。

但我畢竟開始寫字，開始繪畫了，並且時常寫一點詩。

我承認，這些事我都算是「小狗」。

我的字，過去差勁，現在平常，將來也好不到哪裡去。小時候，母親查看我的作業，常常厲聲斥責：「你這是字？你在寫字？你看看你爸寫的字，他只上過高小，你也看看我的字，我一天學也沒上過！你丟人！」老師在我的作業上批：「你的字亂柴一堆！」同學們說「解放的字是狗枝杈」——總而言之，為我的字寫得不好，我大致是五十年未曾透過一口氣。

也是幾年前，是五年吧！一個偶然機會，我到華國鋒老人家裡去了一下。他當年顯赫，是中國第一人，那時我還是個連級小軍官，和幾個青年戰友底下竊竊私議——華主席的字不算太好……而今呢？你再看看他的字，實話實說，雖一流書家不能過之！……過後就想，我是不是也試試？

華老的字真是練得好極了。我是沾了「二月河」名字的光亮。

我寫字的目的有兩個，一是怕死，想多活點年頭，再就是想附庸風雅。寫字能長壽幾乎是個不爭的事實。前些年有專家研究，認為原因是因書寫毛筆字時長處站立狀態，而且是氣功狀態，因而導致長命。我對此可用《水滸傳》裡一句話說「俺便不信」。因為專門練氣功的大師短命的盡有的。我疑心墨汁裡含有有益於長生之物，當然到現在也就是「疑」而已。

就這樣「書法」起來，居然有人索要，居然也多所受獎掖。在人們嘖嘖驚歎中書寫，雖然明知「嘖嘖」中水分很多，明知是假，心中仍是忒熨貼得意，滿舒服。當然，也時而能聽見「附庸」之類的詞兒，但打擊不了我的興味：附庸風雅總比附庸市儈好一點吧？

寫字就要用毛筆，就要涮筆缸。涮出來的自然是黑水，這水也不中用再寫字，我又捨不得倒掉。有次用黑水在廢空紙信筆大塗一陣，定睛一瞅，這不是個荷葉嗎？

於是畫畫兒的事業開始了。我找了一張光碟，看了看畫家教畫，試著比畫，發現不行。畫牡丹像個燒餅，畫蘭草又似爛韭菜……慢慢試著來，才曉得難在調色、濃淡、筆尖筆根燥溼潤澀的操作運用——電視老師不講這些，他只是講作畫技法，技法雖不能真學到，但一看就明白。色碟子裡頭是真功夫，你看不到。我有個頗為陰暗的想法：那是人家的飯碗嘛……後來與家人去洛陽龍門，那裡許多現場作畫的，看了幾分鐘，學了點東西。前年到深圳和金庸晤見，深圳時正為貧困人家籌資拍賣，我臨行前他們要求「當點東西」，我當了一張單色牡丹，競拍到了四萬五千元！

這樣，字和畫也都「抖」了點。

我忠誠地告訴我的讀者，我是個地地道道的小說家，不是書法家，也不是畫家，也不是詩人。也永遠不做書法家之想、畫家之想、詩人之想。寫小說，我算條不小的狗，很願意和小狗一齊吠鳴。剩餘的愛好我都是條小狗。

然而有人評論，說「二月河到處寫字」、「二月河的畫是瞎塗」、「凌老師你別寫詩了」……諸如此類。這當然都是大狗們的話。我的字、畫都能賣錢，且是數目不菲，如果我願意的話，詩也能賣錢。但字畫賣的錢到哪裡去？沒有給妻子添一件衣服，連半個糖豆豆也沒有給女兒買，都用到了我認為最應該用的地方去了，大狗和老狗們，你們有權利和資格發出這樣吠聲嗎？

汪汪汪……嗚嗚……汪汪！

「正清和」的思謂

與月照大和尚見面是在文懷沙家。我對文懷沙家是久慕其名，因為老人的一首長詩作評與田永清將軍相約前往拜會，在座的還有女作家王鋼。正聊得高興，月照來了。這麼一個「沙龍」當時便使我感到詫異：文翁是國學大師，田永清是行伍，我寫小說，王鋼侍弄報告文學，月照則是叢林中人，「類別」如此不同，怎麼一會兒工夫就聚在了一處？但那天晚上談得有點如《文心雕龍》裡頭的話「風行水上」那樣恬透、自然、愉悅。

自此之後，和月照就有了不少過從。他給我寄來了不少佛學典籍，還有他自己寫真的觀音、羅漢法像圖，不時地給我寄來。這很使信佛的家人欣欣然，覺得很吉祥。

當然，我也就因而知道了月照的字畫。

本來，我的字不好，更遑論畫畫。但這幾年也弄幾筆：什麼目的也沒有，為的就是想調理身體，多活幾年。網上現有網友大聲呵斥說：「二月河你別寫字了！」然而這是我的「小五個一工程」——每天繞著五件事：一幅字，一幅畫，一篇短文，一首詩，還有走一個小時的路——不是每天都做完，但就做這些事而已。我以為，無論世情還是時情還是史情，沒有哪個人能命令別人別寫字作畫，這就好比拉屎撒尿，你是天王老子，下這樣的命令，我不能遵從。

我覺得墨汁裡頭一定有能益人祛病祛邪的物事，書家畫家長壽有他必定的道理。有人說寫字畫畫是因站著做事時的氣功狀態導致長壽，我不這樣認為，世上的事就是這樣。也有很著名的氣功大師專門練氣功，四十來歲、五十歲他就「駕崩」了。我以為除了墨汁的香還有心態的平和，靜穆與空靈洗刷了我們充滿冗雜煩惱的靈台臟腑，它才有這樣的功效。因此字畫好不好那是一回事，我愛做是我的自由我的選擇。而居然地，萬里的兒子萬伯翱見了，他寫了一篇長文〈畫家二月河〉，在海外一家大報用通欄大標題給刊了出來。

人必須有自知之明。我還是要說，我的字不好、畫也不好。索字索畫的人是衝著「二月河」來的，想要的話大致也得掏錢——你去希望工程掏去，憑條來取字畫。我認為，這是大家都該做的事。儒家道家釋家，都以為這應該算作「功德」。

我說這麼一通話，意思是文老的字好。他快一百歲的人了，就算從「五四」時練起，你算算他練了多少年了？能不好嗎？月照和尚為這篇序給我寫了長信，那字也真的漂亮，還有他之前贈我的聖圖，家人選不出適當的「學術詞語」，就只有嘖嘖稱讚：「哎呀呀，這真好，好得很好極了……嘖嘖……」文懷沙的大氣磅礡，和他的人一樣。開闔自如，蒼勁裡帶著柔韌，磐石那樣堅穩不移不搖，這也和他的人一樣。月照的畫給我的印象是細膩不苟，畫中對佛家的誠敬尊愛是一目瞭然的，他的字用筆中鋒很正，俊秀挺拔一點也不見張揚跋扈之象，也許參禪能把禪味帶進字中？

文翁送給我了三個字，叫「正清和」。字是不必再誇了。意思也是極明白。孟子善養浩然正氣，「正」當然是儒家的。「清」是道家的，「和」呢？佛的。這樣簡練就涵蓋了我們民族傳統文明的內核。這是在寫字，也是在宣講他的世界觀與方法論。月照是和尚，佛家幾乎不講別的，他宣明的只有兩樣，緣分與慈悲。

這樣兩個出身經歷——過程與結果都不一樣的人竟成忘年之交，竟合寫出這麼一個本子，奇異之餘引人深思。

我在幾所大學講學，說過這樣的話：「現在我們的文憑愈來愈高，素質每況愈下。」我說這話有根據。美國發生「九一一」事件，打開我們的網頁令人瞠目：一片叫好聲！世貿大廈裡都是該死的人嗎？看到這麼多無辜的人陷入災難，這裡一片歡呼雀躍，別說月照這樣的和尚，就是我們滿身煙火俗雜的人拍手稱快，「正」嗎？「清」嗎？「和」嗎？從大學教授高官這樣「高層次」的人，為「學術」為「進步」而收受，到小學生競爭班組長用賄賂手段，甚至匪寇盜賊都不講「黑道規矩」，踐踏「盜亦有道」的原則……這些事不值得注意？

他們的這個冊子當然不能解決這些問題，社會學家的事別人不能越俎代庖。但我們每個人都應有「參與」的意識吧？我們應該為真善美做一點自己的能力所及的事吧？

由這一點上說，他們走到一處也是很正常的一件事。〈鄒陽在獄中致梁孝王書〉中說「有白頭如新，傾蓋如故」，有的人你與他一間辦公室工作了幾年還像昨天才見那樣陌生，有的人只要一見面就會成為終生的朋友。這種結合，本來就是心靈的契合。

空是不空，不空是空。文翁和月照請我說幾句，就這樣幾句吧！阿彌陀佛！

中國「商人」來啦！

倘是陌路上逢人，問他：「誰是中國最早的生意人？」差不多的回答會是「范蠡」。我們知道，范蠡是《吳越春秋》中最著名的政治家和經濟學家。他從楚國輾轉到越國為大夫，和文種佐扶勾踐，由敗亡之勢走向強盛，打敗了諸侯霸主吳王闔閭。然後他又功成身退，載西施而泛五湖，做生意發了大財成了「陶朱公」。說起「臥薪嘗膽」、「十年生聚，十年教訓」、「君子報仇，十年不晚」這些話頭，人們腦子裡電光石火一碰，就會想起他的名字。

范的密友叫文種。他們兩位都是從南陽走出去的，在吳國歷經了那場驚心動魄的政治大波。那麼如果換了文種來問范蠡「孰為商祖」？誰呢？總不會是你吧？范蠡會說「是王亥」。再問王亥何方人？范會毫不猶豫地回答「商丘人。那國也叫商國。那裡人叫商人，那地兒就叫商，王亥是商祖……」這樣的歷史沿革，就未必人人都知道了。

到底是先有商國還是先有商事呢？這個話問得有點哲味了，「先有雞蛋還是先有雞？」要回答這個問題，需要有「禪定」之思，然後用禪機來回答。

人類一切種族的起始，都是從神話開始的吧！商人的始祖是「玄鳥」，所謂「玄鳥生商」的故事發生在四千多年前的一個春天，帝嚳的妃子簡狄在河裡沐浴，吃了一枚燕子卵，由此懷孕，生下了契，為帝嚳封為掌管「大正（政）」，契生昭明，繼而相土，再為昌若，又傳曹圉，再繼而冥，冥的兒子就叫王亥。《詩經》裡頭〈商頌．玄鳥〉講的就是這個家族的起始「天命玄鳥，降而生焉」。「玄」的本義就是黑色，燕子就是黑色。

「原始事件」很可能是：簡狄洗澡，明媚的河面上燕子掠水嬉戲，碰巧她又即時懷孕，因而有了這樣一大篇美麗浪漫的歷史故事。如果你有興味走進現代的商丘，在市區最繁華、最有神采的地方，可以見到兩尊巨大的雕塑，一尊是「商」字形的大鼎；另一尊是火焰捧著玄鳥卵，上頭頂著地球，再上頭是馬踏飛燕，凌空而起的英姿，都是通紅的火焰蒸騰而上的樣子。商丘城本來就闊朗大氣，裝點這樣的圖騰，看上去真讓人有刺激得興奮的神韻。

商人行商並不始於王亥。然而到了王亥時候，商人的商丘有了一個突破性的發展。當時中原的商品交換，主要是靠馬來拉車。但是馬這東西在中原不好養，主要來自西域，馬老了，馬的品種退化了，生意交往就做不得。

王亥的主要貢獻是馴牛拉車，把牛鼻子穿透來指揮牛，速度雖然比不上馬，但力氣任勞似乎比馬還好一點。他解決了「運輸困難問題」，革命性地提高了商品的運輸能力——這恐怕是他被稱為商人之祖的主要原因。比如說我們必須用肩來擔挑走鄉串戶，突然用上了大車拉貨穿域越域，那效率變化是不消說的。這麼一來，諸侯國與國，此部落與彼部落的大規模商業活動就廣泛開展了。王亥的牛車隊拉著物品周遊列國，人們遠遠看見這個壯觀的隊伍，就會破門穿巷而出，高興地喊：「商人來了，商人來了！」

這是什麼效應？實在說這樣的交流，在原始的封建板塊式生活中是大文化的交流。買賣雙方的交易，絕不單純是貨物和金錢，也是信息的傳遞，商國先進的生產方法由此得以傳播和張揚，別的諸侯國的生產方法也可迅速流入商國，增進了各國的友好關係，加速了各國的經濟發展，改善了廣泛區域的民眾生活水準，也傳播了各國人民智慧與勤勞的結晶成果。

牛是一種不易馴服的動物，現在我們看牛似乎很老實，那是王亥馴服了牠四千年後的結果。即使如此，你想如牧童那樣坐在牛背上吹笛子？恐怕要好好練練。你想不牽牛鼻子讓牠拉套，恐怕也是妄想。王亥的「服牛」貢獻了得！安陽殷墟出土的甲骨文中就記載了王亥這個發明，從《竹書紀年》、《山海經》、《史記》、《楚辭》、《呂氏春秋》、《管子》這些煌煌書史中不絕銘寫。

但是，王亥的知名度是不夠的，和范蠡差得遠了。其實范是「聖」，王則是「神祖」，一般人是不明瞭的。那原因僅僅是我們長期堅持的是「重農輕商」的治國理念，「士農工商」，商人列四民之末。「漁樵耕讀」很雅，「琴棋書畫」更雅，雅事言不及商，范蠡的知名度高，不是因為他會掙錢能經商，而是他在《吳越春秋》中那一段輝煌的「政治履歷」。我看資料，舊時商號過年時門前張聯「世人且莫賤商賈，范蠡曾為越大夫」，每讀至此，總是一破顏。我一向心裡想，商人是櫃檯上數錢，雅人是被窩裡數錢，區分不過爾爾。琴棋書畫事了，不信你空著肚子唱西北風？賈寶玉是然，林黛玉是然。

今年六月，正是熱得流火的季節，我的朋友劉滿倉——他是現在「商人」的書記——再約我去「看看」他們的華商文化廣場，我來這裡瞻仰了。五、六層樓高的王亥銅像矗立在廣場核心，幾萬塊寫著不同書法品類的「商」字方磚嵌滿了廣場，中間一條通道，則是中國歷朝歷代傳用的錢，跨進廣場可見兩枚六公尺多高的魏國「安陽」銅鑄大「布幣」，商和錢充盈了整個廣場的氣氛。二〇〇六年國際華商文化節就在這裡召開，數千名懷鄉的海外巨賈在這裡風雲際會。王亥，懷抱竹簡，安詳微步，沉著地看著他所創造的無底燦爛。

錢，絕不意味著銅臭。從本質意義上說，它是「泉」，是滋潤萬物生靈的「源」，是生命張力的「流」，是文明發華的催化劑。

讀書的舊事

我的家境一直不錯，不是貧寒門第。但買書卻是受限制的，倘是要買輔導教材、要買老師指定的圖書、和課業有關的，我可以理直氣壯地向爸媽伸手：「老師要我們……給錢吧！」他們從沒有彆扭過。可是要買小人書、雜書，又好像從沒有「不彆扭過」。父親還好，有時會「給點」，說：「先把功課學好……」母親則用眼盯著我：「先不看那些書，你看你那功課！丟人！」

但我自幼愛看「那些書」，《哎呀疼醫生》呀、《果園小姊妹》啦、《寶葫蘆的故事》種種，還有高一點層次的《聊齋誌異》、《紅樓夢》這些書則是初中之後讀的。

到哪裡去讀？去新華書店「蹭讀」。

過去的書都是開架賣的，沒有什麼封閉，一架一架的新圖書擺在磚地上，買書的人在架中穿行選書。你站在書架邊，讀書吧，可以從開店門讀到打烊！當然，你不能把書弄破了或者弄髒了。你看書，工作人員是不會騷擾干涉你的。我讀「三言二拍」，讀《西遊記》中下卷，讀《水滸傳》、《聊齋》都是在這裡站著讀下來的。

我本也是去圖書館借書來讀的，這當然方便。學校裡一般都有個小圖書館，但書少，還要看管理員的臉色，漸漸就不去了。有一次，我到外頭圖書館借閱王士顏的《池北偶海》——那是線裝珍版，當時書店無售，管理員喝斥我說：「你憑什麼借這套書?!這是珍版！」從此，我一步沒有再踏進圖書館。我成名後，他們需要一張我「在圖書館看資料」的照片。我還是去照了。這裡畢竟還是給過我一些東西，不能記人小過忘人大情。然而話說回來，自從那次受斥，我再也沒有進過任何圖書館。

但就我的感覺，新華書店的人是更開明一點，而且這裡的書並不少。我在這裡買過五輯《清史資料》，許多故宮「中國第一檔案」的集本。大量的清人筆記、筆記小說……我大致是買書不借書。我的藏書有一些是從廢品站買來的，其中一些是很珍貴的孤本，多數則都來自書店。

新華書店成立七十週年了，即以此文紀念，我心中神聖的精神殿堂。

銀杏情結

銀杏很有名，但不是一種很常見的樹種。在我們中原，遑說城市，就是你「下鄉」，進到最基層的自然村，槐、柳、榆、桑、椿、楊這些雜樹多不勝數，樹影婆娑掩映，樹枝婀娜搖曳，但很少見到銀杏這種樹。偶爾有那麼一株，必是古樹，老得「不知年月」了，但是仍在「結白果」，這樣的樹，其實人們已經不再按照尋常意義上的植物來看，常常地，不知不覺間在傳遞它的種種靈異感應，其實把它當神敬了。一株老銀杏往往便是方圓數十里內的「座標」性物件。

銀杏果很好吃，無論你炒菜、熬粥、燒烤，它的形態不變，拇指大小，黃玉一樣光滑圓潤。它好吃，也好看，香，你坐在客廳裡與朋友說話，廚房鍋裡熬著粥，也就那麼幾粒，從門縫裡透出來那個香啊……主人客人都會忍不住噙口水。如果是鮮果，放在微波爐裡或在鐵鍋上煸燒，它的香味不但瀰漫你的居室，甚至還要透出院外傳到鄰居家——這是掩不住的香，「濃烈的」清香，一點人間俗氣也無，縹緲著侵襲你，引逗你的食慾。

也許因為它的「不俗」，身上帶著這多的神性，寺院裡多有銀杏樹。去年我到幾座古剎隨喜，幾乎每個寺院都有一株老銀杏。無論和尚還是導遊，都要把它單列出來介紹：「這株銀杏樹，樹齡已經兩千多年了，樹冠這塊地方有一畝方圓，現在還是每年掛果。」掛的果哪裡去了？沒見寺院有售，我看是和尚們吃了。佛經的教義我還是知道一點的，遠離塵俗，遠離奢侈，遠離享受。我敢肯定，和尚們能吃到這一味果，那是超凡脫俗的高級享受。

中國的寺院，「院齡」最長的是白馬寺吧！白馬寺建寺也不到兩千年的，那就是說寺院是挑選著「有白果樹」的地方建寺開光？抑或是建寺之後和尚們移植的成樹？沒有哪家寺院有碑碣、有考證能說明這一點，我也真的思量不得。

銀杏樹樹冠枝繁葉茂，華貴而雍容，樹幹挺拔偉岸，很有些貴族風度，挺立在幽靜的禪房大殿前。像一位虔誠的信徒在靜聆世尊說法，又像一位年高的尊者在關照進院禮佛的善男信女，它的與眾不同，它的從容不迫，它追求永恆的時間與空間的執著……也許就是這些氣質招得許多大德高僧的青睞，移進莊嚴佛土，沐浴晨鐘暮鼓磬魚法音的吧！這樹憑它的風韻奪取它的文化地位。《金剛經》有云「須菩提佛言：『世尊，如我解佛所說義，不應以三十二相觀如來。』爾時尊說偈言：『若以色見我，以音聲求我，是人行邪道，不能見如來。』」——銀杏樹是可以「見如來」的。

平原鄉間冷不丁地你會聽到「××地兒有棵大銀杏樹」，也許是條件反射的效應，我常常會聯想：「那裡是不是曾有過一座寺院，荒蕪廢棄了？」打聽一下，我的這個念頭竟常常「符合事實」。這樹在深山老林中也有。「野銀杏」，掛的果與市賣的家果一般無二，和寺院的果也無二致，但很少聽說有人在自家庭院裡栽種它的。

但我在山東做客，到一位老人家中，他家院裡全部都是銀杏樹，別的樹沒有。他叫李曄，原先的官不小，但現在已經退休了。李曄的祖籍南陽，前十幾年他回鄉探親，因為讀過我的小說，而且挺喜愛，約見了我遂成忘年之交。自那以後，我們又見了兩、三次面，每次見面的談話主題便是銀杏，從銀杏的果，說到它的材質，說到它的藥用價值，李曄的話集起來可以寫一部書，有一年他知我有糖尿病，專門請人採了一捆銀杏枝條捎到南陽來，囑咐我「熬水喝，可以抑制血糖」，可惜我還忙著趕稿子，忙了那頭跟不上這頭，喝了幾次覺得很苦。而且費事，也就把這事給「荒」掉了。

但從那時起，我在電話中、見面中都稱他是「銀杏老人」。他是個樸實得掉渣的高級幹部。已經是二十世紀九〇年代了，來南陽還是一身舊軍裝，往他腳下看，赤腳草鞋！他的樸實無華，確實有點「公孫樹（銀杏）」的意味。銀杏也著實要有這樣一個人來愛它。第一次見面，李曄就告訴我他願意在全國鼓吹植銀杏十億株。為了還這個願，只要有人請他大會小會報告會，李曄言必稱銀杏，「經濟價值」、「文化價值」、「藥用價值」……一大堆的價值觀，集中起來就是他的銀杏情結。今年春節前他約我去了一趟山東。他已經「跑不動」了，全程都是他的祕書李陽陪同，到黃河岸邊看了他們的銀杏林帶。

壯觀哪！這林帶寬處有兩百餘公尺，窄的地方也有一百多公尺，有的地方不足兩公尺栽種一株，全部一個規格，挺立在黃河岸邊都有大茶碗來粗，綿綿蜿蜒不絕連續向遠處延伸三十里地，李陽告訴我，單株的價值已經超過兩百元，這是財富！當初關於這塊地「栽什麼樹」爭論很大，一位領導同志找他，本來想動員李曄同意栽種沙棘、白楊樹這些樹的，被他當場「策反」，成了堅定的「銀杏派」，在臺上和人家奪話筒，向全場聽眾陳說「銀杏樹的好處」。

李曄期望的十億「銀杏」數目，早已在全國大大突破了。我告訴李曄：「我和你一樣喜愛銀杏樹，好看，好用，值錢，文化價值也很高。」我自己院裡也栽了一棵，原來是一個盆景，被花工擰成了個S形，栽到地上，它就「正常了」，下頭樹幹還是S形，兩年躥起來，挺拔得像白楊樹，鵝掌一樣的葉子長出來碧綠漆青，翠色欲流——這樹不宜盆景，它大氣，盆子裡養是太委屈了。

一九九九年我書《乾隆皇帝》最後幾章，突然中風，吃的藥——金納多是打銀杏中提煉出來的。打的什麼點滴，一問，也是銀杏煉的，還有一種，醫生臨床急用解決栓塞的，再一問，還是「銀杏為主」。德國這方面技術高，他們來買我們的銀杏葉，製好的藥，再賣，我們也買。隱隱地，我覺得吃虧不小。

一億年前的白堊紀晚期，地球上可能發生過一次可怕的災難——很可能是遭了外星體的劇烈撞擊——總之是上帝生了氣，把地球翻騰著「犁了一遍」。全世界的銀杏都犁死了，只是留在中國的還在，或在大澤荒煙的山間，或進了寺廟，反正都是「隱士」。現在隱士出來了，如同榆楊桑槐一樣走進了大千世界的和諧園林中，和我們平常人愈來愈親、愈來愈貼近，這無論如何都是讓人高興的一件事。

「林四娘」題材運用

我看《蒲松齡年譜》，讀到最後一頁，是康熙五十四年蒲老先生死，「……至二十二日酉時，竟倚窗危坐而卒。」這本是讓人讀來酸心之處，忽見下頭收筆：「是年，曹雪芹生。」我不禁又是一怔：曹雪芹最後的卒年，紅學界分成了派，吵了多少年，「生年」更是連吵架都沒有勇氣的事，盛偉先生卻脫口而出，曹雪芹就生於此年——一七一五！但略一定神我就明白了，這是暗示性的語言。說不定盛先生有宿命輪迴觀，以為曹為蒲的轉世身吧！不然他怎麼會在蒲的年譜結句冷不丁地寫上這一筆呢？

我到蒲松齡故居去，儘管當地政府做了很好的保護，但我還是覺得很索寞寒寂。裡面的陳列品也少得可憐，只有一本路大荒先生編的《蒲松齡集》稍顯眼些，問了問，是「展品不賣」。再問問有沒有存書，「沒有。」《蒲松齡集》我沒問，我肯定他們「沒有」。我在房裡轉悠了一遭，突然瞥見了「衡王府」的照片，心中突然一動。此行帶著對蒲的「朝聖」心理，雖說觀感有點失望，但我還是有收穫的。

青州衡王府裡鬧過鬼，這鬼名叫林四娘。這件事收進了蒲松齡的夾囊中，我們便在《聊齋誌異》中讀到了〈林四娘〉這篇小說，小說有點長，不宜引用，但故事極纏綿悱惻，讀之悲情難已。這個鬼故事是否真的，我不敢妄言，但林四娘這人物我堅信存在過，而且她肯定在衡王府裡「出過事」。王漁洋的《池北偶談》中也記載了這件人事，也說是陳寶鑰與林的情愫來往，這與蒲說很相近。康熙年間林丙仲，也寫過《林四娘記》。說的版本不同、內容不同，把她寫得有點神，很有法力。蒲之說中林四娘會作詩，且是寫得很好。

> 靜鎖深宮十七年，誰將故國問青天。
> 閒看殿宇封喬木，泣望君王化杜鵑。
> ……
> 高唱梨園歌代哭，請君獨聽亦惘然。

王漁洋引林詩，略有不同，但大致意蘊是相同的。忽作惡，也作善。鬼還能作詩，這事罕見。

我看這詩的亡國情調，很像是前明勝國遺老的作品：處在清室的高壓恐怖中，他們畏懼文字之禍，興言寄託到了女鬼林四娘口。雖說是「紅顏力弱難為厲」，但這樣不能忘情於「故國」，當局者是比對「厲鬼」還要害怕的吧？

蒲松齡的故事，文學價值當然超越王漁洋，但王漁洋的書很容易刊印，他有錢有勢；蒲不行，他窮得要命，正餐都有點困難，遑論出書？

我不曾鑽研過明史。到底明初封了多少藩王？洛陽的福王，衛輝的潞王，南陽的唐王，還有這位「衡王」，我看大致光景都差不多，朝廷把皇子分封出去，只要不造反、不干預政務，別的事由他胡作非為。南陽的唐王在城裡造了一座山，上頭建亭瞭望，看見哪家嫁娶便去搶了新娘，享受「初夜權」。洛陽的、青州的王也差不多吧？沒有看資料。但蒲氏形容林是「長袖宮裝」，她極可能是個宮中歌伎——因為她還是個處女——是「遭難而死」的。也可透出一些消息來：是李自成這些人殺進王宮害死了她？抑或王爺惱了使性子殺了她？似乎是流寇幹出來的，因為這女鬼沒有發王爺的牢騷。我看她很可能是怕受侮辱自殺的。因為她也沒說農民軍的壞話。

王漁洋是刑部尚書，大官。感情心境、思維方式都帶著「政治」觀念。他就不說「宮裝」，而說「姿首甚美」；他也不說「遭難」，說是「不幸早死」。他引用林鬼詩，重大修改「故國」一句。把最後一句修成：「梨園高唱昇平曲，君試聽之亦惘然！」蒲松齡幾乎是個平民，說話就照實來，王漁洋就是不一樣。一樣的題材，一樣的故事，我們很可以窺見作者不同的城府。也可以知道，蒲松齡是欠缺做官的「基本元素」的。他幸而是沒當官，他要做到王漁洋先生那樣地步，說不定給我們一本《池南偶談》來看，看《聊齋誌異》那就別想了。

高手們的思維是「英雄所見略同」的，曹雪芹也看中了林四娘這女鬼。但他是把林四娘當作女英雄來歌頌的。與王漁洋一樣，他說這事是「黃巾，赤眉」時的事。迴避了「亡國」的政治敏感點，他這樣寫道：「丁香結子芙蓉絛，不繫明珠繫寶刀」！他一下子刷新了林的「女鬼」形象：

衡王得意數誰行，姽嫿將軍林四娘。

號令秦姬驅趙女，濃桃豔李臨疆場。

……

勝負自難先預定，誓盟生死報前王！

她戰死在軍中了。一位殉國的巾幗英豪，由長歌古風流映彩華，光照紅樓，這固是賈寶玉「女權」思想的宣洩，也見到了曹與蒲的不同之處，他奔放、飄逸、大氣奪人。同是文壇高手，同一題材，神通般若各有高招。

歷史的真實與藝術的真實——落霞系列小說講座提綱

創作簡單過程

一九七八年之前，我沒有作過一篇短篇或者中篇小說。除了身邊的幾個私交朋友知道我有一些「史學知識」，周圍的同志認為我「比較好學」外，沒有哪個人認為我能寫小說。

所以，《康熙大帝》、《雍正皇帝》和《乾隆皇帝》的系列小說突然出現，並連續不斷地面世，引動了很多人的目光。「二月河」這個筆名人們覺得很富有詩意，同時又覺得怪怪的。在我之前，沒有人把一個王朝的王位主持人做為正面藝術形象進行表述。

因為我們過去的創作理念，和我們現在的社會生活理念是一致的，是以階級鬥爭為綱，歌頌與暴露幾乎是唯一規定的原則。歌頌工農兵，歌頌革命戰爭，連歌頌正義的民族戰爭也是有原則的——只能歌頌人民，暴露或者批判的對象也有固定的圈子，反動派、地富反壞右、資本家，就只有被暴露的資格。

這種原則的程式下，也能出一些好書，尤其是在戰爭的極端形勢下，對工農爭取階級鬥爭的勝利起過很積極的作用。然而當社會生活進入更豐富、更多層次、更複雜的環境中，這種創作的理念就不能對生活進行更深層次的表述，也無法滿足民眾對藝術和文學的更高的社會需求了。

十一屆三中全會使整個社會有能力重新審視和修正我們的社會理念，思想解放大討論把一切都定位在一個科學的哲學基礎上——實事求是。

沒有十一屆三中全會，沒有思想解放大討論，誰也不可能寫出《康》、《雍》、《乾》這樣的書，也不會想出「二月河」這個筆名。

怎樣界定歷史是非

我早年對皇帝生活的意識，是這樣一個公式（完全從戲劇中獲得的知識）：A、他們不辦公，只有敵人到了城下或侵入國土，才會慌亂起來，忙著點將校兵。B、他們可以無節制地花錢。錢似乎就在他們私人櫃子裡，想怎麼用就怎麼用。C、他們對女人的追求沒有節制，三宮六院七十二妃之外，還要不停物色。D、老百姓的事他們不管（偶有曲筆如包公陳州放糧，是「奉旨」），天災人禍、冤案刑獄與他們無涉。

逐步涉及歷史之後，才明白，封建「地主」階級的總代表中，也有許多政治家，有的還是很棒的「傑出政治家」。

在正常和平的社會生活中，單一地用「階級鬥爭」劃定社會生活主體，用「階級成分」劃定人物妍媸醜美，是一種不夠科學的社會理念，用之於創作，也是失之偏頗的寫作態度。

經過時間分析判斷，我界定出如下標準：

在中國歷史上對發展當時的生產力、改善當時人民生活水準做出過貢獻的；

對加強民族團結、維護國家統一做出過貢獻的；

對文化事業興旺做出過貢獻的；

對科學技術的發明發展有過傑出表現，做出過貢獻的。

凡合契上述條件或在某一方面貢獻突出，其主流形象便應該是正面的。

反之，破壞國家統一、民族團結，摧殘民生，抑制社會生產。阻礙文明科技發展，起破壞作用，他個人的主體形象，即是猥瑣不足道的。

波瀾壯闊的階級鬥爭中，農民起義的烽火有時也會對人民社會生活造成負面的影響。無論勝負影響如何，在新王朝建立之後，一般因懾於義軍的威力，王朝對農民採取了讓步政策，調整改良生產關係，促進生產力復甦與發展，主要應視為義軍的歷史貢獻。

這樣一個創作現實，也只能產生於十一屆三中全會之後。

關於寫實

讀我的小說，有很多人問，究竟真實的成分有幾句，虛構的又是若干？

可以說，從總的框架說都是真實的。重大的歷史事件，重要的歷史人物，這些人物在事件中的活動立場、運作方向與運作結果，這些不但不能虛構，而且要調動藝術手段使主體時間的脈絡更為凸現、更集中、更有強烈的氣氛感染。

不能有所影響，按照我們今天社會生活的某些心理需求，在歷史事件中尋找依據，這種創作態度的實用主義，不但要不得，而且效果也是很差勁的。根本的原因在於作家態度不老實，異想天開地想做讀者的老師，妄想居高臨下地教訓讀者。

不能用「事件的真實」偷換「歷史的真實」的概念，清人給我們當下的資料可以說是極其豐厚的。皇帝的記載就更為詳明，比如康熙，我手頭就有幾部厚厚的《起居注》，可以說早上起來幾點鐘「更衣」（如廁）、幾點用膳（皇帝一天正餐是兩次）、接見某個大臣的具體對話，這些瑣屑的生活都有詳明的記載。是否拿來翻譯成白話，即是《康熙大帝》？不可能的吧？不能用一堆「真實的生活帳簿」代替觀念形態的文學藝術。

如康熙撲滅三藩之亂、回收臺灣、三次親征準噶爾、六次南巡、治黃治漕運，這些重大歷史事件，必須從他的生活中提煉出來，加以去粗取精、去偽存真、由此及彼、由表及裡的「藝術」

加工，使「大帝」之「大」達到藝術上的完成。

有一些讀者把我的書做為歷史來讀，認為歷史上的事「就是那樣」的。我認為是癡了。做為小說家只能寫小說，你讀我的小說，我可以告訴你一些東西，小說除了暴露、歌頌，還有告訴的功能、啟迪的功能、娛樂的功能、怡神養性的功能……諸多的功能。讀我的小說，如果能有所感悟，對這段歷史感興趣，對這個人產生興趣，再去翻歷史書原文讀《起居注》，我的告訴任務可以算完成。

歷史生活是極其複雜的，寫康熙、雍正與乾隆的這個系列，他們個人固然重要，但我的重點是要表述兩個方面：

一、中國的封建社會是世界史上一個奇蹟，最系統完整的封建思想，最完備的封建理論，最成熟的統治術，這些東西，在政治經濟上、文化上乃至軍事上都是到了「盛極」無可發展的地步。這是落日前最後的輝煌與燦爛。對這個時期的社會生活全面加以探討，折射出封建整體形態的了解。

二、封建社會的社會劣根性到此時也表現出它根深柢固的落後與腐朽，無可挽回地要將中國帶進頹敗去，這個趨勢也是不以人的意志為轉移的。「迴光返照」最後的餘光消逝，而後就是太陽的落山，黑夜的來臨——鴉片戰爭之後我們國家的百年落後，陷入殖民半殖民地與反動的封建煉獄之中，人民飽受苦難，康熙、雍正和乾隆這「三代英主」應負一定的歷史責任。

這就是落霞系列要說的歷史真實。我們反封建不要只停留在口號上，對封建文化形象、社會心理狀態、經濟生活現實、政治統治及人際關係的複雜、虛偽與冷酷殘忍沒有直觀的了解，只有理論化了的妖魔口號「青面獠牙」地罵罵地主階級，是不能達到深層次的歷史批判目的的。

但我不是歷史學家，也不是歷史政治家。我不能向讀者說教——即如雍正、乾隆，他們在歷史上都是有些爭議的人物。其中對他們的表現，我的評價只是歷史學家學術研究成果在文學上的衍化，對眾多的歷史人物和虛構人物我也不能用說教的辦法表現，只能用「藝術的真實」來展示。人物的個性，除了資料上當存的，如孫家淦「膽大」之類，很多在史書上只是模糊不清的。

這需要創作，需要發揮藝術想像力——怎樣使人物的個性與當時真實發生過的事件配合起來？人物的形象要活潑、靈動、呼之欲出，人的一顰一笑與當時場景的氛圍諧調……這些，只要二月河做主的。涉及社會生活的方方面面，比如當時人們怎樣用貨幣？雞蛋多少錢一個？一斤豆腐多少錢？文人墨客到一處舉辦筆會需用多少錢？怎樣運用文字詩詞的調侃？這都是要留心的，但又不能失真。歷史故事只要一翻書就能知道，但要把這些故事烘托起來鮮活起來，即使是專家，他也未必就能做到。幸運的是，清代文人有個癖好，記憶，寫筆記，而且有敬惜字紙的好傳統，這些資料只要用心大致可以輕鬆用在書中。

二○○一年，美中貿易中心給了我一個「海外最受歡迎的中國作家獎」，我很高興，但我認為並非我個人真的那麼棒，而可能是我書中竄入的中國，尤其是中原文化上的東西比別個作者多一點。他們久居外國，吃洋麵包、喝洋奶多了，想家，看到我書中的測字打卦、揣骨相面、文人詩詞相對、群馬聚會、南舟北車、運河交通，甚至山坡牧羊、詞句中摸魚捉鱉——一下子勾起他們的思鄉情結，所以一高興把獎給我了。

講究歷史的真實性，是追求歷史上社會人文與重大歷史事實的真實演進表述，小說表述的歷史氛圍與讀者的閱讀渴望得到某種契會，從而受到相應的歷史啟迪。而藝術的真實性，則是加強這種啟迪的催化劑。歷史小說應該將二者自然而有機地結合起來，運用形象思維在讀者心目中激活已經去之久遠的歷史時期，從而使讀者的歷史感受與藝術欣賞的審美感受得到雙重滿足。

國家圖書館出版品預行編目資料

佛像前的沉吟／二月河著. -- 初版. -- 臺北市：麥田, 城邦文化出版：家庭傳媒城邦分公司發行, 民2011.07
面； 公分. --（麥田叢書；63）
ISBN 978-986-120-921-0（平裝）

855 100012227

麥田叢書 63

佛像前的沉吟

作　　者 二月河
責任編輯 關惜玉・林俶萍
封面設計 黃暐鵬

編輯總監 劉麗真
總 經 理 陳逸瑛
發 行 人 凃玉雲
出　　版 麥田出版
城邦文化事業股份有限公司
台北市100台北市中山區民生東路二段141號5樓
電話：02-2500-7696　傳真：02-2500-1966
發　　行 英屬蓋曼群島商家庭傳媒股份有限公司城邦分公司
台北市民生東路二段141號11樓
書虫客服服務專線：02-25007718・02-25007719
24小時傳真服務：02-25001990・02-25001991
服務時間：週一至週五09:30-12:00・13:30-17:00
郵撥帳號：19863813　戶名：書虫股份有限公司
讀者服務信箱E-mail：service@readingclub.com.tw
歡迎光臨城邦讀書花園　網址：www.cite.com.tw
麥田部落格 http://blog.pixnet.net/ryefield
香港發行所 城邦（香港）出版集團有限公司
香港灣仔駱克道193號東超商業中心1樓
電話：（852）25086231　傳真：（852）25789337
E-mail：hkcite@biznetvigator.com
馬新發行所 城邦（馬新）出版集團【Cite(M)Sdn. Bhd.（458372U）】
11, Jalan 30D/146, Desa Tasik,
Sungai Besi, 57000 Kuala Lumpur, Malaysia.
電話：（603）90563833　傳真：（603）90562833
印　　刷 前進彩藝股份有限公司
初版一刷 2011年（民100）07月07日

定價：299元
ISBN：978-986-120-921-0

城邦讀書花園
www.cite.com.tw